Christoph Braendle

DAS WIENER DEKAMERON

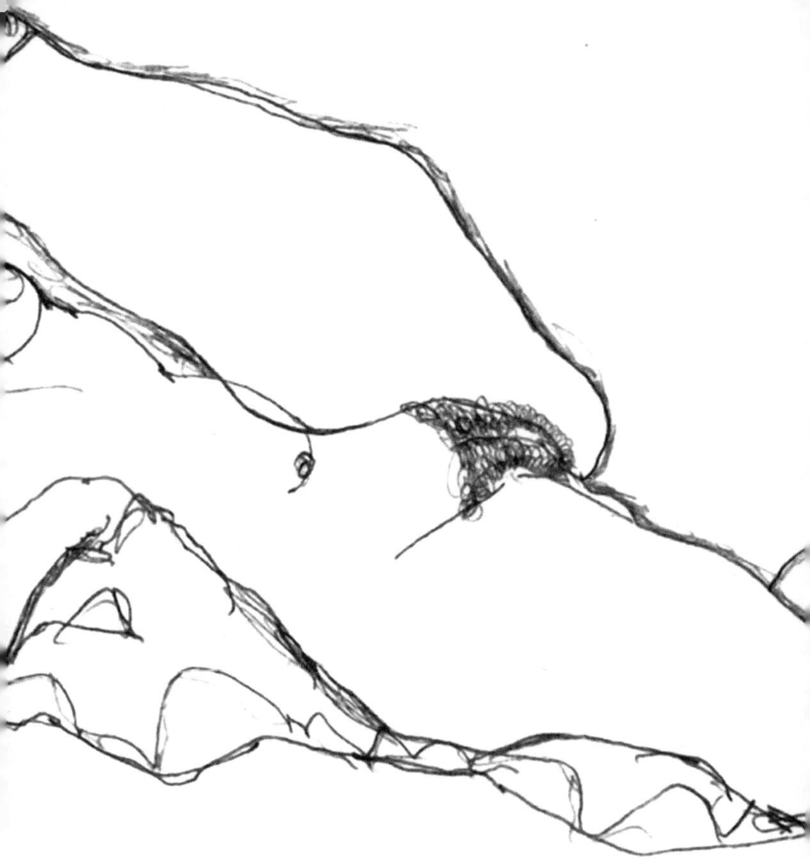

Christoph Braendle

DAS WIENER DEKAMERON

Metroverlag

FÜR MEIN DREIMÄDERLHAUS

INHALT

Nein, nicht die Pest grassierte in Wien, und es müsste auch nicht von einer üblen Zeit berichtet werden, wenn nur die Leute nicht so verzweifelt gewesen wären. Das Übel, von dem ich schreibe, äußerte sich weder durch Nasenbluten und schwarze Beulen an den Leisten und in den Achselhöhlen, noch durch braune Flecken, die den Körper mehr oder weniger dicht überziehen. Es war unsichtbar, und darin bestand seine besondere Gewalt. Jeden konnte es erwischen, und wenn es einen traf, dann merkte man es ihm oft lange nicht an. Während der Körper noch zu strahlen schien, war die Seele schon verdorrt. Etwas Galliges lag in der Luft, seit sich ein diabolisches Paar, Habgier und Neid genannt, tief und tiefer in die Menschen hineingefressen und eine Geisteshaltung erzeugt hatte, der alle Verhältnismäßigkeit fremd geworden war angesichts der Unverschämtheit derer, die viel mehr als genug hatten und dennoch den Hals nicht vollkriegen konnten.

Zunichte waren miteins alle Sicherheiten. Das hatte für die Bevölkerung katastrophale Folgen. Fabrikanten, Unternehmer und Kleingewerbebetriebe mussten

Konkurs anmelden. Tausende wohlhabender Familien wurden Opfer gewissenloser Spekulanten und über Nacht an den Bettelstab gebracht. Zu Hunderttausenden verloren Arbeiter und Angestellte ihre Arbeitsplätze. Sie lebten mitsamt ihren Familien in bitterster Not. Der Sozialstaat hatte sich komplett aushöhlen lassen und war so spröde geworden, dass er ob diesen neuen Belastungen zerbröselte.

Natürlich waren die Experten um verschwurbelte Erklärungen nicht verlegen. Die Bevölkerung reagiere auf die von allen Seiten kurzfristig auftauchenden Anforderungen, ohne ein Wirklichkeitsbild zu entwerfen, das die vielen Ereignisse umfassend beschreibe, begründeten sie die unseligen Veränderungen. Politik, Medienlandschaft und Werbung, die Entwicklung neuer Produkte und nicht zuletzt das Alltagsleben der Leute seien von galoppierendem Episodismus geprägt. Man schreie sich ständig neue Reizworte zu, falle wechselnden Problemmoden anheim und werde von einander jagenden Erregungstrends ergriffen. So habe es passieren können, dass der Kurs durch die Wirklichkeit zu einer Geisterbahnfahrt geworden sei.

Nur die Hyänen und Haie der Katastrophe amüsierten sich noch und durften sich erlauben, was immer sie wollten, denn auch das Ansehen des Gesetzes und seiner Vollstrecker war vernichtet. Die Superreichen konnten sich jede Rechtsprechung leisten. Sie spielten, kauften und verkauften, mit Deckung, ohne Deckung – egal, wenn die Stadt dabei verreckte. Elend war die Lage der kleinen Leute. Schlimm erging es dem Mittelstand, weil die Krankheit auch Erspartes in rasender Geschwindigkeit verschlang. Es gab nichts, womit man sich hätte zur Wehr setzen können. Die Verursacher der Krankheit lebten über die ganze Welt verstreut. Ihre Zahl wird ein paar Zehn- oder Hunderttausend nicht überstiegen haben, aber sie wurden von nichts und niemandem behindert, weil ihre Spielregeln den Dieben jeden Schutz gewährten und die Bestohlenen in Schmach und Schande stürzten. Die Leute vereinsamten, und am einsamsten waren die Alten. Weil Lebenserfahrung niemanden mehr interessierte, waren sie ganz und gar unnütz geworden. Man sah die Betagten nur noch als Last, die man am liebsten losgeworden wäre. So empfanden sie sich wie aus dem Leben verstoßen. Sie verstummten und saßen verbittert vor Fernsehgeräten, die ihnen ständig vor Augen führten, wie sinnlos ihre Existenz geworden war.

Es schmerzt mich, noch länger bei diesem Elend zu verweilen, und ich würde wünschen, dass Ihr, holde Damen, Euch nicht vom Weiterlesen abhalten lasst, weil Ihr glaubt, dabei von Seufzern zu Tränen und von Tränen zum Trübsinn geführt zu werden. Aber ist ein schreckensreicher Anfang nicht oft nur wie die unwirtliche Flanke eines Berges, die man überwindet, um von der Höhe auf lichte Weiden und anmutige Ebenen zu schauen? So verzichte ich jetzt auf das Schildern weiterer trostloser Ereignisse, um mich jenen zuzuwenden, von denen dieses Buch hauptsächlich handelt.

Auf dem Rosenhügel zu Wien, zwischen dem Schönbrunner und dem Hetzendorfer Schlosspark und in der Nähe des Hetzendorfer-, des Hietzinger- und des Südwestfriedhofs befand sich ein großes Haus, eine mächtige Villa eigentlich, die in ein Heim für betagte Menschen umgestaltet worden war. An die drei Dutzend ältere Herrschaften aus guten Familien hatten dort ein Zuhause gefunden. Im Zuge der beschriebenen Ereignisse verarmten die meisten, und auch ihre Familien waren zu keiner Unterstützung mehr befähigt. Die Ersparnisse dieser Leute waren schneller dahingeschmolzen als der Schnee unter der Frühlingssonne, und einer nach dem anderen hatte ausziehen müssen, weil die Miete für das Zimmer und die Preise für Verpflegung und Pflege unbezahlbar geworden waren. In den leeren Hallen und Fluren machte sich Trübsal breit. Nur sieben Damen und drei Herren blieben übrig. Sie verharrten Tag und Nacht auf ihren Zimmern, haderten mit dem Schicksal und fürchteten sich vor dem Leben noch viel mehr als vor dem Tod.

An einem Dienstagvormittag gellte Feueralarm durchs Haus. Die Bewohner begaben sich, so wie es mehrmals geübt worden war und so schnell es ihnen ihr jeweiliger Zustand erlaubte, hinab in die große Eingangshalle und durch die Tür hinaus in den Garten. Die Älteste, eine rüstige Mittachtzigerin, erwartete sie dort und gestand gleich, den Alarm selber ausgelöst zu haben, um sie alle hier zu versammeln.

Ich würde die wahren Namen dieser Leute nennen, hielte nicht ein guter Grund mich davon ab. Ich wünsche nämlich nicht, dass eine von ihnen oder irgendeiner ihrer Nachkommen sich schämen müssten um der Geschichten willen, die sie erzählt und angehört haben und die ich in der Folge mitteilen werde. Üble Nachrede soll nicht den guten Ruf dieser ehrenwerten Herrschaften schmälern. Um jedoch ohne Verwirrung unterscheiden zu können, wer was sagte, will ich ihnen Namen geben, die vielleicht auch ihren Eigenschaften entsprechen und die es uns ermöglichen, ein besseres Bild zu gewinnen. Nennen wir die erste und im Alter am meisten vorgerückte Dame, die Greisin also, die den Alarm ausgelöst hatte und jetzt mit ihrer Erklärung begann, nennen wir sie Dorothee. Die zweite Edeltraud, den ältesten Herrn wollen wir Carl nennen, den nächsten Andreas, dann Maria Luisa und Emma, Rudi als jüngsten Herrn, schließlich Olga, Nora und zum Schluss Elsa, die mit ihren 54 Jahren eigentlich zu jung für die Pension war, aber, da sie nie geheiratet und keine Familie hatte, hier schon eine Weile wohnte, weil sie als eine Art Privatsekretärin von Carl damit beschäftigt war, für ihn Briefe zu schreiben, die er nie abschicken ließ. Dorothee war 85 Jahre alt und zu einem kleinen, zähen Weiblein geschrumpft, das allerdings immer noch über einen eisernen Willen verfügte. Sie war nie verheiratet gewesen und hatte auch keine Kinder gehabt, aber es ging das Gerücht, dass sie in jüngeren Jahren zahlreiche Affären gehabt hatte. Hinter vorgehaltener Hand wurde sogar gemunkelt, einer ihrer Liebhaber habe sich in den Tod gestürzt, nachdem sie ihn verlassen hatte. Dorothee selber äußerte sich dazu nicht. Die Torheiten der Jugend, sagte sie höchstens, indem sie die Augen himmelwärts verdrehte. Sie lebte schon seit fast zwanzig Jahren auf dem Rosenhügel, und es gab niemanden, der ihre scharfe Zunge nicht gefürchtet und ihre Position als höchste Autorität des Hauses bestritten hätte. Die 82-jährige Edeltraud hingegen war eher ein mütterlicher Typ. Sie hatte zweimal geheiratet und sich zweimal scheiden lassen. Ihre vier Kinder hatten ihr sieben Enkel geschenkt, die sie nie sah, da die Familie über die Welt verstreut lebte und die einzelnen Mitglieder kaum Kontakt zueinander pflegten. Carl war 79, ein langer, hagerer Mann mit schlohweißem Haar. Er war Professor an der juristischen Fakultät der Universität Wien gewesen, bevor er emeritierte. Carl war das, was man früher einen alten Hagestolz genannt hatte. Unverheiratet ein Leben lang, pflegte er ein unklares Verhältnis mit seiner Privatsekretärin Elsa, die ihm wohl irgendwie hörig war. Der 77-jährige Andreas wiederum war ein gemütlicher Herr mit dickem Bauch, der gerne viel aß und noch mehr trank. Er war verwitwet. Sein einziger Sohn war bei einem Autounfall ums Leben gekommen, eine Tragödie übrigens, die auch seine Frau ins Grab gerissen hatte. Andreas besaß eine schöne Stimme, auf die er sich einiges einbildete, und er sang leidenschaftlich gerne und nicht nur in der Badewanne. Auch Maria Luisa, ebenfalls 77, war verwitwet. Sie war eine bekannte und beliebte Ärztin gewesen, hatte sich aber nach einem Schlaganfall ganz aus dem gesellschaftlichen Leben zurückgezogen. Ihre zwei Töchter lebten in London und Chicago und beschränkten den Kontakt mit der Mutter darauf, ihr zu Weihnachten eine Karte zu schicken. Emma, 72 Jahre alt, konnte sich nach mehreren Hüftoperationen nur an Krücken fortbewegen. Sie redete am liebsten davon, wie unerträglich ihr ganzes Leben gewesen sei. Sie hatte mit drei Ehemännern sieben Kinder gehabt, von denen allerdings nur drei das Erwachsenenalter erreichten, und auch aus diesen dreien war nichts Gescheites geworden. Rudi, 71 Jahre alt, war Buchhalter in einem mittelständischen Unternehmen gewesen, bis man ihn während einer der vielen Wirtschaftskrisen, die dem großen Zusammenbruch vorangegangen waren, in Frühpension schicken musste. Er hatte das nicht wirklich verkraftet und war so griesgrämig geworden, dass seine Frau ihn verließ und seine drei Kinder den Kontakt abbrachen. Auf dem Rosenhügel konnte er nur deshalb wohnen, weil er mit den Besitzern der Pension verwandt war und diese ihm einen großzügigen Rabatt gewährten. Die 69-jährige Olga hingegen war eine fröhliche und dralle Person. Sie entstammte einer sehr feinen Familie und hatte einen Mann geheiratet, der sie abgöttisch geliebt und ihr jeden noch so verrückten Wunsch von den Augen abgelesen hatte. Ihr gemeinsamer Sohn hatte schon sehr früh bewiesen, dass er über die besten Anlagen verfügte. In der Familie stritt man sich darüber, ob er eine Karriere als Pianist oder als Chirurg anstreben solle. Leider kam es weder zum einen noch zum anderen: Vater und Sohn stürzten mit einem Sportflugzeug ab und kamen ums Leben. Olga gab sich hernach der Frömmelei hin und fand in der 65-jährigen Nora eine Verbündete, die ebenfalls gerne in Kirchen ging und auf den Knien lag, allerdings eher aus gegenteiligen Gründen: Sie war eine ziemlich hässliche und leicht verwachsene Frau, die ihr ganzes Leben lang nie die Begehrlichkeit eines Mannes zu wecken imstande gewesen war und ihre Sehnsucht deshalb auf den gekreuzigten Jesus projizierte. Von der 54-jährigen Elsa haben wir bereits berichtet. Carls Privatsekretärin war eine hübsche, üppige Blondine, der man ein durchschnittliches Leben als Hausfrau und Mutter zugetraut hätte, wenn sie nicht ihrem Professor in einem Ausmaß verfallen gewesen wäre, das man Hörigkeit nennen musste. Obwohl das schon seit zwanzig Jahren so ging, war man allgemein überzeugt, dass dieses Abhängigkeitsverhältnis nie in eine sexuelle Beziehung gemündet war.

Diese zehn Leute kamen im Garten der Pension am Rosenhügel zusammen.

Liebe Freundinnen und Freunde, sagte Dorothee, nachdem sie die Sache mit der Alarmanlage erklärt hatte, ich habe zuviel erlebt in meinem Leben und gesehen, wie das Unglück reitet und galoppiert und mit lästigem Ungestüm durch die Straßen zieht. Ich habe mich nie brechen lassen und gedenke das auch in dieser schlimmen Zeit nicht zu ändern, sogar wenn ich vermuten muss, dass auch wir bald zu den Opfern gehören, denen alles genommen wird, was uns lieb und teuer ist. Wenn ich allerdings sehe, wie sich alle vor lauter Angst und Furcht in ihren Zimmern verkriechen und kaum die Tür zu öffnen wagen, weil noch ein Entsetzen davorstehen könnte, und wenn ich höre, wie sich jeder den ganzen Tag und den größten Teil der Nacht mit Unsäglichkeiten berieseln lässt, bis der Kopf dröhnt und die Augen schmerzen und die Niedergeschlagenheit unermesslich geworden ist, dann fühle ich mich verpflichtet, etwas zu tun. Ich will uns aus diesem Schlamassel herausreißen. Ich will, dass wir die Spinnweben von unseren Seelen schütteln und wieder so etwas wie Lebensfreude empfinden, und sei es nur für kurze Zeit.

Sofort setzte ein Stimmengewirr ein, in dem neben ein bisschen Zustimmung viel Widerspruch erklang. Man habe keine Zeit, klagten die meisten, keine Lust, keine Kraft, keine Idee. Man habe nicht das Recht und nicht die Mittel und nicht die Möglichkeit, sich in diesen tristen Zeiten zu vergnügen. Dorothee hob die Hand und bat, man möge ihren Vorschlag hören und bedenken. Unser Garten ist, wie ihr seht, sonnig, sagte sie, er lädt zum Verweilen ein. Brett- und Kartenspiele stehen zur Verfügung. Jeder könnte sich vergnügen. Und doch sitzen alle immer nur in ihren Zimmern. Ich schlage vor, dass wir uns zehn Tage lang nach dem Mittagessen hier versammeln. Nicht zum Spielen allerdings, weil der Gewinner zwar fröhlich, der Verlierer aber grimmig wird, und nicht zum Plaudern, da unsere Plaudereien immer zu den Umständen führen, die Ursache unseres Unglücks sind. Statt uns über unsere Leiden auszutauschen, sollten wir uns Geschichten erzählen. Geschichten sind etwas Wunderbares. Wenn einer redet, kann sich die ganze Gesellschaft ergötzen, und die Zeit vergeht wie im Flug. Noch ehe alle mit ihrer Geschichte an die Reihe gekommen sind, neigt sich die Sonne. Danach kann immer noch jeder gehen und tun, was ihm gefällt. Carl fragte, an was für Geschichten Dorothee denke. Sie schwieg einen Augenblick. Dann sagte sie: Wir sind alt. Wir gehören zum rostigen Eisen. Man hat uns abgeschoben, weil wir nutzlos und lästig sind. Aber ich fühle mich nicht alt, ich habe auch mit meinen 85 Jahren Bedürfnisse, die sich vielleicht nicht mehr heftig in den Körper drängen. Aber der Kopf möchte sich gerne vergnügen. Lasst uns schöne, wilde, schlimme Geschichten erzählen, in denen es um die Lust geht und um Leidenschaft, Verführung, Frivolitäten und Exzesse, um den Kampf der Geschlechter, um Siege und Niederlagen im Liebesspiel.

Einen Moment lang herrschte überraschtes Schweigen. Dann ging es wieder los, das Stimmengewirr, das diesmal aus ebensovielen Meinungen wie Anwesenden bestand. Man sei nicht pervers, hieß es, man könne das nicht, man kenne keine Geschichten dieser Art. Vor allem die jüngeren unter den Damen wehrten sich. Man habe einen Ruf zu verlieren, meinten sie, oder man habe mit schmutzigen Fantasien nichts am Hut. Dorothee hob noch einmal die Hand. Wir haben nichts zu verlieren, sagte sie, weil wir schon alles verloren haben. Wir können tun und lassen, was wir wollen. Nichts davon wird den Rahmen dieses Gartens verlassen, weil sich außerhalb des Gartens niemand darum kümmert, was hier drinnen geschieht. Sie schlage vor, dass sich alle, die mitmachen wollten, nach dem Mittagessen im Garten versammeln sollten. Thematisch passend zum ersten Tag sollten Geschichten erzählt werden, die vom „ersten Mal" handelten. Sie werde beginnen, danach werde man entsprechend der Reihenfolge im Alter weitermachen. Sprach's, erhob sich und trippelte davon.

Die Anderen schauten einander eine Weile lang sprachlos an. Dann schüttelte Carl den Kopf und sagte, so einen Unsinn habe er schon lange nicht mehr gehört. Rudi meinte, Leut' vernadern, Leut' hintergehen und Leut' korrumpieren, das sei die ganze Erotik in Wien. Elsa nickte eifrig, während Olga und Nora sich bekreuzigten und verkündeten, dass sie mit diesem gottlosen Treiben nichts zu tun haben wollten. Andreas hingegen sagte, dass ihm die Idee, Erotisches aus Wien zu hören, schon gefallen könnte, und auch Edeltraud, Maria Luisa und Emma gaben zu, neugierig zu sein. Sie vermöchten sich tatsächlich Besseres vorzustellen als immer nur stumpfsinnig in ihren Zimmern zu sitzen.

Man ging auseinander, ohne sich geeinigt zu haben. Jeder aß wie üblich für sich allein.

ERSTER TAG

ES BEGINNT
DER ERSTE TAG
DES WIENER DEKAMERON,
AN WELCHEM UNTER
DOROTHEES HERRSCHAFT
DAVON GESPROCHEN WIRD,
WIE LIEBESABENTEUER
MANCHMAL BEGINNEN.

Nach dem Mittagessen tröpfelten die Bewohner der Pension allmählich in den Garten; sei es, weil sie von Anfang an beschlossen hatten, dabei zu sein, sei es, weil sie sich nun noch viel mehr als üblich langweilten; sei es, weil sie neugierig geworden waren oder weil sie sich vor den anderen keine Blöße geben wollten: Alle trafen sich auf der freien Rasenfläche in der Nähe eines barocken Brunnens, wohin Dorothee Stühle und Sofas hatte schaffen lassen. Rosenhecken umringten den Ort. In den Blüten summten Bienen, und vom höchsten Ast eines Kastanienbaumes, der den Platz überschattete, sang eine Amsel ihr Lied. Dorothee sagte, sie sei hocherfreut, dass man ihrer Einladung Folge leiste, und weil sie am Grund ihres Schrankes eine Flasche mit altem Cognac gefunden habe, bitte sie, mit einem Gläschen auf den Erfolg des Unterfangens anzustoßen. Zudem helfe das, die Zungen zu lockern. Bis auf Rudi und Nora, die grundsätzlich keinen Alkohol tranken, nippten bald alle an einem Glas, und Dorothee begann mit der ersten Geschichte.

ALS PETER ZUM MANN WURDE, UM GABRIELE IHREN MANN VERGESSEN ZU LASSEN.

Peter war, als sich die Geschichte ereignete, Schüler auf einem Gymnasium in Graz. Der gutaussehende, starke Bursche interessierte sich für Sport im Allgemeinen und für Fußball im Besonderen, das Übliche halt. Und natürlich für Mädchen. Aber er litt an einer ausgeprägten Schüchternheit, die es ihm unmöglich machte, sich den Objekten seiner Begierde in einer Art zu nähern, die zum Erfolg geführt hätte. Wie es Burschen in seinem Alter gerne tun, überspielte er seine Befangenheit mit einem Auftrumpfen, das ihn bei seinen Kameraden zu einem Vorbild machte. Er erzählte die wildesten Fantasien als selbst erlebte Wahrheiten. Seine Freunde liebten ihn dafür, bei den Mädchen verfing die Masche nicht, sie flüsterten über ihn und lachten. So kam es, dass Peter mit seinen 19 Jahren noch nie ein Mädchen geküsst hatte oder auf eine andere Art intim geworden wäre. Er war das männliche Pendant einer Jungfrau, und er litt darunter sehr. Eines Tages beschlossen ein paar Kameraden, für einige Tage nach Italien zu fahren, an einen der bekannten Badestrände, um dort, wie sie sich gegenseitig versicherten, Weiber aufzureißen und die Sau rauszulassen. Der schüchterne Peter erhielt von seinen Eltern die Erlaubnis und das nötige Taschengeld. Im letzten Moment verzichtete er jedoch auf die Reise. Er hatte panische Angst, sich zu blamieren, weil er fest damit rechnete, dass es ihm dank seiner Schüchternheit wieder nicht gelingen würde, an ein Mädchen heranzukommen. Er wäre der einzige, der alleine am Strand liegen würde. Sein großsprecherisches Lügengebäude wäre vernichtet. Gegenüber den Freunden behauptete er, er könne nicht mitfahren, weil in einem benachbarten Dorf eine heiße Braut auf ihn warte. Die Freunde jammerten, dass es ohne ihn nur halb so lustig werde. Aber sie akzeptierten seine Ausrede, weil sie seinem Ruf entsprach. Nun steckte Peter in einem Dilemma, weil er natürlich nicht nach Hause konnte, da seine Eltern annahmen, er fahre nach Italien. Er musste mit seinem Rucksack nicht nur tun, als ob er verreise, er musste irgendwo hin, also kaufte er eine Fahrkarte nach Wien. Sorgen machte er sich keine, schließlich kam er nicht zum ersten Mal in die Hauptstadt, eine billige Pension würde sich finden. Zuerst wollte er allerdings in den Wurstelprater. Dort war bestimmt etwas los und es würde etwas zu schauen geben: die Lichter, die Mädchen, die Musik. Tatsächlich dröhnten viele Melodien, bunte Lichter sprangen ihn an, schnell wurde ihm leicht ums Herz. Er schlenderte zum Riesenrad, mit dem er schon immer ein paar Runden hatte fahren wollen. Es herrschte kaum Betrieb. Er löste eine Karte, stieg als einziger in eine der roten Kabinen, ließ sich hoch hinauftragen über Wien und genoss den Blick hinab auf das Funkelmeer und in die Ferne, wo gerade das Abendrot erlosch. Er sah den Stephansdom, den Donauturm und viele andere Sehenswürdigkeiten, von denen er einige beim Namen kannte. Drei Runden lang ließ er sich hinauf und hinab tragen, bis er aussteigen musste. Schon wollte er weitergehen, da wurde er Zeuge einer Szene, die seine Aufmerksamkeit erlangte. Eine sehr gut aussehende, sommerlich elegant gekleidete Dame redete mit dem Kassenwart. Sie war offenbar extrem aufgewühlt. Sie schluchzte heftig und weinte, und als der schüchterne Peter unauffällig ein bisschen näher trat, hörte er, wie sie dem Kassenwart erzählte, dass sie es sei, die eine ganze Kabine für ein Diner bei Kerzenlicht gemietet habe. Peter hatte den Riesenradprospekt gelesen und wusste, dass man Kabinen für ein romantisches Tête-à-Tête samt Dreigangmenü buchen konnte, und er hatte natürlich gehofft, dass er das eines Tages erleben werde. Er hatte sich dabei alles Mögliche vorgestellt. Die Dame riss ihn aus seinen Träumereien. Sie hatte die Stimme erhoben und klagte, sie habe die Kabine für sich und ihren Mann gemietet, um den zehnten Hochzeitstag gebührend zu feiern. Aber der Scheißkerl von Mann hatte ihr eben telefonisch mitgeteilt, dass er sie für eine Jüngere verlasse. Die Dame war verzweifelt, der Kassenwart von der Situation offensichtlich völlig überfordert. Er wandte sich ab und irgendeiner Arbeit zu und ließ die Dame stehen.

Peter war zwar schüchtern, aber er konnte eine Frau, die weinte, nicht alleine lassen. Dafür war sein Mitgefühl zu groß. Er trat zu ihr hin und fragte, weshalb sie so entsetzlich weine. Die Dame wandte ihm ihr tränenverschleiertes Gesicht zu und erzählte, stockend zuerst, aber dann immer erregter, die Geschichte ihres untreuen Gatten und davon, wie viel sie sich von diesem romantischen Diner bei Kerzenlicht versprochen habe. Peter hörte geduldig zu, er fand beruhigende und besänftigende Worte, und es schien wirklich, als fasse sich die Dame nach einiger Zeit. Ich heiße Gabriele, sagte sie schließlich und reichte ihm die Hand. Peter stellte sich ebenfalls vor und fragte, was sie zu tun gedenke. Gabriele überlegte ein Weilchen, bis plötzlich ein schwarzer Glanz in ihre Augen kam. Das Diner sei nun einmal bestellt, sagte sie, und es wäre doch zu schade, darauf zu verzichten. Ob er ihr vielleicht den Gefallen tun wolle, sie zu begleiten. Das Herz des schüchternen Peter begann wie rasend zu klopfen. Seine Hände wurden feucht. Er stotterte: gerne … natürlich … Schon kam der Waggon heran, sie stiegen ein. Darin stand ein für zwei Personen festlich gedeckter Tisch, neben den Tellern lag die Speisekarte. „Romantic Menu im kristallinen Waggon", las Peter, „zum Aperitif servieren wir ein Glas Vienna's Best Brut von Dr. Wailand. Gänseleber im Glitzerkleid mit Eisvogel-Brioche. Steinbutt mit knusprigen Kartoffelschüppchen, dazu servieren wir Gemüseperlen in der Krone. Kristallisiertes Walnusskrokant mit frischen Früchten. Dazu reichen wir Mineralwasser, eine Flasche Grünen Veltliner (Weingut Bründlmayer, 0,375 l), eine Flasche RED (Weingut Heinrich 0,375 l) sowie Kaffee. Der ‚kristalline Dinner for Two Waggon' steht Ihnen für 1,5 Stunden exklusiv zur Verfügung. Außerdem ist ein Überraschungsgeschenk aus dem Haus Swarovski Wien im Angebot inkludiert." Schon sitzen die beiden am Tisch, der Kassenwart serviert den Champagner, die Tür schließt sich und es geht hinan. Sie lassen die Gläser klingen. Gabriele erzählt von ihrer missglückten Ehe. Zwischendurch weint sie, aber der Ausblick über Wien ist so überwältigend, dass sie ihr Elend vergisst und den schüchternen Peter auf diese und jene Sehenswürdigkeit aufmerksam macht. Irgendwann ist die erste Runde zu Ende. Der Kassenwart fragt, ob alles in Ordnung sei und serviert die Gänseleber. Gabriele ist der Champagner bereits in den Kopf gestiegen, ihre Augen blitzen und sie legt, während sie Peter nach seinem Leben befragt, ihre Hand auf seine. Die Berührung erhitzt sein Blut. Er verschlingt die schöne Frau mit Blicken, aber er ist so befangen und so ungeübt im Umgang mit dem anderen Geschlecht, dass er nicht weiß, was tun. Ihr macht das nichts aus. Im Gegenteil. Sie übernimmt die Führung, rückt ihren Stuhl näher heran, kratzt mit den Fingernägeln magische Zeichen auf seinen Handrücken, presst ihren Schenkel an sein Bein, kurz, sie verführt ihn nach allen Regeln der Kunst. Wie die Runde zu Ende kommt, muss sie hastig ein paar Knöpfe an ihrem Sommerkleid schließen. Der Kassenwart sieht, dass sie die Vorspeise nicht berührt haben. Er fragt erneut, ob alles in Ordnung sei, und Gabriele meint mit vergnügt glucksender Stimme, dass sie schon noch essen würden, im Moment aber mit den schönen Aussichten vollauf beschäftigt seien. Die nächste Runde. Inzwischen hat Gabriele mit ihren weiblichen Instinkten begriffen, dass Peter ganz und gar unerfahren ist. Sie nimmt seine Hände, legt sie über dem Kleid auf ihre Brüste, fordert ihn auf, sie in aller Ruhe zu erkunden. Vorsichtig öffnet der schüchterne Peter ein paar Knöpfe und fährt mit den Händen ins Kleid. Zum ersten Mal hält er die Brüste einer Frau in seinen Händen. Sie sind voll und schwer, die Warzen stehen erregt ab. Gabriele nimmt seinen Kopf zwischen ihre Hände und küsst ihn, sie küssen sich lang und immer wilder, und wenn die Runde nicht zu Ende wäre, würden sie sich vielleicht immer noch küssen. Gabriele bittet, die Vorspeise abzutragen und den Fisch zu servieren. Der Kassenwart scheint zu wissen, was im Waggon vor sich geht. Er ist diskret und flink und wünscht weiterhin viel Vergnügen. Schon sitzt Gabriele auf dem schüchternen Peter, sie nestelt an seiner Hose, befreit seinen Speer und versenkt ihn mit einem wollüstigen Seufzer tief in ihrem Schoß. Natürlich kann der schüchterne Peter nicht lange an sich halten. Gabriele meint, genau das habe sie jetzt gebraucht. Er sei jung, er werde sich beim Steinbutt mit seinen knusprigen Kartoffelschüppchen erholen. Der schüchterne Peter strahlt. Nicht im

Traum habe er sich vorgestellt, dass seine Entjungferung ein so wunderbares Erlebnis werde. Gabriele erwidert: Ich weiß. Als er sagt, ich liebe dich, antwortet sie, ich liebe dich auch. Viele Runden später kam das Riesenrad zum letzten Halt. Sie stiegen Hand in Hand aus, umarmten und küssten sich noch einmal, und wie der schüchterne Peter zum Abschied sagte, ich werde dich nie vergessen, antwortete Gabriele: ich dich auch nicht, vielleicht hast du mir das Leben gerettet.

WIE DAS KAMEEL MANCHMAL GANZ SCHNELL INS ORIENT FÜHREN KANN.

Die Damen hatten während Dorothees Geschichte mehrmals heftig geseufzt, und es kann gut sein, dass es sowohl Seufzer der Erinnerung als auch der Sehnsucht waren, aber sie fassten sich schnell und baten Edeltraud, ihre Geschichte zum Besten zu geben. Edeltraud kam der Aufforderung gerne nach. Ich will, sagte sie, von einem stadtbekannten und hochgeschätzten Advokaten erzählen, dessen Namen ich hier nur deshalb nicht verrate, weil seine wunderbare Familie ein Ansehen genießt, das zu zerstören nicht meine Absicht ist. Besagter Herr, nennen wir ihn … Dr. Scholz, kam als junger Mensch vom Burgenland nach Wien. Er hätte studieren sollen, aber die Großstadt mit ihren verwirrenden Möglichkeiten zog ihn zu sehr in den Bann, als dass er an Bücher und Seminare hätte denken können. Er war vielleicht eine bisschen naiv und vielleicht auch ein wenig verklemmt. Gerne hätte er sich mit Frauen getroffen, aber lange Zeit wollte es ihm nicht gelingen, wohl auch, weil er auf die eleganten Wienerinnen zu ländlich wirkte und weil er sich in einem Freundeskreis bewegte, der sich eigentlich nur für Sport und Biertrinken interessierte. Es änderte sich alles, als Scholz einen Kommilitonen kennenlernte, einen Wiener aus gutem Haus, der ihm zeigte, wo die schönen Frauen verkehrten, und ihn darin unterwies, wie man es anstellen musste, um mit ihnen ins Gespräch zu kommen. Scholz fühlte sich wie die sprichwörtliche Ente, die zum ersten Mal ins Wasser springt. Bald ging er jeden Abend zu einer Eröffnung oder auf eine Vernissage und danach in die Lokale, welche gerade am angesagtesten waren. Es gelang ihm allerdings selten, seine anerzogene Zurückhaltung zu überwinden, und wenn er ehrlich war, musste er sich eingestehen, dass ihm die Frauen oft Angst machten, weil sie ihm zu schön, zu klug und zu redegewandt erschienen. Er stand meistens ein wenig abseits, zusammen mit anderen Männern, die ebenfalls nicht besonders wagemutig waren, und besprach mit ihnen die Vorzüge dieser und jener Dame, immer jedoch ohne den nötigen Mut zu fassen, um sie anzusprechen. Ihm machte das wenig aus, und so fand er den Heimweg meistens dennoch erst im Morgengrauen. Die Tage pflegte er zu verschlafen. Irgendwann fiel das seinem verehrten Herrn Vater auf. Er drohte, ihn zu enterben, wenn er sich nicht endlich eines Vernünftigen besinne. Darüber hinaus sei es langsam an der Zeit, dass er eine Familie gründe, schließlich benötigten die burgenländischen Familiengüter einen Stammhalter. Der brave Scholz besann sich und begann seine Studien wieder ernster zu nehmen. Er erledigte den ersten Abschnitt und lernte, kaum hatte er den zweiten begonnen, ein entzückendes Mädchen kennen. Sie verstanden sich gut, nein: ausgezeichnet, und es kam, wie es kommen musste: Sie verliebten sich ineinander. Allerdings bestand sie darauf, mit körperlichen Annäherungen bis zur Hochzeitsnacht zu warten. Er hatte überhaupt das Gefühl, dass sie, wenn es um Sex ging, noch viel scheuer und zurückhaltender war als er. Natürlich spornte ihn das an, und er bedrängte sie manchmal recht wild, akzeptierte aber am Schluss immer, dass sie mehr als leidenschaftliche Küsse nicht zulassen wollte. Als sie beide das Semester erfolgreich beendet hatten, machte er ihr einen Heiratsantrag. Sie brach in Tränen aus. Rannte aus dem Lokal. Und wahrscheinlich aus der Stadt. Jedenfalls war sie wie vom Erdboden verschlungen. Scholz verzweifelte. Er suchte sie überall. Er fand sie nirgends. Nach fünf Wochen erhielt er einen Brief von ihr. Es tue ihr schrecklich leid, sie habe wohl überreagiert. Wenn er ihr nicht zu böse sei, möchte sie ihn gerne am nächsten Donnerstag um 20 Uhr treffen, und zwar im Schwarzen … äh … Schwarzen … wie heißt das jetzt … ihr wisst eh … zwischen Graben und Hohem Markt … Kameel, natürlich, im Schwarzen Kameel, weil sie für das, was sie ihm zu sagen habe, neutralen Boden brauche. Natürlich fand er sich zur angegebenen Stunde ein. Sie erwartete ihn bereits. Sie hatte sich besonders hübsch zurechtgemacht, trug Strümpfe, einen kurzen Rock und eine Bluse, die ihre Figur gut zur Geltung brachte. Scholz fand, sie sehe hinreißend aus. Er setzte sich zu ihr, küsste sie scheu, schaute sie fragend an. Lass uns zuerst etwas trinken, meinte sie, dann blickte sie ihm tief in die Augen. Er müsse wissen, erklärte sie, dass sie ihn liebe. Das allerdings sei auch das Problem. Damit habe sie nämlich nicht gerechnet. Sie habe ihn am Anfang ganz amüsant gefunden, ein bisschen provinziell halt, ein bisschen hölzern. Aber dann! Sie habe sich wirklich in ihn verliebt, doch da sei es für die Wahrheit zu spät gewesen, weil sie wisse, dass diese Wahrheit alles zerstöre. Wieso? sagte, nein: rief er zornig jetzt, wieso glaubst du, ich halte die Wahrheit nicht aus? Weil sie zu verrückt ist, entgegnete sie, nahm seine Hand und legte sie, vom Tischtuch verdeckt, zwischen ihre Beine. Dort war ein Penis. Ein Glied, eine Nudel, ein Pimmel, ein Schwanz. Scholz zog die Hand erschrocken zurück. Siehst du, sagte sie – er – sie, du hältst die Wahrheit nicht aus. Scholz hatte das Gefühl, sein Kopf explodiere. Du bist ein Mann? Ich bin eine Frau in einem Männerkörper, entgegnete sie, wenn ich das Geld hätte, würde ich mich operieren lassen. Das ist ja wirklich, sagte Scholz, darf ich … darf ich noch einmal. Und er legte, ohne ihre Antwort abzuwarten, seine Hand wieder zwischen ihre Schenkel. Vom Schwarzen Kameel bis zum Hotel ... Orient sind es nur ein paar hundert Schritte. Im Hotel Orient verbrachten die beiden ihre erste Liebesnacht. Ihr folgten viele andere. Sie studierten gemeinsam zu Ende, heirateten und gründeten eine Kanzlei, mit der sie hohes Ansehen erwarben. Ich weiß nicht, ob sie sich jemals hat operieren lassen, aber sie hat in der guten Gesellschaft nie den Eindruck erweckt, nicht ganz und gar Dame zu sein. Sie adoptierten zwei Kinder, um auch den burgenländischen Erbschaftsangelegenheiten Genüge zu tun. Die beiden sind übrigens tot. Sie sind bei einem Autounfall ums Leben gekommen. Und wenn ich die Geschichte heute zum ersten Mal erzähle, so haben sie ihr Geheimnis trotzdem mit ins Grab genommen.

WIE EIN KUSS IN DER SECESSION DEN JUNGEN GRAFEN X. AUF DIE KUNST BRINGT.

Als Edeltrauds Geschichte zur Genüge gelobt worden war, sah Carl, dass er an der Reihe war, und er begann, ohne eine weitere Aufforderung abzuwarten, so zu reden:

Der lange Kuss im Riesenrad, von dem uns Dorothee erzählte, hat mich an eine alte Geschichte erinnert, die mir noch in meiner Zeit als Vizepräsident des … wie auch immer ... mit einem Kuss, mit Küssen und mit dem Küssen beschäftigen sich Liebeshändel bekanntlich am liebsten. Aber ein Kuss kann auch gefährlich sein, das habe ich meinen Studenten oft genug gesagt, und das musste auch der junge Graf X. erleben. Ein Kuss kann nämlich das Leben verändern. Er kann es zerstören oder in ungeahnte Richtungen lenken. Lasst mich, verehrte Versammelte, ein wenig ausholen und in der Vergangenheit kramen und ein paar Fakten auf den Tisch bringen, die für das Verständnis meiner Geschichte hilfreich sein werden. Beginnen wir im Jahr 1897. Da erscheint Schnitzlers „Reigen" als Privatdruck in 200 Exemplaren. Ebenfalls 1897 treten anlässlich einer Generalversammlung etliche Genossenschaftsmitglieder aus dem Künstlerhaus aus und gründen die „Vereinigung bildender Künstler Österreichs Secession". 1898 erscheint die erste Nummer der Zeitschrift „Ver sacrum" der Secession und ihre erste Ausstellung findet statt. 1899 gründet Karl Kraus „Die Fackel", während Sigmund Freud „Die Traumdeutung" veröffentlicht. 1900 muss Thronfolger Franz Ferdinand aufgrund der „morganatischen", also unstandesgemäßen Ehe, die er mit Sophie Gräfin Chotek einzugehen wünscht, in der Geheimen Ratsstube der Hofburg für seine Frau und für aus der Ehe entspringende Kinder eine feierliche Verzichtserklärung auf die Thronfolge abgeben. 1901 entsteht Klimts berühmtes Beethovenfries in der Secession, das 1902 zum ersten Mal der Öffentlichkeit gezeigt wird. 1903 widmet die Secession Klimt eine Einzelpräsentation. Felix Salten, der Autor von „Bambi" und der „Mutzenbacherin", sagt über Klimt: „Die Frauen, die er malt, sind in Wirklichkeit vielleicht ein wenig anders, sie sind in Wirklichkeit vielleicht nicht so poetisch, oder nicht so – übertrieben (wie man statt ‚poetisch' öfter sagt). Aber die wunderbare Sinnlichkeit des Klimtschen Temperaments zeigt sich gerade in seiner Art, Frauen zu malen. Es ist immer ein zärtlicher Spürsinn dabei am Werke, der nach dem Zauber der Weiblichkeit in jedem einzelnen Falle sucht. Irgendein Zauber wohnt in jeder Frau, zeigt sich bei jeder Frau an irgendeinem Zeichen, und Klimt entdeckt ihn bei jeder, also auch bei minder schönen Frauen. Da ist es entweder das Auge, das er aufleuchten lässt, dass so ein Bild ganz Auge zu sein scheint, oder es ist der herbe, dürstende Mund, den er so herrlich beredsam malt, dass alles andere neben diesem Mund verschwindet, oder es ist die Linie des Körpers, die Gebärde der Hände, oder das Haar. Mit viel Kunst versteht es Klimt, jede Frau in die Farbe zu stellen, die ihrem Wesen am meisten entspricht, in der ihre Art sich am schönsten und deutlichsten löst.“ Salten hat Klimts Werk gut in Worte gefasst, finde ich, jedenfalls waren Klimt, Kokoschka und Schiele die Enfants terribles der Jahrhundertwende. Jede Ausstellung, jeder Auftritt, jede Aufführung ein Skandal in einer Gesellschaft, die sich größtenteils immer noch an antiquierte Sitten und Gebräuche klammerte. In Wien drohten zwar einerseits die brodelnden Triebe den Eisenkessel der Unterdrückung zu sprengen, anderseits handelte es sich trotzdem um eine unglaublich prüde Großstadt, die sich das Viktorianische ganz zu eigen gemacht und, wie es in diesen Fällen üblich ist, sogar noch ge- und übersteigert hatte, eine Tendenz übrigens, welche die Pfaffen nach Kräften unterstützten. So konnte es geschehen, dass zwar über fast jeden gemunkelt wurde, er sei in illegitime Verhältnisse verwickelt. Den Anschein der Tugendhaftigkeit allerdings hielt man höher als jeden Regenschirm. Leute wie der junge Graf X., der hoffnungslos in ein Mädchen aus dem einfachen Volk verliebt war, suchten deshalb beinahe verzweifelt nach Möglichkeiten, ihre Passion wenigstens halbwegs öffentlich ausleben zu können. Schließlich möchte man herzeigen und vorführen, was man über alles liebt, und man möchte dafür bewundert werden. Vom Erbe ausschließen lassen will man sich trotzdem nicht. Die erfolgreichste Auflehnung gegen das Starre der Überlieferungen fand bei den Malern, Literaten und Architekten statt. Ihre Veranstaltungen galten als günstige Gelegenheit, weil man sich quasi unter seinesgleichen befand. Als die legendäre Einzelausstellung von Klimts Werken in der Secession angekündigt wurde, beschloss der junge Graf X., sein geliebtes Annerl zur Vernissage zu bestellen, wo er ihr naives Kunstbild qua seiner Position als Adliger auf ein höheres Niveau zu hieven gedachte. Sie trafen sich unmittelbar vor dem Eingang der Secession. Der junge Graf X. schleuste seine Liebste unauffällig ins Haus, was umso leichter gelang, als davor ein gewaltiges Gedränge herrschte und alles nach dem umschwärmten Künstler Ausschau hielt, von dem man erwarten durfte, dass er einen Skandal zustande bringe. Drinnen verharrten der junge Graf X. und sein Annerl gebannt vor einem Bild, auf dem sich ein nacktes Paar küsste. Wie sie gedankenverloren vor dieser in Gold getauchten Innigkeit standen, tastete er nach ihrer Hand. Sie war heiß und schmiegte sich sofort in seine. So standen die beiden Liebenden wie selbstvergessen, bis sie sich plötzlich einander zuwandten, in die Arme fielen und in einen leidenschaftlichen Kuss versanken. Ein Schlag auf den Rücken des jungen Grafen X. unterbrach diesen Kuss. Der Schlag kam von einem schwarzen Spazierstock mit silbernem Griff, der von einem als jähzorniger Trunkenbold verschrienen Onkel des jungen Grafen X. geschwungen wurde, und zwar mit voller Kraft. Der junge Graf X. schrie auf und fiel auf die Knie. Der Onkel prügelte weiter auf ihn ein. „Sauerei!“, schrie er, „Skandal!“ Das Gedränge war so groß, dass die meisten nicht mitbekamen, worum es ging. Sie hörten nur Sauerei! und Skandal! und glaubten natürlich, der Schreihals meine die Bilder. Ignorant! schrie es zurück, Banause! Schon ging man aufeinander los, mit Worten zuerst, dann mit den Fäusten. Der Kampf war schnell entschieden, weil sich die Befürworter Klimts in deutlicher Überzahl befanden. Der junge Graf X. aber schwor noch am Boden liegend, dass er mit seiner Familie nie mehr etwas zu tun haben werde. Er humpelte mit seiner Geliebten davon und wurde Maler. Wenn man Glück hat, kann man seine Werke noch heute im Dorotheum ersteigern.

WIE WOLFGANG DAS GEHEIMNIS DES VERSCHLOSSENEN HAUSES VERLIERT.

Als Carl mit dieser rührenden Geschichte seine Pflicht erfüllt hatte, dachte Andreas eine Weile nach und sagte dann: Meine Geschichte spielt vor nicht allzu langer Zeit im 22. Wiener Gemeindebezirk. Dort lebte ein Mann, den wir den verrückten Wolfgang nennen wollen. Bevor er nach Wien gezogen war, hatte Wolfgang in Niederösterreich gelebt und eine junge Brasilianerin namens Larissa geheiratet, aber diese hatte ihn nach wenigen Jahren verlassen und war in ihre Heimat zurückgekehrt. Es lag an Wolfgang, die Erziehung der Tochter, die der kurzen Ehe entsprungen war, in die Hand zu nehmen. Nun entsprach es dem Wesen Wolfgangs, trotz aller erlebten Enttäuschungen stets daran zu glauben, dass man aus dem Guten das Perfekte machen kann. So versprach, ja schwor er sich, der kleinen Beatriz die allerbeste Erziehung angedeihen zu lassen. Zwischen Windeln und Milchflaschen las er sich durch alle pädagogischen Handbücher und Zeitschriften der Kinderziehung, um sie doch am Schluss ins Kaminfeuer zu werfen, weil sie ihn zu unpräzise und zu widersprüchlich dünkten und kaum brauchbare Rezepte für die Aufzucht eines widerspenstigen weiblichen Wesens enthielten. Wolfgang entwickelte seine eigenen Ideen und schlug auch alle Ratschläge wohlmeinender Nachbarinnen aus, die, so vermutete er, in ihren Bemühungen nicht selbstlos waren, weil er ein stattlicher Mann im besten Alter war. Nun geriet das Kind offensichtlich nach der Mutter, es war lebhaft, aufgeweckt, wild zuweilen, schön dazu und schöner mit jedem Jahr. Nichts fürchtete Wolfgang mehr, als dass diese guten Anlagen im Umgang mit schlechten Menschen verdorben werden könnten. Es war ihm nicht entgangen, dass schon kleine Kinder rechte Teufel sein können. Als Beatriz drei Jahre alt war, kündigte Wolfgang seine Anstellung in einem renommierten Ingenieursbüro. Er kassierte eine großzügige Abfertigung, investierte die eine Hälfte an der Börse und kaufte mit dem Rest in einer anonymen Gartensiedlung des 22. Bezirks ein Haus mit Umschwung und ließ es nach seinen Plänen renovieren. Aller unnötige Zierrat wurde aus dem Haus entfernt. Stattdessen ließ er Wände und Decken mit Spiegeln auskleiden und in die Böden Mosaike einlegen, die immer nur sein Gesicht darstellten. Der Garten wurde hoch ummauert. Nach draußen führte eine kleine Tür, zu der nur er einen Schlüssel besaß. Den neuen Nachbarn gab Wolfgang zu verstehen, dass er Wissenschaftler sei, ein genialer selbstverständlich, der in unverständlichen Grenzbereichen forsche und vor allem in Ruhe gelassen werden wolle. Irgendwie gelang es ihm, den Behörden weiszumachen, dass Beatriz bei ihrer Mutter lebe, in Portugal oder in Brasilien, genaueres wisse er nicht. So übersiedelte er bei Nacht und Nebel das Kind ins neue Heim. Beatriz vermutete, dass es sich um ein Spiel handle. Ihr gefiel das neue Haus, sie war glücklich und fand in ihrem Spiegelbild alle Spielkameraden, die sie sich wünschte. Sie wuchs, weder Lesen noch Schreiben lernend, in seliger Ignoranz heran. Einzig das Klavierspielen brachte ihr Vater ihr bei. Bald klimperte sie ziemlich fehlerfrei Bach und Brahms, ohne allerdings zu ahnen, dass sich hinter diesen Namen Menschen verbargen, weil sie in der Meinung aufwuchs, dass es auf der Welt nur sie und ihren Vater gebe. Die Jahre vergingen wie im Flug, obwohl dieser schöne Satz natürlich immer nur im Nachhinein angewendet werden kann, wenn die stündliche Pein Wolfgangs, ob er auch alles richtig mache, die Streitereien um Nichtigkeiten und die leeren Zeiten vergessen sind. Beatriz war plötzlich zur schönsten aller Jungfrauen herangewachsen. Ihr volles Haar, die leuchtenden Augen, der sinnliche Mund und der Körper mit seinen schwellenden Formen hätten jedem Mann den Kopf verdrehen können, wenn es irgendeinen Mann gegeben hätte, der sie hätte anschauen dürfen. Auch Wolfgang hatte sich im Laufe der Jahre verändert. Wo er früher ein positiv denkender Mensch gewesen war, der tatsächlich nur das Beste für seine Tochter im Sinn gehabt haben mochte, so wurde er allmählich düster; und er begann an einem perversen Plan zu schmieden. Immer tiefer fraß sich die Idee in sein krankes Hirn, dass er und niemand anders Beatriz für immer besitzen müsse. Es ist schwierig, im Nachhinein das Entstehen dieser Teufelei zu rekonstruieren, und es ist ganz und gar unmöglich, dafür irgendein Verständnis aufzubringen. Vielleicht wollte er Rache nehmen an seiner treulosen Frau, vielleicht waren es Anzeichen einer Verrücktheit, die sich in Geistesschwäche verwandelte, vielleicht hatte die Enthaltsamkeit ihn zum Wahn getrieben, nur er sei Manns genug, eine Frau glücklich zu machen. Sicher ist, dass das tägliche Zusammenleben mit einer Jungfrau, die schöner als jede Rose war, sein sittliches Empfinden untergrub und schließlich ganz zerstörte. Nun war Wolfgang bei all seinen psychischen Defekten ein schlauer, um nicht zu sagen, weitsichtiger Mann, dem plumpes Vorgehen zuwider gewesen wäre. Er ließ seiner Tochter all die unschuldigen Vergnügen der Jugend, soweit die Abgeschiedenheit ihres Lebens sie erlaubten, und er vertraute darauf, dass dank dieser vollständigen Abgeschlossenheit nichts seinen Plan werde durchkreuzen können. Er hatte Zeit. Er hatte alle Zeit der Welt. Er begann damit, sie in die Kunst der Masturbation einzuweisen. Beatriz war auch darin eine gelehrige und willige Schülerin und dankbar genug für dieses Vergnügen. Sie verbrachte nun viele lusterfüllte Stunden selbstverlorenen Spielens vor den unzähligen Spiegeln des Hauses. Wolfgang war diskret genug, sie in der Intimität der neuen Erfahrung nicht zu stören. Er wusste, dass er bald die Früchte seiner Zurückhaltung würde ernten können. An Beatriz' 18. Geburtstag hielt er um die Hand seiner Tochter an und küsste auch gleich die Freudentränen des überraschten Mädchens trocken. Die beiden feierten in der gleichen Woche Verlobung. Der Bräutigam entkorkte jene Flasche Champagner, die ihm ein Freund anlässlich der Geburt seiner Tochter geschenkt hatte. Beatriz trank zum ersten Mal Alkohol, und die Leichtigkeit, die in ihr schönes Köpfchen stieg, führte sie weniger auf den Alkohol zurück als auf die Vorfreude auf die körperliche Vereinigung mit dem einzigen Menschen, den sie kannte. Wolfgang hatte ihr den Akt in langen Gesprächen ausführlich beschrieben und versprochen, dass er imstande sei, die schönsten Glücksgefühle hervorzurufen. Der Hochzeitstag wurde festgelegt, und Wolfgang überredete einen Priester, der wegen seiner triebhaften Ruchlosigkeit aus der Kirche ausgestoßen worden war, die Trauung zu vollziehen, weil Wolfgang auf seine verrückte Art glaubte, dass der Bund mit seiner Tochter auf einem gottgefälligen Fundament zu stehen habe. Die Hochzeit war für die Beteiligten ein unvergessliches Erlebnis. Beatriz war schöner denn je. Wolfgang durfte seinen Begierden endlich die Tore aufreißen. Und der Priester ertränkte das Wissen um seine Sündhaftigkeit in Unmengen von Alkohol. Bevor er am nächsten Tag das Haus im 22. Bezirk verließ, kam er mit Wolfgang überein, dass er von nun an den beiden jeden Sonntag die Messe lesen werde, um sie all der Lasterhaftigkeit ihres Treibens zum Trotz mit Gott zu versöhnen. Wolfgang stimmte widerwillig zu. Er wusste, dass er erpressbar war. Ein Jahr nach der Trauung gelang es Beatriz, im Windschatten des Priesters, dessen Existenz ihr die Augen für eine Außenwelt geöffnet hatte, zu entkommen. Sie ließ den Vater allein mit seiner Schande und mit einem Säugling, der diesmal ein Knabe war.

ALS DAS JUNGE GLÜCK FIAKER FUHR UND DABEI ALLEN EINEN STREICH SPIELTE.

Kaum hatte Andreas seine Geschichte beendet, begann man hitzig zu diskutieren, ob es eine österreichische Eigenart sei, Kinder in Kellern und Verliesen wegzusperren, um sie gefügig zu machen. Maria Luisa unterbrach die Debatte mit dem Hinweis, dass die Reihe an ihr sei. Andere mögen Krieg führen, begann sie, du, glückliches Österreich, heirate. Ihr kennt diesen Spruch, liebe Freundinnen und Freunde, und er ist wohl einer der Gründe, weshalb in Österreich besonders aufwändig und prächtig geheiratet wird. Als Franz Ferdinand, der einer sehr alten und sehr vornehmen Wiener Familie angehörte, um die Hand der einer nicht minder alten und feinen Wiener Familie entstammenden Birgitta anhielt, begann ein familiärer und gesellschaftlicher Trubel, der erst mit der Hochzeitsnacht sein Ende nahm. Ich will Euch nicht mit den Details der Vorbereitungen langweilen, sondern gleich zur Trauung kommen. Selbstverständlich fand sie im Stephansdom statt, weil mit einer Trauung ja auch eine gesellschaftliche Position markiert werden muss. Der Friseur, die Kosmetikerin und der Schneider hatten ausgezeichnete Arbeit geleistet.

Birgitta war der sprichwörtliche Traum in Weiß. Aufgeregt, wie es sich gehört, ihre Wangen glühten, die Hände zitterten, das alles entscheidende Ja flüsterte sie mehr, als dass sie es gesprochen hätte. Franz Ferdinand stützte seine frisch Angetraute, als sie den Dom verließen, weil ihre Knie weich wie Gummi waren. Eine Hochzeit wie im Märchen, eine wahr gewordene Fantasie. Vor der Kirche warteten weiße Limousinen, die die wichtigsten Gäste zum Hotel Schwarzenberg brachten. Kaiserwetter herrschte, Maientag im Park des Hotels beim Empfang. Die Herren trugen Cutaways, die Damen Roben, Birgitta in strahlendem Weiß mittendrin. An diesem Tag war sie das Epizentrum des vornehmen Wien, um sie drehte sich alles, und ihr, ja ihr drehte der Kopf. Nach dem Empfang, der bis in den Abend hinein dauerte, sollten Franz Ferdinand und Birgitta ins Sacher gebracht werden, wo sie sich frisch machen würden, um dann zum Flughafen zu fahren und in die Flitterwochen zu fliegen. Natürlich wurden die beiden bei der Verabschiedung mit Anzüglichkeiten überschüttet. Die Studienfreunde von Franz Ferdinand und Birgittas Freundinnen schlossen Wetten ab, dass Birgitta nie und nimmer als Jungfrau die Flitterwochen beginnen werde, weil die beiden doch schon im Sacher zur Sache kommen würden und so weiter und so fort. Nun waren weder Franz Ferdinand noch Birgitta Kinder von Traurigkeit. Sie hielten tüchtig dagegen, erwiderten Scherz mit Spott und planten eine kleine Rache am Freundeskreis, in welchem viele zwar tüchtig zu prahlen verstanden, aber kaum einer bereits nennenswerte sexuelle Erfahrungen gemacht hatte, denn diese Geschichte spielt zu einer Zeit, als es noch nicht üblich war, schon beim ersten Stelldichein miteinander ins Bett zu hüpfen. Birgitta und Franz Ferdinand würden es ihnen zeigen. Während Birgitta Lästereien parierte, schlich sich Franz Ferdinand davon, um den Streich zu organisieren. Im richtigen Moment entwischte auch sie und eilte zum offenen Fiaker, den Franz Ferdinand herbestellt hatte. Kichernd und prustend stiegen die beiden ein. Sie befahlen dem Kutscher, die Peitsche zu schwingen und rasten los. Die Flucht gelang, und schon auf dem Schwarzenbergplatz lagen sie sich in den Armen. Sie küssten sich zum ersten Mal mit der Leidenschaft, die frisch Getrauten zusteht. Zwar hatten sie sich auch während der Verlobungszeit oft geküsst und jede Gelegenheit zum Schmusen ausgenützt, und sie hatten auch das, was man Petting nannte, in aller Ausführlichkeit betrieben. Trotzdem war Birgitta noch Jungfrau. Jetzt dachte sie, dass keiner der früheren Küsse so süß geschmeckt hatte wie jene, die sie als frisch verheiratete Frau von ihrem Mann empfing. Franz Ferdinand legte sich keine Zurückhaltung mehr auf. Schon hatte er seine Hand unter ihrem Brautkleid. Zwei Minuten später streifte er ihr den Schlüpfer ab, um daran zu riechen und ihn mit Triumphgeschrei einem Passanten an den Kopf zu werfen. Unterdessen nestelte Birgitta an seiner Hose und befreite einen prächtigen Schwanz. Er war hart, Birgitta war nass, beide waren unerfahren, aber über alle Maßen erregt. Schon kam die Staatsoper ins Blickfeld, da schwang Birgitta sich auf den Schoß ihres Gatten, packte seinen Schweif und setzte ihn an ihrer Pflaume an. Noch verharrte sie, noch zitterten beide vor Erregung, schon erreichten sie die Staatsoper, entdeckten den Fotografen, den Franz Ferdinand hinbestellt hatte und der bereit stand, und während er fokussierte, senkte sie sich mit einem entschlossenen Ruck hinab auf den Schoß ihres Mannes. Er durchstieß das Jungfernhäutchen und begrub seinen Schwengel tief in ihrem Leib. Der Fotograf erwischte den richtigen Augenblick. Auf den Abzügen, die er ihnen nach der Rückkehr von den Flitterwochen übergab, sieht man die Kutsche vor der Staatsoper, man sieht die Braut auf dem Bräutigam sitzen und man sieht auf einer wirklich gelungenen Nahaufnahme ihr von Schmerz und Lust erfülltes Gesicht mit dem offenen Mund und den weit aufgerissenen Augen, und man glaubt deutlich den Paarungsschrei wilder Tiere zu vernehmen. Franz Ferdinand und Birgitta ließen von dieser Aufnahme viele Abzüge machen. Sie schickten sie all jenen Freunden, die gedacht hatten, sie könnten sich mit ihnen einen Spott erlauben. Übrigens: Ja. Als sie in ihren Flitterwochen ankamen, war Birgitta schwanger.

ALS DAS TELEFON NACH WIEN KAM UND WIE GRISELDA EINE AMSEL FING.

Den Damen, die Maria Luisas Geschichte gelauscht hatten, war eine leichte Röte über die Wangen gehuscht, aber am Ende hatten sie doch alle herzlich gelacht. Jetzt wandten sie sich Emma zu, die auch gleich zu erzählen begann: Im Jahr 1910 kamen in Wien die ersten Telefone mit einer Wählscheibe und einem Hörer auf den Markt. Meine Geschichte spielt kurz danach. Da lebte in Währing ein alter Hofrat mit seiner Frau, die um Vieles jünger war, und ihrer gemeinsamen Tochter, einer ausnehmend hübschen jungen Dame, in einer prächtigen Villa mit schönem Garten. Der alte Hofrat war bekannt für seine Sittenstrenge, und so war es nur natürlich, dass er seine Tochter aufs Genaueste überwachte, weil er wusste, welche Gefahren ihr von überall her drohen könnten. Die junge Dame, die Griselda hieß, verbrachte die Wochentage im k.k. Civil-Mädchen-Pensionat, das sich im Palais Strozzi befand und eine strenge Schule mit strengen Regeln war. Für die Aufnahme waren weder Stand noch Klasse vorgeschrieben. Entscheidend war das Probejahr. Die Bestätigung der Aufnahme war dann dem Kaiser höchstpersönlich vorbehalten. Griselda ging gerne ins Pensionat und es hätte ihr auch nichts ausgemacht, die Wochenenden dort zu verbringen, aber ihr Vater bestand auf dem Familiensonntagsbraten. So kam sie jeden Freitagnachmittag von der Schule nach Hause und ging am Montag in der Früh wieder weg. Ein paar Villen weiter wohnte der ungestüme Richard. Seine Eltern waren mit den Eltern von Griselda zwar nicht befreundet, aber man kannte sich vom Sehen und von Kirchgängen. Der ungestüme Richard war nun schon eine schöne Weile lang heftig in Griselda verliebt. Irgendwann bemerkte das Griselda. Sie war ihm nicht böse, sondern fand im Gegenteil, dass sie seine Gefühle erwidere. An einem Sonntag in der Kirche gelang es ihr, ihm ein Zettelchen mit einer Telefonnummer zuzustecken. Es war allgemein bekannt, dass inzwischen jeder, der auf sich hielt, zu Hause einen dieser neuen Apparate aufgestellt hatte. Das Herz des ungestümen Richard schlug bis zum Hals, als er am folgenden Wochenende die Nummer wählte. Sofort hob jemand ab, meldete sich mit „Griselda spricht" und verfiel in Juchzer, als der ungestüme Richard seinen Namen nannte. „Ach", seufzte es in den Hörer, „Richard, schön, dass du anrufst, ich habe nicht zu hoffen gewagt, dass du anrufst, Richard, dein Anruf macht mich glücklich, so lange ist es her, seit wir uns gesprochen haben, ach, Richard" und ach und ach! Irgendwann kam das dem ungestümen Richard seltsam vor. Er wiederholte seinen vollen Namen und erwähnte, dass er Griselda versprochen habe, ihr bei den Lateinaufgaben zu helfen. Da lachte es am anderen Ende der Leitung hell auf. „Oh je, wie dumm“, schnatterte es los, „Ich heiße auch Griselda, ich bin Griseldas Mutter, ich dachte, mein alter Freund Richard ...“ und so weiter und so weiter. Der ungestüme Richard verging beinahe vor Peinlichkeit. Seine Ohren brannten, er legte den Hörer so schnell auf, als sei er aus glühendem Eisen. Es ist nur der Stärke seines Charakters zuzuschreiben, dass er sich trotzdem nicht entmutigen ließ. Er steckte seiner Griselda bei der nächsten Gelegenheit einen Zettel zu, auf dem er kurz das telefonische Missgeschick schilderte und dann schrieb: „Griselda, ich bitte dich, lass mich nicht vor Liebe sterben.“ Am nächsten Sonntag hielt er ihren Zettel in der Hand: „Wollte Gott, du tätest es mir nicht noch ärger an.“ Im Wochentakt wechselten jetzt die Zettel hin und her. „An mir soll es gewiss nie liegen, alles zu tun, was dir willkommen ist. Du aber vermagst die Mittel herauszufinden, die uns beiden das Leben wiedergeben können“, schrieb er. „Richard, Liebster“, antwortete sie, „du siehst wohl, wie sehr ich bewacht werde. Ich weiß nicht, wie es anzustellen wäre, dass du zu mir kommen könntest. Weißt du aber ein Mittel, wie es ohne Schande für mich geschehen könnte, so will ich gern tun, was du verlangst.“ „Auch ich weiß kein Mittel außer dem“, schrieb er, „dass du in dem Erker schliefest, der auf den Garten deines Vaters Haus hinausgeht, oder wenigstens nachts dorthin kommen könntest. Wüsste ich dann, dass du da wärest, so sähe ich schon zu, so hoch es auch bis dort hinauf sein mag, dass ich hinaufkäme.“ „Wenn du dich getraust hinaufzukommen, so denke ich, soll es mir auch gelingen, dass ich dort schlafen darf“, beschloss Griselda diesen Briefverkehr und empfahl ihm, es am nächsten Wochenende zu versuchen. Am Freitag kam Griselda in einem schrecklichen Zustand nach Hause. Sie war blass, sie fieberte, sie habe die ganze Woche nicht geschlafen, jammerte sie, die stickigen Schlafräume, sie brauche Luft, Luft, Luft, ob sie nicht im Erker schlafen dürfe, im Zimmer sei es um diese Jahreszeit viel zu heiß. Der Vater meinte, von Hitze könne keine Rede sein, weil es nämlich bis zum Hochsommer noch ein paar Monate daure. Griselda erwiderte, dass sie nur gut schlafen könne, wenn sie am Abend und in der Früh dem Gesang der Amsel lauschen dürfe. Es half alles nichts. Das Mädchen musste in ihr Zimmer. Die ganze Nacht jammerte Griselda so laut, dass auch die anderen keinen Schlaf fanden, und als ihre Mutter am nächsten Tag fragte, was denn nur los sei, meinte Griselda, Mutter solle doch auf alle Fälle bedenken, dass junge Mädchen mehr innere Wärme hätten als bejahrte Frauen. Die Mutter gab ihr Recht, und auch der Vater willigte schließlich ein. „Nun, meinetwegen, so lass ihr denn ein Bett zurechtmachen, das klein genug ist, um auf dem Erker Platz zu finden. Sorge auch dafür, dass ringsherum Vorhänge gespannt sind, und dann mag sie in Gottes Namen dort schlafen und die Amsel singen hören, soviel es ihr beliebt." Man baute im Erker ein schmales Bett auf, und als Griselda sich hinlegte, zog der Vater eigenhändig die Vorhänge und versperrte die Tür mit einem Schlüssel. Kaum war alles ruhig im Haus, gab Griselda das verabredete Zeichen, und wenig später hatte sich der ungestüme Richard die Mauer hochgearbeitet, stand in ihrem Zimmer und nahm sie in seine Arme. Nach tausend ausgetauschten Küssen legten sie sich nieder und genossen fast die ganze Nacht hindurch alle Lust, die Liebende einander gewähren können, wobei sie denn begreiflicherweise die Amsel ziemlich oft und ziemlich ausdauernd singen ließen. Nach langem Liebesspiel schliefen die beiden unbedeckt ein, und Griselda, die den rechten Arm unter den Hals ihres ungestümen Richard gelegt hatte, hielt mit der linken Hand das Ding fest, das wir Damen uns, zumal vor Männern, zu nennen scheuen. Unglücklicherweise schliefen sie tief und fest in den Sonntagmorgen hinein, und als der Vater seine Tochter wecken wollte, fand er die beiden in der beschriebenen Lage. Der alte Hofrat, seinen Zorn unterdrückend, rannte zu seiner Frau und sagte: „Hurtig, Frau, steh auf und komm geschwind, um zu sehen, wie gut deiner Tochter die Amsel gefällt, dass sie sie gefangen hat und noch in den Händen hält." Man kann sich das Geschrei und Gezeter vorstellen, das bald durch die ganze Villa schallte. Am Ende beschied der alte Herr, dass der ungestüme Richard nur dann im Guten aus dem Haus entlassen werde, wenn er verspreche, die Amsel nur noch in seinen eigenen Bauer zu stecken und nicht in einen fremden, was nur Verlobung und Hochzeit bedeuten konnte. Griselda und der ungestüme Richard waren augenblicklich einverstanden, und der Vater schlug vor, sie sollten sich doch jetzt noch ein bisschen ausruhen, bevor man gemeinsam in die Kirche gehe. Kaum waren der Vater und seine Gattin weg, umarmten sich die jungen Leute und fügten zum Abschluss den sechs Meilen, die sie während der Nacht zurückgelegt hatten, noch zwei andere hinzu.

WOHIN BLASENSCHWÄCHE AUF OFFENER BÜHNE FÜHREN KANN.

Als Emma schwieg, lachte Maria Luisa laut auf und fragte, ob Emma da nicht vielleicht eine Amsel mit der Nachtigall verwechselt habe. Emma weigerte sich, auf die Bemerkung einzugehen. Sie wolle jetzt unbedingt die nächste Geschichte hören, und es liege an Rudi, den Faden fortzuspinnen. Rudi begann ohne Zögern: Franz und Franziska waren nun schon seit 35 Jahren verheiratet, und es werden wohl ein paar gute Jahre dabei gewesen sein, sonst hätten sie es nicht so lange miteinander ausgehalten. Vielleicht hängt es auch damit zusammen, dass sie sich nicht nur privat, sondern auch beruflich verstanden. Sie waren beide Schauspieler, er dazu auch noch Regisseur, und sie hatten lange Zeit ihr eigenes Theater geleitet, das über die Landesgrenzen hinaus einen … ja, jedenfalls keinen üblen Ruf besaß. Immerhin war es ihnen gelungen, ihre Truppe durch schwierige Zeiten hindurch zu ein paar ganz netten Erfolgen zu führen. Als Franz und Franziska ihren 35. Hochzeitstag feierten, wurden sie natürlich auch gefragt, wie sie sich denn gefunden hätten. Die beiden lachten, und Franziska wurde tatsächlich rot. Wir waren, sagte sie, beide schon eine Weile im Geschäft, ohne uns jemals getroffen zu haben. Der eine spielte hier, die andere da, es waren schwierige Jahre, weil es keine finanzielle Absicherung gab. Natürlich nahmen die beiden auch Rollen in Stücken an, die nicht unbedingt zum Besten gehörten, was die Theaterliteratur hervorgebracht hat. Hauptsache, man stand auf der Bühne, Hauptsache, man hatte zu tun und verdiente Geld. Eines Tages wollte es der Zufall, dass sie für das gleiche Stück gebucht wurden, eine Operette, am Raimund Theater. Sie hatten beide nur Nebenrollen, aber es gab eine Tanznummer, während der sie vorgeben mussten, sie seien ineinander verliebt. Der Franz, sagte Franziska, war mir schon bei den Proben aufgefallen, er war aber auch wirklich ein Kerl. Und die Franziska, ergänzte Franz, war eine Schönheit mit blitzenden Augen und einem umwerfenden Temperament! Er hatte sich auch in sie verguckt. Bei den Proben waren beide schüchtern, aber sie spürten, dass es da eine Spannung gab. Je näher die Premiere rückte, umso aufgeregter wurden sie. Immerhin hatte das Raimund Theater einen gewissen Ruf, und immerhin waren auf dessen Bühne schon ein paar Theaterlegenden gestanden, Alexander Girardi, Eleonora Duse, Max Reinhardt, Attila Hörbiger ... Bei der Premiere lief alles gut, das Orchester und die Solisten waren in Form, es würde, das spürten alle Beteiligten, ein Erfolg werden. Schon begann ihre Nummer, schon flogen Franz und Franziska aufeinander zu und wirbelten im Takt der Musik über die Bühne, als es plötzlich geschah: rundherum schien alles wie wegzufliegen. Es gab nur noch sie beide, zwei einander in die Seele Schauende, die sich Hals über Kopf in einander verliebten. Die Anspannungen der letzten Tage und Wochen fielen von ihnen ab, und da passierte das Entsetzliche: Franziska nässte sich ein. Auf offener Bühne gab ihre Blase nach, sie musste es rinnen lassen, sie pinkelte vor sich hin, pinkelte einfach vor sich hin. Außer ihr merkte es niemand, aber ihr war es natürlich ungeheuer peinlich. Dank ihres Kostüms merkte nicht einmal Franz etwas. Sie hat es ihm später erzählt, danach haben sie oft darüber gelacht. Das Schlimmste war, sagte Franziska, dass ich nicht aufhören konnte. Es hörte einfach nicht auf.

Alle mussten lachen, als Rudi mit seiner Geschichte zu Ende war, und die eine und andere Dame verriet, dass sie sich an vergleichbare Missgeschicke erinnern könne. Die Reihe wäre nun an Olga gewesen, aber Maria Luisa erklärte, das lange Zuhören und die Konzentration auf diese vielen verschiedenen Geschichten hätten sie ziemlich ermüdet. Sie würde sich gerne in ihr Zimmer zurückziehen, um sich ein bisschen auszuruhen. Man möge das aber bitte nicht als Zeichen betrachten, dass sie ihr Interesse am Reigen der Erzählungen verloren habe, im Gegenteil, gerade weil sie unbedingt mehr hören wolle, bitte sie um eine Pause. Edeltraud schloss sich Maria Luisas Bitte an. Auch sie sei ziemlich erschöpft. Zudem habe sie bald ihre Medikamente einzunehmen. Andreas und Olga protestierten. Sie hatten noch lange nicht genug. Dorothee entschied trotzdem, dass es für den ersten Tag reiche, weil in ihrem Alter Ausdauer nicht mehr zu den wichtigsten Eigenschaften gehöre. Sie schlug vor, dass man sich morgen zur gleichen Zeit am gleichen Ort treffe, um den Faden des Geschichtenspinnens da aufzunehmen, wo man ihn jetzt niederlege. Die Reihe sei an Olga, der auch die Herrschaft über den Tag zufallen werde. Sie habe sich ein Thema auszudenken. Pikant müsse es sein. Man wolle sich wieder amüsieren. Schließlich waren alle mit Dorothees Vorschlag einverstanden. Während Maria Luisa und Edeltraud aufstanden, um ins Haus zurückzukehren, meinte Andreas, es wäre vielleicht eine gute Idee, diesen Nachmittag mit einem Lied ausklingen zu lassen, einem Wienerlied selbstverständlich, und weil in einer der Geschichten ein Fiaker vorgekommen sei, wisse er auch, welches passe. Und er hob mit seinem schönen, vollen Bariton an: A echter Weana Fiaka / Is stolz auf sein'n Stand, / Mia hab'n a an Charakter, / Zeig'n euch gern Stadt und Land. Einige stimmten ein, die anderen summten mit, und als Andreas zum Ende des Liedes kam, rannen ein paar Tränen über verrunzelte Wangen: Und auf mein' Grabstein da soll stehn, / Damit's die Leut a deutli' sehn: / Sei Stolz war, er war halt a echt's Weanakind, / A Fiaker, wie man net alle Tag find't, / Sei Bluat war so lüftig und leicht wie der Wind, / Ja, er war halt a echt's Weanakind.

ZWEITER TAG

ES BEGINNT
DER ZWEITE TAG
DES WIENER DEKAMERON,
AN WELCHEM UNTER
OLGAS HERRSCHAFT
VON MENSCHEN GESPROCHEN WIRD,
WELCHE DIE GEBOTE DER SITTLICHKEIT
VERLETZTEN UND TROTZDEM
IHR VERGNÜGEN HATTEN.

Die Sonne stand hoch am Himmel, und eine leichte Brise wehte durch die Wipfel der Linden und Ahorne, als sich die Bewohner der Pension allmählich bei der Sitzgruppe in der Nähe des kleinen Brunnens versammelten. Man hatte, wie es die Gewohnheit diktierte, alleine im Zimmer gespeist, aber diesmal hatten sich, als wäre es abgesprochen gewesen, alle bis auf Rudi und Nora ein Gläschen Wein gegönnt. Emma schritt auf ihren Krücken tüchtig aus und wehrte Carls Angebote ab, der sie stützen wollte. Nora humpelte hinter den beiden her, gefolgt von Andreas und Rudi, die sich links und rechts bei Maria Luisa eingehängt hatten. Dahinter Edeltraud und Olga, und wie üblich zum Schluss Elsa, der es nicht gelang, sich an den anderen vorbeizuschlängeln, um in die Nähe von Carl zu kommen. Dorothee wartete bereits, sie bat, Platz zu nehmen. 731 Jahre Erfahrung hatten sich auf ein paar Quadratmetern Rasen versammelt. Weit über ein halbes Jahrtausend, wenn man sie hätte aneinanderhängen können. Aber Parallelität verdichtete das Lebenswissen in ein Dreivierteljahrhundert hinein. Sie hatten

Kriege und Frieden erlebt, waren an etlichen Katastrophen vorbeigeschrammt, kannten Liebe, Leid und Tod, und doch wäre, wenn jeder vom Gleichen geredet hätte, jedes Mal etwas anderes herausgekommen. Erfahrung und Wahrnehmung sind unterschiedliche Dinge, und oft genug diktiert die Wahrnehmung das, was wir Erfahrung nennen. Jetzt allerdings waren alle guter Laune und neugierig auf die Geschichten, die der Tag bringen würde. Trotzdem taten vor allem Nora, Rudi und Carl, und mit ihm natürlich Elsa, als ob sie sich nur widerwillig der Laune einer Mehrheit beugten. Allerdings gaben sie diese Haltung rasch auf, denn Olga, der ja die Herrschaft über den Tag zufiel, hatte Kaffee und Tee und Gebäck herbeischaffen lassen und bat nun alle, sie sollten sich bitte bedienen. Sie erklärte, sie sei, was das Thema des Tages betreffe, lange unschlüssig gewesen, habe sich schließlich aber für eine Vorgabe entschieden, die einen bunten Strauß verrückter und hoffentlich auch lustiger Geschichten verspreche. Sie könne sich vorstellen, dass ihre Wahl verwundere, weil sie als fromme Person gelte, die viel betet und gerne in die Kirche geht. Sie tue das jedoch nicht, weil sie sich vom Leben und seinen Möglichkeiten abgewandt habe, sondern um über Gott mit ihren Herzensmenschen zu kommunizieren. Was unsere Zusammenkünfte betrifft, fuhr Olga fort, denke ich, dass das Unsittliche ein Geschenk Gottes ist, weil es sonst nicht überall und wild wie Unkraut wuchern könnte. Das Unsittliche ist das Gegenteil der Sittlichkeit, erklärte Olga, welche eine Übereinstimmung des Denkens und Handelns mit von der Mehrheit der Menschen einer Gemeinschaft akzeptierten Regeln bezeichnet. Nun sei zwar allgemein bekannt, dass unsittliche Handlungen böse Folgen haben können. Allerdings sei auch bekannt, dass sich Denken und Handeln der Menschen immer und immer wieder veränderten. Das Unsittliche muss nicht Unglück bringen, sagte Olga, und wir wollen am Ende des Tages fröhlich auseinander gehen. Sie schlage vor, dass man von Menschen berichte, die die Gebote der Sittlichkeit verletzten und trotzdem ihr Vergnügen hatten. Die Zuhörer murmelten, dass sie mit allem, was Olga sage, ganz und gar einverstanden seien. Sie möge jetzt aber trotzdem nicht länger zögern, sondern mit dem Erzählen endlich beginnen.

ALS FRAU ROSE EINES NACHTS DURCH WIEN SPAZIERTE UND WAS IHR DABEI GESCHAH.

Frau Rose war eine anständige Dame aus gutbürgerlichem Milieu, sie war verheiratet und hatte zwei Kinder im Alter von acht und sechs Jahren, und ihr Gatte bekleidete eine führende Position in einem Unternehmen, das sich mit Öffentlichkeitsarbeit beschäftigte. Aber er arbeitete viel, zu viel, wie seine Gattin meinte, er arbeitete viel zu viel, und es kam ihr vor, als habe er seit langem nicht nur keine Zeit mehr für die Familie, sondern vor allem auch sein Interesse an ihr verloren. Das kränkte sie sehr, sie selber hatte nämlich genügend Zeit, seit die Kinder zur Schule gingen, und so vertrieb sie sich halt diese Zeit gerne mit Einkäufen, wobei sie vor allem ihrer Vorliebe für schönes Schuhwerk frönte, und da ihr Mann nicht nur sehr gut verdiente, sondern auch mehrere Erbschaften gemacht hatte, gebrach es ihr nie an Geld. Frau Rose war eine ausnehmend hübsche Person, und sie empfand sein Desinteresse als persönliche Beleidigung. Eine schöne Weile lang versuchte sie alles, um sein Begehren zu wecken, sie präsentierte sich in verführerischen Dessous und arbeitete sich durch das „Kochbuch für Aphrodite", durch „Romantische Menüs für Verliebte" und so weiter – es half alles nichts, bis ihr schließlich nur noch Rache blieb, die Rache einer gedemütigten Frau. Sie hatte Zeit, es eilte nicht, aber sie hielt die Augen offen für die richtige Gelegenheit, die sich im Gefolge eines Abendessens bei einem befreundeten Paar ergab: Er war ein Geschäftspartner ihres Mannes, sie ebenfalls Hausfrau und ebenfalls ziemlich frustriert, allerdings nahm an dem Essen ein weiteres Paar teil, Zufallsbekanntschaften eher, sie Lehrerin, er Künstler, und Frau Rose fand, dass dieser Künstler eine faszinierende Erscheinung sei. Seine Ansichten waren originell, er trug sie mit Vehemenz vor und es gelang ihm, die anderen aus der Reserve zu locken und zu heftigem Widerspruch anzustacheln, seine blauen Augen blitzten, er sah verdammt gut aus, fand Frau Rose, was sie allerdings am meisten faszinierte, war eine beiläufig hingeworfene Behauptung des Künstlers, der übrigens Werner hieß. Er habe, sagte er, als die anderen Männer sich wieder einmal damit brüsteten, wie unglaublich beschäftigt sie seien, wie gehetzt vom Beruf und gequält von ständigen Verpflichtungen und von einem Termindruck, der ihnen keine Zeit für gar nichts lasse, er habe, sagte also Werner, immer Zeit, ihm sei nämlich seine Freiheit wichtiger als alles Geld der Welt. Diese Worte trafen Frau Rose bis ins Herz. Ein gutaussehender, offenbar erfolgreicher und interessanter Kerl, der auch noch über Zeit verfügte – seine Worte ließen ihr keine Ruhe, und während die anderen weiter redeten, überlegte sie, was er und sie mit der vielen Zeit anfangen könnten, ihre Schenkel begannen zu zittern, ihre Lippen füllten sich mit Blut und sie beschloss auf der Stelle, diesen Mann näher kennenzulernen. Als man am Ende des Abends Telefonnummern austauschte, hatte sie auch schon eine erste Idee, wie sie vorgehen werde, aber zuerst wartete sie einige Wochen, bis sie sich daran machte, den Plan umzusetzen. Allerdings traf sie, noch bevor es dazu kam, Werner zufällig im Meinl am Graben, er war gerade dabei, Hochprozentiges in seinen Einkaufskorb zu legen. Sie trat neben ihn, begrüßte ihn, und schon waren sie mitten im Plaudern, sie fragte, wie es seiner Freundin gehe, er entgegnete, er habe sich kürzlich von ihr getrennt, sie merkte, wie ihr Herz wieder zu rasen begann, und erwähnte möglichst beiläufig, wie sehr ihr seine Behauptung, er habe immer Zeit, gefallen habe und wie oft sie daran denken müsse, worauf Werner entgegnete, ich kann gerne den Beweis antreten, darf ich Sie jetzt und auf der Stelle zu einem Gläschen Wein einladen? Frau Rose nahm erfreut an, sie begaben sich zuerst ins Café de l'Europe, wo sie mehr als nur ein Gläschen tranken, und dann in seine Wohnung, welche sich in der Judengasse befand. Aber schon im Hausflur umarmten sie sich, und noch bevor sie ihre Schuhe abstreifen konnte, lagen sie im Bett und liebten sich, bis sie hochschreckte und meinte, sie müsse die Kinder von der Schule holen. Er begleitete sie zur Tür und neckte sie zum Abschied lächelnd, sie könne sich bei ihm melden, wann immer sie wolle, sie wisse ja, er habe alle Zeit der Welt. Von diesem Tag an verbrachte Frau Rose jeden zweiten Nachmittag bei

Werner, er war ein fantastischer Liebhaber, und Frau Rose hatte das Gefühl, zum ersten Mal ihre Weiblichkeit so richtig und in vollen Zügen und vor allem auch ausdauernd genießen zu können. Natürlich merkte ihr Mann nichts von ihrer Affäre, er war und blieb zu beschäftigt, als dass er seine Frau überhaupt noch als Wesen mit Wünschen hätte wahrnehmen können, und Frau Rose war wild entschlossen, es ihm heimzuzahlen, so heiß wie es nur ging. Werner akzeptierte, dass sie verheiratet war, aber er drängte darauf, dass sie mit ihm wenigstens ab und zu auch abends etwas unternehme, er tanzte gerne, und da auch Frau Rose leidenschaftlich gerne tanzte – ihren Mann hatte sie seit der Hochzeit nie mehr dazu überreden können –, willigte sie gerne ein und erfand Ausreden, um auch nachts ausgehen zu können. Bei einer dieser Gelegenheiten führte Werner sie in eine Diskothek namens Roxy, die sich in der Nähe des Naschmarkts befand, obwohl Frau Rose befürchtete, dass sie für eine Diskothek zu alt sei, aber Werner schwor, dass sie im Roxy, was ihr Alter betreffe, nicht einmal auffallen werde. Er holte sie im Taxi ab, der Babysitter war rechtzeitig gekommen und würde bleiben, bis ihr Mann nach Hause kam, sie hatte ihm gesagt, dass es sehr spät werden könne und sie vielleicht sogar bei einer Freundin übernachten werde, da diese Freundin gerade in einer hässlichen Scheidung stecke, mit Selbstmord gedroht habe und nicht alleine gelassen werden dürfe. Frau Rose war nicht einmal errötet, als sie ihrem Mann diese Lügen auftischte. Ihm war es offensichtlich egal, weil er nicht nachfragte, um welche von ihren Freundinnen es sich handle. Frau Rose trug über einem kurzen Kleid einen Wintermantel, auf Strümpfe und Unterwäsche hatte sie verzichtet, weil Werner beides nicht mochte, und natürlich konnte Werner schon im Taxi die Finger nicht von ihr lassen, Frau Rose war zufrieden, sie fühlte sich begehrt, sie freute sich aufs Tanzen, sie hatte vor, diese Nacht in vollen Zügen zu genießen. Das Roxy war tatsächlich keine mondäne Diskothek, im Gegenteil, die Einrichtung wirkte beinahe bieder, eine große Bar, eine Tanzfläche, die man fast winzig nennen konnte, viel mehr gab es nicht, aber das Lokal war brechend voll, die Stimmung prächtig, die Musik gefiel Frau Rose, man spielte nicht einfach Tageshits, sondern kaprizierte sich auf eher Ungewöhnliches und selten Gehörtes, die Bässe dröhnten und brachten ihr Zwerchfell zum Beben. Frau Rose und Werner tanzten viele Stunden lang, dazwischen tranken sie Sekt, sie spürte, wie ihr Kopf leicht und leichter wurde, es war bestimmt schon drei Uhr in der Früh, als sie beschlossen, zu Werner nach Hause zu gehen – Frau Rose schwitzte am ganzen Körper, und als sie vor dem Roxy auf der Straße standen, sagte sie: „Mir ist wahnsinnig heiß!" „Zieh dich aus!", antwortete Werner, und Frau Rose schlüpfte ohne einen einzigen Augenblick des Zögerns aus ihrem Kleid und stand nackt da. Werner nahm ihr Kleid und den Mantel, und so gingen sie nebeneinander los, die Wienzeile entlang, an der Secession vorbei bis zur Oper, dann über die ganze Kärntner Straße und den Stephansplatz bis in die Rotenturmstraße, der sie bis zum Würstelstand auf der linken Seite folgten, um dann abzubiegen und die Stufen hinauf zur Judengasse zu nehmen, von wo aus es nur noch wenige Schritte bis zum Haus war, in dem sich Werners Wohnung befand, und obwohl die Nacht kalt war, glühte Frau Rose. Noch nie in ihrem Leben hatte sie sich so frei und unbeschwert gefühlt, sie war stolz auf ihren schönen Körper, stolz auf ihren Mut und unglaublich erregt. Trotzdem gingen sie plaudernd nebeneinander durch die Nacht, als ob ein vollständig bekleideter Herr mit einer nackten Dame die natürlichste Sache der Welt sei, und das Seltsame war, dass sie von niemandem angesprochen und von niemandem belästigt wurden, die Nachtschwärmer hielten respektvoll Abstand, nur ab und zu hupte ein Automobilist, und erst vor dem Stephansdom wurden sie von einer kleinen Gruppe junger Männer angesprochen: „Ist Ihnen nicht kalt, Fräulein?“, fragte der Mutigste, aber als Frau Rose nur spöttisch lachte, stoben sie auseinander. In Werners Wohnung angekommen, fiel Frau Rose ihm in die Arme. „Mach mit mir“, flüsterte sie, „was du willst!“ Es wird nicht verwundern, schloss Olga ihre Geschichte, dass Frau Rose, als sie in den ersten Morgenstunden in ihre eheliche Wohnung heimkehrte, sich sofort ins Bett legte und bis zum Abend durchschlief, aber vorher legte sie noch schnell einen Zettel auf den Küchentisch: „Kümmere du dich heute um die Kinder“, stand darauf, „ich glaube, ich werde krank.“

WIE EINE OHRFEIGE EIN TURNIER UND MEHR ENTSCHIED.

Die Damen und Herren hatten Olgas Erzählung schier atemlos gelauscht, und als sie zum Ende kam, war hier und da ein schwerer Seufzer aus der einen und anderen Brust herauf gestiegen. Aber dann wandten sich alle Nora zu, die sich eine Weile lang verlegen wand, aber dann doch tapfer begann: Ich weiß nicht, ob meine Geschichte den Ansprüchen dieses zweiten Tages genügt. Ich möchte euch nämlich von einer Ohrfeige erzählen. Ich will euch erzählen, wie eine Ohrfeige ein Turnier entschied. Ihr alle kennt Schach. Man nennt Schach das Spiel der Könige. Es soll das Schwierigste sein, was ein Brettspiel bieten kann. Allerdings gibt es ein Brettspiel, das ebenso schwierig ist. Wenn nicht um einiges komplexer. Es heißt Go. Es handelt sich dabei um ein japanisches Spiel. Mit chinesischen Wurzeln. Go ist in Europa wenig bekannt. Aber es gibt eine treue Anhängerschaft. Auch in Wien. Die Spieler treffen sich in Clubs und Salons. Um sich miteinander zu messen. Allein darum geht es an diesen Orten. Geselligkeiten anderer Natur sind verpönt. Weil viele Go-Spieler richtige Käuze sind. Außer für das Brett und die schwarzen und weißen Steine interessieren sie sich für nichts. Sie wollen weder reden noch lachen oder sich betrinken. Sie wollen Go spielen und sonst nichts. Entsprechend ungastlich sind diese Lokale im Allgemeinen. Frauen trifft man in den Kellerlöchern und Spelunken nie. Weil es kaum Frauen gibt, die sich mit Go beschäftigen. Auch Stoffel spielte schon viele Jahre lang Go. Er beherrschte es für Wiener Verhältnisse recht gut. Allerdings entsprach er in keiner Weise dem Bild des typischen Go-Spielers. Er war nämlich ein Frauenheld. Er hatte ständig mehrere Affären am Laufen. Für das Spielen blieb nicht viel Zeit. Trotzdem nahm er ab und zu an Turnieren teil. Clubs oder der Go-Verband organisierten sie. Er schnitt meistens respektabel ab. Aber es gab dann doch immer ein paar, die besser waren. Eines Tages fand wieder eines dieser Turniere statt. In einem Clublokal in der Menzelgasse im 16. Bezirk. Stoffel war gerade in eine besonders pikante Liebschaft verwickelt. Er hatte das Herz einer jungen Dame erobert. Sie hieß Claudia und war ihm verfallen. Er hingegen behandelte sie ausgesprochen schlecht. Er besuchte sie, wenn er Lust hatte. Sonst ließ er sich zu nichts verpflichten. Zur gleichen Zeit war er mit zwei anderen Affären beschäftigt. An besagtem Abend hatte sie ihn zu sich gebeten, weil sie ihm etwas mitteilen wollte. Sie hatte viel Mühe auf die Vorbereitung des Abends verwendet. Sie hatte etwas Leckeres gekocht. Sie hatte das Wohnzimmer mit Blumen und Kerzen dekoriert. Sie hatte sich hübsch zurechtgemacht.

Stoffel kam und sagte, er habe wenig Zeit. Er werde bei einem Turnier erwartet. Er versuchte, ihr das Kleid auszuziehen. Sie zum Bett zu drängen. Claudia versperrte sich. Sie flehte ihn an, wenigstens diesen einen Abend und diese eine Nacht bei ihr zu bleiben. Sie müsse mit ihm über ihre Beziehung und ihre Zukunft reden. Ihr Herz sei schwer. Sie brauche ihn. Sie ersticke daran, dass er sie schlecht behandle. Stoffel meinte, dafür habe er keine Zeit. Er verließ sie. Begab sich geradewegs in die Menzelgasse. Er kam rechtzeitig zum Beginn des Turniers. Die ersten beiden Partien gewann er. Die dritte war ein wichtiger Schritt auf dem Weg zum Sieg. Aber es stand schlecht um Stoffel. Er merkte, dass sein Gegner geschickter spielte. Er verschaffte sich auf dem Brett eine glänzende Position. Sein Gegner saß mit dem Gesicht zur Eingangstür. Diese Tür ging plötzlich auf. Die Geliebte Stoffels trat ein. Sie hatte sich sehr verführerisch herausgeputzt. Sie sah hinreißend aus. Ihre Augen funkelten. Mit sechs, sieben schnellen Schritten war sie bei Stoffel. Sie holte weit aus und verpasste ihm eine Ohrfeige, dass es nur so schallte. Erst jetzt schauten die Spieler von ihren Brettern auf. Aber da hatte sich Claudia bereits umgedreht. Sie war schon aus dem Lokal verschwunden. Nur Stoffels Partner hatte den ganzen Verlauf des Dramas miterlebt. Er schaute ihn entsetzt an. Dieser war am Zug. Seine Hand zitterte. Er legte den Spielstein in die Schale zurück. Er sagte, er müsse durchatmen, benötige eine kurze Pause. Während dieser Pause merkte er, wie stolz er auf seine Geliebte war. Unglaublich stolz sogar. Er hatte es verdient. Er hatte sich wie ein Schwein benommen. Er hatte sie gedemütigt und verletzt. Jetzt hatte sie sich gerächt. Sie hatte sich auf eine Art gerächt, die ihm Respekt abverlangte. Unversehens überfiel ihn das Gefühl, dass er sich in sie verlieben könnte. Er nahm den Stein auf und spielte ihn. Er vernichtete seinen Gegner, der noch immer schockiert war. Auf die vierte Partie verzichtete Stoffel. Es wäre um den Turniersieg gegangen. Stattdessen ging er zu Claudia. Er wollte sie um Verzeihung bitten.

WAS EINE SCHILDKRÖTE MIT DR. FREUD UND DER SEXUALFORSCHUNG ZU TUN HAT.

Mit Verwunderung waren die Zuhörer Noras Geschichte gefolgt. Als sie zum Ende gekommen war, lobten sie alle, dass sie ihre Hemmungen überwunden und diese schöne Erzählung mit ihnen geteilt hatte. Nun war Elsa an der Reihe, und sie hob, nachdem sie eine Weile lang gezögert hatte, mit leiser Stimme an: Ich befürchte, dass meine Geschichte auch nicht ganz zum Motto des Tages passt … ich möchte nämlich von etwas berichten, das sich zu der Zeit ereignete, als Dr. Sigmund Freud „Das Ich und das Es“ schrieb und … ich hoffe, das stimmt so – sie schaute fragend zu Carl hin – die Ideen der Psychoanalyse zumindest in gewissen Kreisen bekannt wurden. Jedenfalls lebte damals in Wien ein nicht mehr ganz junger Mann namens Bernd, der im Finanzministerium … ich bin nicht ganz sicher, ob das damals schon Finanzministerium hieß … jedenfalls war er als Übersetzer tätig. Er hatte einige Jahre in Paris verbracht und sprach fließend französisch. Das hätte ihm eine gute Karriere ermöglicht. Aber er litt ständig an einer Niedergeschlagenheit, die ihn nicht nur oft von der Arbeit im Büro abhielt, sondern die über die Jahre hinweg schlimmer und schließlich so übel wurde, dass man ihn mit einer Invalidenrente aus dem Staatsdienst entließ. Freigestellt, hieß das wohl, ich bin mir nicht ganz sicher, jedenfalls konnte der depressive Bernd zum Glück auf eine Erbschaft zurückgreifen, die aus einer erklecklichen Summe und einer schönen Villa in der Nähe des Türkenschanzparks bestand. Ja, ich glaube, es war in der Nähe des Türkenschanzparks. Jedenfalls konnte er eine Pflegerin engagieren und im Übrigen recht feudal dahinvegetieren. Aber diese Pflegerinnen gaben sich über die Jahre hinweg die Klinke in die Hand. Bernd ertrug nämlich keine länger als ein paar Wochen. Die eine war ihm zu laut, die nächste zu still, diese zu groß, jene zu klein und alle zusammen vermochten seinen Ansprüchen nicht im Geringsten gerecht zu werden. Das änderte sich schlagartig, als Ivana in sein Leben trat. Ivana … Sie war eine Dame. Obwohl nicht mehr jung und auch nicht gerade eine Schönheit, verfügte sie dennoch über eine sehr jugendliche und sehr anziehende Ausstrahlung. Sie war intelligent, sie interessierte sich für Kunst, sie sprach französisch und sie fraß wider jede Prognose ihren Narren an Bernd. Es dauerte nicht lange und sie zog ganz bei ihm ein. Er hätte sich gern über diese schöne Fügung des Schicksals gefreut, wenn ihm seine düstere Seele nicht im Weg gestanden wäre. Wegschicken mochte er sie nicht. Und Ivana dachte nicht im Traum daran, freiwillig das Feld zu räumen. So begann er zu fressen. Da er an sich schon zur Korpulenz neigte, sah man ihm diese Unmäßigkeit bald an. Er wurde dick wie ein Fass. Ivana ertrug es nicht nur, sie sorgte vielmehr mit äußerster Hingabe dafür, dass es ihm an nichts gebrach. Wenn er ein Chateaubriand wollte, dann briet sie ihm ein Chateaubriand, und wenn er darauf bestand, dass immer ein Teller mit französischem Käse auf dem Wohnzimmertisch zu stehen habe, dann stand halt immer der Käseteller auf dem Wohnzimmertisch. Es dauerte nicht lange, bis Bernds Abhängigkeit so umfassend geworden war, dass er sich ein Leben ohne Ivana nicht mehr vorstellen konnte. Ivana war auch zufrieden, aber sie redete nun immer öfter davon, wie schade es sei, dass sie beide keine Kinder hätten. Bernd entgegnete finster, dass es bestimmt nicht an ihm liege, weil er in einer besseren Welt auf eine große Kinderschar blicken würde. Ivana hingegen ... Immerhin hatte sie die Wechseljahre hinter sich. Es war ihre Schuld. Eine Adoption komme sowieso nicht in Frage, weil man ja nicht wissen könne, was man sich ins Haus hole. Keine Kinder also. Ende der Debatte. Dr. Freud behauptet in seinem Werk „Das Ich und das Es", Grundlage des Seelenlebens sei das Es – ich hoffe, ich fasse das richtig zusammen, es ist ein bisschen kompliziert, ihr dürft mich gerne korrigieren, wenn ich ... jedenfalls sei dieses Es der Sitz von Empfindungen, Gefühlen, Leidenschaften und Objektbesetzungen, die allesamt unbewusst seien. Dr. Freud meint, die Empfindungen des Es beruhten auf den

Trieben, die ohne Rücksicht auf die Außenwelt auf sofortige Befriedigung drängten. Der Einfluss der Außenwelt führe dazu, dass aus dem Es das Ich entstehe. Dieses Ich vertrete gegenüber dem Es die Außenwelt und versuche, vernünftig zwischen den Trieben und der Außenwelt zu vermitteln. Dieses Ich glaube, sagt Dr. Freud – ungefähr jedenfalls sagt er das –, es kontrolliere das Es, also die Triebe, tatsächlich werde es aber oft von ihnen beherrscht. Dr. Freud kannte weder Bernd noch Ivana. Wäre er ihnen begegnet, hätte er sich ihnen mit Begeisterung gewidmet. Eines Tages brachte nämlich Ivana eine Schildkröte mit nach Hause. Bernd brummte, was das solle, essen werde er das Tier jedenfalls nicht. Ivana besorgte eine Kiste, die bald vergrößert wurde, bis sie beschloss, dass die Schildkröte ein eigenes Zimmer brauche, was in der schönen Villa beim Türkenschanzpark kein Problem darstellte. Die Schildkröte, die nicht viel größer als eine Handfläche war, begann das Haus zu erforschen. Wenn es der Zufall wollte, dass die Schildkröte und der depressive Bernd den gleichen Weg hatten, dann sah man, wie sehr sie einander glichen mit ihren mächtigen, auch bei Bernd wie gepanzert wirkenden, Rücken, den kurzen Gliedmaßen und den faltigen Hälsen, und wie gleichförmig sie sich bewegten. Wobei wie in der Fabel vom Igel und dem Hasen meistens die echte Schildkröte die Nase vorn hatte, weil Bernds Bewegungen dank seiner Leibesfülle noch eine Spur langsamer waren. Die Beschäftigung mit der Schildkröte wurde für Bernd und Ivana zum Lebensmittelpunkt. Wenn die Schildkröte krank war, brachten sie sie zum Arzt. Als sie einmal eine ganze Woche lang nichts fraß, verzweifelten die beiden beinahe. Hätten sie Dr. Freud gekannt, dann hätten sie wohl versucht, einen Termin zu erhalten. Ivana behauptete schließlich, dass es der Schildkröte an frischer Luft gebreche. Sie hing seit Kurzem den Ideen von Friedrich Ludwig Jahn an, der meinte, man dürfe fröhlich die Gaben des Lebens genießen, nicht in Trauer vergehen über das Unvermeidliche, nicht in Schmerz erstarren, wenn die Schuldigkeit getan ist, den höchsten Mut fassen und sich über das Misslingen der besten Sache erheben. Bewegung also. Raus in die Natur. Licht, Sonne, Sport. Bernd grauste die Vorstellung, seine abgedunkelten Zimmer verlassen zu müssen, aber Ivana redete so lange auf ihn ein und garnierte ihr Ansinnen mit so köstlichen Verlockungen aus der Küche, dass er schließlich einwilligen musste. Allerdings beharrte er darauf, dass er die Schildkröte bestimmt nicht tragen werde. Ivana entgegnete, dass es Kinderwagen gebe. Ein gebrauchter tue es auch. Die beiden gaben eine Annonce auf. Sie erhielten rasch Antwort und trafen ein junges Paar, das seinen Kinderwagen verkaufen wollte. Natürlich erkundigten die sich nach dem Kind. Bernd und Ivana liefen zur Höchstform auf, als sie ihr nicht existentes Kind beschrieben. So süß sei es, so wach, so weit für sein Alter. So kam es, dass man anlässlich des nächsten schönen Sonnentags Bernd und

Ivana sehen konnte, wie sie den Kinderwagen über Stock und Stein durch den Wiener Wald schoben. Ivana plapperte. Bernd ächzte und keuchte und jammerte bei jedem Schritt und kam fast nicht voran. Im Wagen lag die Schildkröte. Sie lag auf einer seidenen Spitzendecke. Und allen dreien war egal, dass Dr. Sigmund Freud ein paar Jahre später schreiben würde – ich hoffe, ich zitiere einigermaßen korrekt: „Mit Sicherheit weiß ich nur das eine, dass die Werturteile der Menschen unbedingt von ihren Glückswünschen geleitet werden, also ein Versuch sind, ihre Illusionen mit Argumenten zu stützen."

ALS SYLVIA IHREM PETER EINE ERSCHRECKENDE ÜBERRASCHUNG BEREITETE.

Die Gesellschaft lobte Elsas Geschichte und wandte sich dann Dorothee zu, die ohne Umschweife von Peter und Sylvia zu erzählen begann. Die beiden waren seit 15 Jahren verheiratet. Sie hatten zwei Kinder und wohnten in einer schönen Eigentumswohnung in der Preradovicgasse im 14. Bezirk. Sie liebten einander, aber das Feuer der Leidenschaft war, wie es so schön heißt, erloschen. Peter beklagte sich privat und öffentlich gerne, dass in ihrer Ehe der Sex fehle. Er kriege viel zu wenig. Wenn es nach ihm ginge, könne er sich die unglaublichsten Exzesse vorstellen. Nur habe leider Sylvia nie Lust. Peter sagte das stets auf eine Art, die nicht wirklich verletzend war. Er verfügte über die Gabe der Ironie und konnte sich auch über sich selber lustig machen. Sylvia tat Peters Bemerkungen meistens mit einem Achselzucken und mit himmelwärts verdrehten Augen ab, um nicht „Männer!“ sagen zu müssen. Sie war im Übrigen eine wunderbare Gattin und Mutter. Peter wusste, was er an ihr hatte, und er wusste auch, dass er sich glücklich schätzen durfte. Er konnte sein Jammern über mangelnden ehelichen

Sex trotzdem nicht lassen, und seine Freunde waren nie um Ratschläge verlegen. Einmal meinten sie, bald sei Muttertag. Der Muttertag biete eine wunderbare Gelegenheit, eine Frau zu verwöhnen und zu verführen, weil jede Frau gerade am Muttertag nicht wie eine Mutter, sondern wie eine Frau behandelt werden wolle. Peter leuchtete das ein. Am entscheidenden Tag dekorierte er das Schlafzimmer mit allem, was rot war. Rote Tücher. Rote Kerzen, rote Rosen. Rote Kissen, rote Vasen, Rotwein. Er hatte Stunden in den großen Warenhäusern der Stadt verbracht. Ein aufblasbares Sofa aus rotem Plastik, rote Luftballone, ein rotes Wäscheset. Ganz aufgeregt wartete Peter, bis Sylvia nach Hause kam. Als sie den roten Albtraum betrat, warf sie nur einen kurzen Blick darauf und meinte dann: „Und wer bitteschön räumt das alles auf?“ Peter war am Boden zerstört. Seine Freunde lachten und meinten, da sei nun wirklich Hopfen und Malz verloren, am besten wäre wohl, er miete sich eine Nutte. Peter war seiner Sylvia gegenüber viel zu loyal, als dass er diese Idee jemals in die Tat umgesetzt hätte, aber er wob die Idee mit dem üblichen feinen Spott in sein Jammerrepertoire ein. Bis es Sylvia eines Tages zu viel wurde. Sie nahm sich den Nachmittag frei, brachte die Kinder zu ihren Eltern und ging dann in den besten Sexshop auf der Mariahilfer Straße. Sie kaufte ein, und wie! Einen schwarzen Lackbody mit Öffnungen an den wichtigsten Stellen. Schwarze Netzstrümpfe, hochhackige schwarze Stiefel bis über die Knie. Lange schwarze

Handschuhe, eine schwarze Halbmaske, eine Reitgerte aus schwarzem Leder und so weiter. Gegen Abend trug sie die Beute nach Hause und kleidete sich ein. Sie schminkte ihre Lippen schwarz, färbte die Brustwarzen schwarz und setzte sich eine schwarze Perücke auf. Sylvia brauchte Stunden, aber schließlich war sie bereit. Mitten im Wohnzimmer stand sie, als Peter eintrat, eine unglaublich imposante Frau. Wie Peter sie sah, erstarrte er. Dann lief er davon. Er warf die Tür ins Schloss und floh, so schnell er nur konnte. Eine Viertelstunde später öffnete er zaghaft die Tür und rief vorsichtig ins Wohnzimmer: „Sylvia, bist das du?"

WIE DIE LOGE DER WIENER FETISCHISTEN IHREN KOCH VERLOR.

Die ganze Gesellschaft lachte herzlich über Dorothees Geschichte. Aber dann wandten sich aller Augen Edeltraud zu, die nicht lange zögerte, sondern gleich begann: Xaver, der Haubenkoch, war eine Weile lang Mitglied in der von zwei Künstlern gegründeten „Loge der Wiener" … Jetzt ist mir das Wort entfallen … wie heißt das noch mal, wenn … ihr wisst schon … wenn man auf … Leder oder Strümpfe oder … Fetischismus, ja, jetzt hab ich's wieder: die „Loge der Wiener Fetischisten". Diese „Loge der Wiener Fetischisten" also traf sich im Hotel Orient, das, wie ihr alle wisst, als Wiens legendärstes Stundenhotel einen einzigartigen Ruf genießt. Die Fama geht, dass das Haus während der Zeit der Monarchie von einem ehrbaren Paar als ehrbares Hotel eröffnet worden war. Aber in kürzester Zeit hatten es der Adel und das Großbürgertum in ein Stundenhotel verwandelt, wohin man mit jenen Liebschaften verschwand, für die das Sacher zu gut gewesen wäre. Das alte „Orient" erlebte seine Höhen und Tiefen, bis es irgendwann von einem Herrn gekauft wurde, der über ein kleines Reich von Nachtetablissements herrschte, die … Eden Bar war das bekannteste. Im Hotel Orient vertrat ihn als Geschäftsführerin Frau … Frau … wie hieß sie doch gleich? ... Jedenfalls wachte sie mit Argusaugen, dass die Regeln des Hauses eingehalten wurden. Sie war … Gerti hieß sie! Frau Gerti war eine kleine, wache Person, der nichts entging und die verstanden hatte, dass Vögeln eine Kunst ist, die ars amandi, und dass sich diese Kunst gerne mit anderen Künsten verbindet. Deshalb stellte sie der künstlerischen „Loge der Wiener Fetischisten", als diese wieder einmal heimatlos war, die Kaisersuite zur Verfügung. Sperrstunde gab es nicht. Die Loge nachtete jeden Sonntagabend ab neun und bis in den Morgen hinein. Prinzipiell konnte zwar jeder dieser Loge beitreten, wenn er nur von ihrer Existenz erfuhr, aber die Loge selber hielt sich eher bedeckt und annoncierte nicht in der Öffentlichkeit. Aber es gibt in Wien genug Künstler und zahllose Fetischisten. Schulmädchen-, Staubwedel-, Uniformen-, Friedhofs-, Geld-, Rang-, Namen-, Status- und Exkrementefetischisten zum Beispiel: die Objekte der Begierde dienen in aller Regel der Verstärkung sexueller Erregungen. Oder die Schuhfetischisten und die Strumpf- und Strumpfhosenliebhaber – es ist unfassbar, wie vielgestaltig und vielgesichtig sich das Extreme darstellen kann. Dann die Adoranten von Brillen, Piercings, Wildwuchs und Rasur … Das ist nur eine kleine Auswahl, aber allen sei gemein, glauben zumindest die … die … Behavioristen, dass ein sexueller Reiz und ein späteres Fetischobjekt durch gleichzeitige Darbietung, zum Beispiel beim Masturbieren über einem Foto einer Frau in Reizwäsche, in einem Lernprozess miteinander verkoppelt werden. Die Lederfetischisten. Die Pelz-, Wolle-, Mohairfetischisten. Die Seide-, Nylon-, Satin- und Kunststoffliebhaber … Schließlich die Anhänger von Lack, Latex und Gummi – es gibt zum sexuellen Fetischismus viele Theorien, keine ist allgemein anerkannt. Endlich die Fuß-, Bein-, Hand-, Haar-, Pobacken-, Busen-, Achselhöhlen- und Ohrenbewunderer und so weiter. Jedenfalls suchen Betroffene nur in den seltensten Fällen therapeutische Hilfe. Und weil weder der Fetischismus noch die Künste männliche Angelegenheiten sind, mangelte es der „Loge der Wiener Fetischisten" nie an Mitgliedern beider Geschlechter. Jeden Sonntag versammelte sich ein bunter Haufen in der Kaisersuite des Hotels Orient, die ein Purpurfiebertraum war aus rotem Plüsch und roten Tapeten mit goldenen Lilienmustern, einem großen Bett mit rotem Überwurf, einer Sitzgruppe mit bequemen roten Sesseln und mit Kristalllustern natürlich und Löchern in den schweren, alten Bildern von den Champagnerkorken. Es gab ein weiß gekacheltes Badezimmer mit einer Badewanne, vor die man einen Seidenvorhang ziehen konnte. Bidet. Spiegel. Vergoldete Gipsstatuetten. Übrigens existiert ein einheitliches Behandlungskonzept für sexuellen Fetischismus nicht. Zum Glück konnte man davon ausgehen, dass die wenigsten Logenmitglieder ihren Fetisch als vollständigen Ersatz für eine partnerschaftliche Sexualität nahmen und deshalb immer wieder Befriedigung ohne Verwendung des Fetischs erleben durften und ohne den entsprechenden Leidensdruck. Jedenfalls war die Kaisersuite der Rahmen. Darin wurde geredet und erzählt, gelacht und viel gestritten, politisiert, diskutiert und idealisiert, Musik gehört und Musik gemacht, und manchmal lasen dichtende Fetischisten aus ihren jüngsten Werken vor. Alles war möglich. Alles war erlaubt. Nur eines wurde, frei nach Karl Kraus, der sagte, das Problem des Fetischisten sei, dass er zum Strumpf die Frau dazu nehmen müsse, strikt beachtet: Geschlechtsverkehr war in der Loge verpönt. Mehr als ein Jahr lang nahm Xaver, der Haubenkoch, regelmäßig an den Zusammenkünften teil. Bald gehörte er zum innersten Zirkel, und selbstverständlich bestritt niemand, dass Haubenköche Künstler sind. Sein Fetisch bestand darin, Frauen mit seinen Kochkünsten zu mästen. Im Laufe seiner Logenzeit verliebte er sich ungefähr ein Dutzend Mal. Aber weil sein Schönheitsideal dem herrschenden allzu sehr widersprach, hielt sich keine lange bei ihm. Bis er die dicke Christina traf. Sie nahm jedes Pfund mehr auf der Waage gerne in Kauf, solange sie nur nicht die Köstlichkeiten entbehren musste, mit denen er sie verwöhnte. Küsse vergehen, aber die Kochkunst bleibt bestehen, heißt es. Weil es im Hotel Orient keine richtige Küche gab, verschwanden die beiden bald und für immer aus dem Dunstkreis der „Loge der Wiener Fetischisten“.

ALS DER WEINHÄNDLER ZANKOREK AUS DER NOT EINE TUGEND MACHTE.

Edeltrauds Lehrstück hatte einiges an Verwunderung und Kopfschütteln hervorgerufen, aber jetzt war die Reihe an Carl: Ich will euch, liebe Versammelte, eine interessante Sache vortragen, nämlich einen historischen Rechtsfall, und werde dazu zuerst aus einem Bericht des Kriminalbeamten Johannes Reiniger zitieren. „Erlaubte ich mir dennoch“, steht darin, „die Freiheit zu nehmen, jetzo gleich ans Haus des kaiserlichen Weinhändlers zu schleichen, um darüber Auskunft zu erhalten, was es wohl mit seiner angeblichen Cousine und dem Bekannten aus Rom auf sich habe. Zum Glück wurden den ganzen Abend die Vorhänge nicht vor die Fenster gezogen, sodass es mir nicht erspart blieb, das Treiben in dero Gesellschaft mitzuerleben, als wäre ich daselbst mit dabei. Zuerst stritten sich die Herrschaften mächtig. Dann schienen sie in ein wichtiges Gespräch vertieft zu sein. Schließlich aber knöpfte sich die angebliche Cousine aus Frankreich, die ich später als Dienstmädchen des Hauses ausfindig machte, das Kleid auf. Wie auf ein geheimes Kommando schienen nun auch die andern wie vom Teufel besessen und begannen ein abscheuliches Treiben. Sie alle entledigten sich ihrer Kleider und führten nun ein Spiel auf, bei dem mich immer wieder aufs Neue die Übelkeit übermannte. Nicht etwa, dass sich Paar um Paar liebte und irgend in eine Ecke zurückzog. Nein: Sie trieben es alle miteinander, wie ich es niemals für möglich gehalten hätte. Es war ein entwürdigender Anblick, wie sie sich in einem unübersehbaren Durcheinander nackter Leiber zu amüsieren schienen." Soweit also der kurze Polizeibericht. Aber nun zu den Erläuterungen des Sachverhalts, der ja, wie allgemein bekannt sein dürfte, in den Rechtswissenschaften die unabhängige Überprüfung ... aber wie auch immer: Bei unserem kaiserlichen Weinhändler handelt es sich um Valentin von Zankorek, wohnhaft in Baden bei Wien, und das Jahr, in dem sich der Skandal ereignete, war 1820, also fünf Jahre nach Ende des Wiener Kongresses. Dieser hatte Leute aus aller Herren Ländern in die Donaustadt gespült, angelockt einerseits von den politischen Ränkespielen, bei denen es um Macht, um Einfluss und um Geld ging, viel Geld übrigens, von dem man manchmal das Gefühl hatte, es werde schaufelweise aus den Fenstern geworfen. Anderseits hatte sich Wien im Verlaufe des Kongresses den Ruf erworben, die Hauptstadt des Frivolen zu sein, übertroffen wohl nur noch von Paris, und in Wien war das unbestrittene Zentrum der geschlechtlichen Lustbarkeiten das Gebiet des Stephansplatzes, des Grabens und der unteren Kärntner Straße. Dieses Gebiet hieß Schnepfenstrich, er galt als elegantester Korso für die freie Liebe, und bei den Schnepfen handelte es sich um die schönsten Mädchen und Frauen, die mit der unzweifelhaften Absicht, Männerbekanntschaften zu machen, prächtig aufgeputzt flanierten oder in den Kaffeehäusern saßen. Es waren keinesfalls nur Prostituierte. Ehrbare Fräuleins und Damen aus dem Bürgertum mischten munter mit, um das Haushaltsgeld aufzubessern oder weil ihnen der Sinn nach amourösen Eskapaden stand. Die Männer stammten aus dem Adel und dem Militär, aber auch Kaufleute und Handwerker reisten von überall her an, um an diesem Tanz der Sinnlichkeit mitzuwirken. Ich glaube, man kann mit Fug und Recht behaupten, dass die Zeit um und nach dem Wiener Kongress so etwas wie das Goldene Zeitalter des Schlüpfrigen war. Womit wir wieder bei unserem Polizeibericht sind. Die Vorgeschichte liest sich wie ein Groschenroman: Valentin von Zankorek war verheiratet. Er und seine Frau Barbara führten eine Ehe, der vielleicht der erotische Prickel abhanden gekommen war. Als der Weinhändler wieder einmal den Hof beliefert und eine schöne Summe Geld eingestrichen hatte, beschloss er, einen Teil davon in eine Grabenschnepfe zu investieren. Zu seiner Überraschung traf er sein Dienstmädchen, das sich unter irgendeinem Vorwand einen Tag frei genommen und herausgeputzt hatte und auf dem Graben Umschau nach einem feschen Begleiter hielt. Als sich die beiden sahen, waren sie nur einen kurzen Moment lang peinlich berührt, ehe sie sich schnell in eines der zahllosen Stundenhotels zurückzogen. Unglückseligerweise hatte Barbara von Zankorek ähnliche Ideen im Kopf wie ihr Mann. Auch sie hielt sich zur gleichen Zeit auf dem Schnepfenstrich auf, hatte ebenfalls Erfolg und einen Italiener aufgegabelt. Mit ihm wollte sie sich im gleichen Stundenhotel vergnügen. Vor der Rezeption trafen die Paare aufeinander. Es kam zum Streit. Sofort war die Polizei zur Stelle, und der gute Valentin von Zankorek musste, wenn er einen Skandal vermeiden wollte, die Flucht nach vorn antreten. Er gab das Dienstmädchen als Cousine und den Begleiter seiner Frau als einen Bekannten aus Rom aus, trieb die ganze Gesellschaft schleunigst in eine Kutsche und raste heimwärts nach Baden. Doch er hatte nicht mit der Gründlichkeit des k. und k. Polizei- und Spitzelwesens gerechnet. Jedenfalls verfolgte der Kriminalbeamte Johannes Reiniger die Kutsche, beobachtete die Gesellschaft und verfasste den Bericht, den ich euch vorgelesen habe. Die pikante Affäre sprach sich herum, die Zankoreks waren einen Frühling lang berühmt als Erfinder des Gruppensex, und der eingangs zitierte Bericht fand seinen Weg bis zum Kaiser. Auf die Frage, ob der Übeltäter zu verhaften sei, soll der Kaiser geantwortet haben: „Eigentlich wär's ja notwendig. Aber ich brauch' den Mann. Er besorgt mir so herrliche Weine. Wenn ich überleg, ist er gestraft genug. Weil er's an einem Abend gleich mit zwei Weibern treiben hat müssen. Ein schrecklicher Gedanke!" So wurde dem Hofweinlieferanten Valentin von Zankorek verziehen, und er durfte allen Tuscheleien zum Trotz mit seiner bildhübschen Gattin Barbara auf dem großen Sommerhofball des Jahres 1820 tanzen.

WIE BÜROGESCHICHTEN MANCHMAL AUSGEHEN KÖNNEN.

Was ein guter Wein doch alles vermag, erklärten die Zuhörer, als Carl mit seiner Geschichte zum Ende gekommen war. Schon schauten alle Andreas erwartungsvoll an, der auch sogleich begann: Kommerzialrat Klaus war Mitglied des Direktorats eines bedeutenden Wiener Bankinstituts. Er belegte in einem palastartigen Innenstadtgebäude ein großes, holzgetäfeltes Büro mit einem enormen Schreibtisch, hinter dem er seine Tage zu verbringen pflegte. Man munkelte, dass Kommerzialrat Klaus seine Sekretärinnen danach aussuche, ob sie bereit seien, sich auch seinen sexuellen Wünschen zu unterwerfen. Aber weil man wusste, wie einflussreich Kommerzialrat Klaus war und wie blendend er seine Verbindungen zu nützen verstand, getraute sich niemand, darüber laut zu reden oder ihn gar öffentlich zu beschuldigen. Seit vier Monaten beschäftigte Kommerzialrat Klaus eine gewisse Andrea als seine persönliche Sekretärin. Andrea war eine Frau, nach der man sich auf der Straße umschaute. Sie war eine hinreißende Erscheinung, und ihr wohlgeformter Körper war von der Art, die Männerherzen höher schlagen lässt. Sie hatte natürlich gehört, was man über Kommerzialrat Klaus munkelte. Deshalb trug sie immer schwarze Hosenanzüge, die ihre Figur zwar betonten, weitere Einblicke aber verhinderten. Kommerzialrat Klaus wusste vom ersten Moment an, dass er diese Frau, koste es, was es wolle, besitzen müsse. Aber er hatte sich zu gedulden, obwohl sie ihn mit ihrer koketten Art in Raserei versetzte: Sie verstand es nämlich, ihn zu reizen, seinen Avancen aber elegant auszuweichen. Kurz vor Ablauf ihrer Probezeit bat er, nachdem sie sein Diktat züchtig, ihn aber immer wieder unter den langen Wimpern hervor anlächelnd, aufgenommen hatte, sie möge noch einen Moment bleiben. Er müsse mit ihr etwas besprechen. Zuerst fragte er sie, wie es ihr bei ihm gefalle. Sie meinte, sie sei mit der Arbeit und mit ihrer Position sehr zufrieden. Nun, entgegnete Kommerzialrat Klaus, er könne im Prinzip auch nicht klagen, allerdings habe er das Gefühl, dass sie nicht ganz das zu geben bereit sei, was er von einer Chefsekretärin erwarte. Andrea wusste auf der Stelle, welche Stunde geschlagen hatte. Sie bemühe sich, sagte sie, Tag um Tag ihr Bestes zu geben. Kommerzialrat Klaus erwiderte, das Beste sei manchmal nicht gut genug. Er fürchte, er werde der Personalabteilung empfehlen müssen, sie an einer vielleicht ein wenig weniger prominenten Stelle und vielleicht mit ein wenig weniger Gehalt einzusetzen. Andrea erkundigte sich, ob er sich schon entschieden habe. Nein, nein, beschwichtigte Kommerzialrat Klaus, im Moment seien das nur ganz allgemeine Überlegungen, und er sei gerne bereit, ihre Probezeit um vier Wochen zu verlängern. Als er am nächsten Tag ins Büro kam, saß Andrea bereits an ihrem Platz. Anstelle des Hosenanzugs trug sie einen frei schwingenden Rock, der viel von ihren makellosen Beinen zeigte, und eine enge, weiße Bluse, die ihre üppige Oberweite hervorragend zur Geltung brachte. Die obersten drei Knöpfe standen offen. Kommerzialrat Klaus bat sie zum Diktat in sein Büro. Sie musste auf einem Sessel exakt ihm gegenüber Platz nehmen, und während er diktierte, starrte er nur auf ihre Beine, die sie oft übereinander schlug, um noch mehr davon zu zeigen. Andrea fragte sich, wie weit Kommerzialrat Klaus das Spiel treiben werde. Sie wusste, dass er verheiratet war, und sie wusste auch, dass es sich bei der Gattin um eine sehr feine Dame aus der besten Wiener Gesellschaft handelte. Als sie am Abend das Büro verlassen wollte, überreichte ihr Kommerzialrat Klaus ein kleines Paket. Es handle sich, sagte er, um eine Belohnung für ihren Einsatz, und er hoffe doch sehr, dass ihr das, was sich im Paket befinde, gefalle. Als sie das Paket zu Hause öffnete, fand sie darin wunderbare Dessous aus Seide und ein kleines Brieflein, in dem Kommerzialrat Klaus schrieb, dass er finde, eine Frau wie sie müsse perfekt gekleidet sein. Bevor sie am nächsten Tag ins Büro ging, legte sie die Wäsche an. Sie bestand aus einer Büstenhebe, einem kleinen Slip und einem Strumpfgürtel in einem wunderschön satt leuchtenden Rot, das hinreißend mit ihrer milchweißen Haut kontrastierte, und einem Paar heller Seidenstrümpfe. Als sich Andrea im Spiegel betrachtete, fand sie sich unwiderstehlich. Natürlich wurde sie sofort zum Diktat beordert, und wieder spielten die beiden das gleiche Spiel. Sie zeigte viel Bein und erlaubte ihm auch den einen und anderen Blick unter ihren Rock. Als er mit dem Diktat fertig war, fragte er, ob ihr das Geschenk gefalle. Sie sagte, es sei wunderbar. Ob sie ihm nicht den Gefallen tun möge, sich in der Wäsche zu zeigen, damit er sehen könne, ob er eine gute Wahl getroffen habe. Andrea zögerte nicht. Sie zog Rock und Bluse aus und stand vor ihm in ihrer neuen Wäsche. Kommerzialrat Klaus schaute sie lange, lange an. Sein Gesicht wurde krebsrot und sein Atem keuchte. Plötzlich wandte er sich ab und meinte, sie könne jetzt gehen. Andrea war ein wenig verwirrt, es hätte ihr gefallen, wenn er sie angefasst und die Schmetterlinge beruhigt hätte, die in ihrem Bauch einen verrückten Tanz aufführten. Bevor sie durch die Tür trat, rief er ihr nach, wenn sie das Spiel weiter spielen wolle, dürfe sie es sich in nächster Zeit unter keinen Umständen selber machen. Darauf müsse er leider bestehen. Er vertraue darauf, dass sie sich seiner Anordnung unterwerfe. Als Andrea nach Hause kam, musste sie alle ihre Kräfte aufbieten, um dem Befehl zu gehorchen. Am nächsten Tag forderte er sie vor Beginn des Diktats auf, ihm ihren Slip zu überreichen. Er war feucht. Später erlaubte sie ihm mehrmals tiefe Einblicke in ihre Weiblichkeit, aber wieder entließ er sie nach dem Diktat, ohne sie berührt zu haben, und wieder verbot er ihr ausdrücklich, sich selber zu befriedigen. So ging das zwei, drei Wochen lang. Er schenkte ihr verführerische Wäsche und brachte sie dazu, sich vor ihm immer mehr zu exhibitionieren, aber er berührte sie nicht ein einziges Mal. Andrea verfing sich in einem Netz aus Lust und Enttäuschung, und sie stellte sich inzwischen jede Nacht vor, wie er seine Männlichkeit, die sich unter der Hose deutlich abzuzeichnen pflegte, tief in sie stoßen würde. Schließlich hielt sie es nicht mehr aus. Bevor sie an diesem Abend das Büro verließ, legte sie ihm einen Brief auf den Schreibtisch. Sie halte es nicht mehr aus, schrieb sie, sie wolle ihn endlich ganz spüren, sie sei bereit, zu tun, was immer er von ihr verlange. Kommerzialrat Klaus war an seinem Ziel. Als sie am nächsten Tag zum Diktat kam, musste sie sich bis auf Strapse und Strümpfe nackt ausziehen und sich vor ihm mit gespreizten Beinen auf den gewaltigen Schreibtisch legen. Er sagte, sie habe die Probezeit fast bestanden, zu seiner vollsten Zufriedenheit übrigens, der Bericht an die Personalabteilung, in der er ihre feste Anstellung und eine ansehnliche Lohnerhöhung empfehle, sei geschrieben. Er werde sie morgen ein letztes Diktat aufnehmen lassen, um danach den Bericht unverzüglich weiterzuleiten. In Andrea brannte es, und das lag nicht nur an den Aussichten auf Anstellung und Geld. Sie war im Laufe der vergangenen Wochen in einen Strudel der Lust geraten, den das Gefühl der Abhängigkeit, der Demütigung, der Unterwerfung nur noch verstärkte. Sie wollte sich ausliefern. Sie genoss das Gefühl, ein Objekt seiner Begierde zu sein. Vor allem wollte sie endlich genommen werden. Sie fürchtete, wahnsinnig zu werden, wenn sie nicht endlich befriedigt werden würde. Als sie am nächsten Tag ins Büro kam, rief er sie nicht zum Diktat. Stattdessen rauschte wenig später die überaus elegante Gattin des Kommerzialrats an ihr vorbei in dessen Büro. Andrea stürzte in ein schwarzes Loch, aus dem sie eine halbe Stunde später gerissen wurde, weil Kommerzialrat Klaus sie in sein Büro befahl. Als sie eintrat, traute sie ihren Augen nicht. Auf dem Schreibtisch lag mit nacktem Unterkörper und weit gespreizten Beinen die Gattin. Kommerzialrat Klaus hatte sich seiner Hose entledigt. Er stand neben ihr, grinste Andrea an und befahl ihr, sich ebenfalls auszuziehen und seiner Gattin die Grotte auszulecken. Andrea gehorchte wie ferngesteuert, und als sie dabei war, die Gattin zum Jubeln zu bringen, spürte sie, wie Kommerzialrat Klaus von hinten in sie eindrang und sie wild zu stoßen begann. Endlich!, schrie Andrea, endlich, gib's mir, du Hurenbock! Der Abgang überfiel alle drei zur gleichen Zeit. Kommerzialrat Klaus bedankte sich bei Andrea und bat sie, wieder in ihr Büro zurückzukehren. Wenig später verließ auch die Gattin das Haus. Noch am gleichen Tag erhielt Andrea die Bestätigung ihrer Festanstellung und die versprochene Lohnerhöhung. Sie arbeitete für Kommerzialrat Klaus bis zu dessen Pensionierung, und sie erzählte später gerne, dass sie sich einen besseren Arbeitsplatz und einen höflicheren und aufmerksameren Vorgesetzten nicht vorstellen könne. Die Orgien hingegen, die in seinem Büro mit wechselnden Besetzungen stattzufinden pflegten, erwähnte sie selten.

Es wäre nun an Maria Luisa gewesen, die nächste Geschichte zu erzählen, aber wieder baten sie und Edeltraud, den Nachmittag zu beenden. Sie seien nicht nur müde, meinten sie, sondern von den vielen Geschichten angenehm satt. Sie würden sich gerne hinlegen, um das Erzählte zu verdauen. Das beste Gewürz der Welt ist Hunger, rief Carl in die Runde. Und der Hunger treibt den Wolf aus dem Wald, fiel ihm Rudi ins Wort. Elsa, die während Andreas' Geschichte von einer immer stärker sichtbaren Röte überzogen worden war, stimmte Maria Luisas Vorschlag eilig zu. Ihr sei unerträglich heiß, und sie fürchte, mit einer Grippe niederzukommen. Die anderen lachten. So schlimm werde es nicht werden, entgegnete Dorothee, zumal man sich einig sei, dass man sich nur Geschichten und nicht persönlich Erlebtes erzähle. Worauf Rudi knurrte, es gebe nun halt einmal Erlebnisse, über die zu sprechen die meisten Menschen sich scheuten, weil sie nicht in die Alltagswirklichkeit passen und sich einer verstandesmäßigen Erklärung entziehen. Wie auch immer, meinte Emma, Dorothee habe Recht. Man beschloss, die Versammlung aufzulösen. Andreas klagte, er habe noch lange nicht genug, aber gegen eine solche Übermacht könne er nicht bestehen. Vielleicht wolle man aber auch diese Erzählrunde mit einem Lied ausklingen lassen? Olga überlegte eine Weile. Dann stimmte sie an, die anderen fielen ein, und bald sangen alle laut und fröhlich: Wer a Geld hat, der kann ins Theater fahr'n / Und wer kan's hat, macht si' z'Haus an Narrn; / Mir is's alles ans, mir is's alles ans / Ob i a Geld hab oder kans.

DRITTER TAG

ES BEGINNT
DER DRITTE TAG
DES WIENER DEKAMERON,
AN WELCHEM UNTER
MARIA LUISAS HERRSCHAFT
DAVON GESPROCHEN WIRD,
DASS DIE LIEBE
NICHT IMMER GRATIS
UND OFT AUCH NICHT BILLIG IST.

Der Himmel hatte wohl Gefallen an den Damen und Herren im Garten der Villa auf dem Rosenhügel gefunden, sonst wäre es nicht schon wieder ein so strahlender Tag geworden. Die Farben der Rosen leuchteten, als könnten die Blumen vor Freude kaum an sich halten. Vögel zwitscherten, Bienen summten, Hummeln brummten, und auch die Bewohner der Pension wirkten wie von der Wetterlage verjüngt. Emma schien auf ihren Krücken geradezu dahinzufliegen. Carl vermochte ihr kaum zu folgen. Diesmal hatte sich Nora bei Andreas und Rudi eingehängt, auch Edeltraud und Olga gingen Arm in Arm. Den Schluss bildete wie üblich Elsa, deren Versuche, in die Nähe von Carl zu kommen, auch heute scheiterten. So eilte die kleine Gesellschaft zum Gartenplatz, wo Maria Luisa sie erwartete. Man setzte sich gespannt hin und vergaß im Eifer beinahe, einander den Geboten der Höflichkeit entsprechend zu begrüßen. So sehr hatte die Leere ihrer Tage sie belastet, so sinn- und nutzlos waren sie sich selber erschienen und so unerbittlich hatten die üblen Vorgänge in der Welt sie vereinsamen lassen, dass sie das, was jetzt geschah, als eine Art Geburt erlebten. Maria Luisa ließ in winzigen Gläschen einen giftgelben Likör servieren. Liquore Strega, sagte sie, ein italienisches Nationalgetränk. Einzigartig und unverwechselbar. Strega heiße Hexe, und der Likör habe die entsprechende Entstehungsgeschichte. Ein gewisser Giuseppe Alberti habe in der sagenumwobenen Stadt Benevento um 1860 nach einem alten Geheimrezept einen Aufguss aus einem einzigen Kraut destilliert. Hernach habe er zusammen mit seinem Vater versucht, die Rezeptur zu verbessern, aber am Ende wurde beschlossen, das Destillat mit einem Zaubertrank der Hexen zu vermischen, der alle Liebenden, die ihn trinken, für immer miteinander vereint. Ich erzähle euch die Geschichte, sagte Maria Luisa, weil ich diese Flasche von einem Patienten erhalten habe, der von allen Kollegen als hoffnungsloser Fall bezeichnet worden war. Ich habe ihn mir angeschaut, habe gesagt, dass er todgeweiht sei und habe ihm empfohlen, die letzten Monate seines Lebens nicht in Krankenhäusern und nicht unter der Fuchtel von Ärzten zu verbringen, sondern das zu tun, was er sich ein Leben lang erträumt, aber nie verwirklicht habe. Der Mann ging zu Fuß nach Rom. Er habe sich das schon als Kind gewünscht, erzählte er mir nachher, weil doch zu Karfreitag die Glocken nach Rom fliegen. Er habe sich immer vorgestellt, ihnen eines Tages nachzugehen. Er ging also nach Rom. Später kehrte er nach Wien zurück. Danach hat er nicht mehr lange gelebt.

Aber er ist so zufrieden gestorben, wie ich das bei keinem anderen Patienten gesehen habe. Carl meinte, er glaube zu verstehen, was Maria Luisa ihnen sagen wolle, aber er müsse nun doch drängen, dass sie endlich beginne. Maria Luisa lachte. Ihr habt Recht. Es tut mir leid. Aber dieses Geschichtenerzählen fördert bei mir Geschehnisse zu Tage, an die ich schon lange nicht mehr gedacht habe.

WAS HANSIS GATTE VOM STAATLICH GEFÖRDERTEN SWINGERCLUB HIELT.

Es ist noch gar nicht lange her, dass die Hansi in einer Österreichischen Boulevardzeitung folgendes las: „Der Mailath swingt, die Brauner lacht – wenn das ist Kunst – dann gute Nacht!" Und: „Während alte Leute frieren, lässt Häupl schwitzend kopulieren." Anlass dieser schmutzigen Dichtkunst war eine jener Wiener Empörungen, die gerne durchs ganze Land schwappen und dann schnell wieder in Vergessenheit geraten. Ihr wisst natürlich, liebe Freunde, wer die Zielscheiben des Dichters waren: ein Kulturstadtrat, eine Vizebürgermeisterin und der Herr Bürgermeister selber. Anlass war eine Sitzung des Gemeinderates, in deren Verlauf Vertreter einer Oppositionspartei den regierenden Sozialdemokraten vorwarfen, sie verschleuderten Steuergelder, indem sie den Sittenzerfall in Stadt und Land mit öffentlichen Mitteln förderten. Unter dem Motto „Freiheit der Kunst" werde die Bedeutung Österreichs als Kulturland und Wiens als Kulturmetropole in den Dreck gezogen. Gang-Bang-Partys und Domina-Kammern hätten mit Kunst und Kultur nämlich rein gar nichts zu tun. Wie üblich bildeten sich sofort zwei Lager. Das eine verteidigte die Freiheit der Kunst, das andere verstand sich als Hüter der Moral. Die Erregung schaukelte sich rasend schnell hoch. Der erwähnte Kulturstadtrat griff die Gegenpartei in der Gemeinderatssitzung mit den Worten an: „Angesichts der schnellen Wortwahl wie ‚Gang-Bang' muss hier ein einschlägiges Wissen vorhanden sein", und er hielt fest, dass in Wien erlaubt sei, was nicht verboten ist. Die Lacher hatte er auf seiner Seite. Auslöser für diese Aufregung war eine Ausstellung in der Secession, im Rahmen derer ein Swingerclub installiert worden war. Die Pressesprecherin der Secession erklärte, die mediale und politische Erregung sei beabsichtigt: Der Künstler spiele auf den Wirbel an, den Gustav Klimt einst mit seinem Beethovenfries ausgelöst hatte. Ich weiß übrigens nicht, ob die Pressesprecherin die Geschichte vom jungen Grafen X. kennt, aber wir wissen inzwischen, wie gerne die Secession in Skandale verwickelt ist. „Der Zeit ihre Kunst, der Kunst ihre Freiheit" steht über ihrem Eingangstor. Hier hatte ein paar Jahre zuvor eine Malerin öffentlich onaniert, vielleicht erinnert ihr euch, und es gab auch damals genug Wiener, die sich lauthals echauffierten, bei der Künstlerin handle es sich dem Vernehmen nach um eine ganz üble Person, die aus Laune und für Geld alles tue. Man nahm ihr vor allem übel, dass sie sich damit brüstete, zur geschlechtlichen Befriedigung nicht immer auf einen Partner angewiesen zu sein. Das hatte ebenso mächtig aufgeregt, wie es schnell in Vergessenheit geraten war. Jetzt also Partnertausch und Orgien. Idee und Konzept stammten von einem Schweizer Künstler. Er wollte einen Swingerclub installieren. Ich weiß nicht, liebe Freunde, ob ihr wisst, was ein Swingerclub ist. Das ist ein Ort, wo sich Leute treffen, um es miteinander zu treiben. Paarweise, in Gruppen, mit wechselnden Partnern und mit oder ohne Zuschauer, wie es gerade beliebt. Es gibt in Wien mehrere Swingerclubs, aber ein Schelm ist, wer behauptet, die Hansi habe jemals auch nur einen davon betreten. Sie war als Sachbearbeiterin bei einem Wiener Unternehmen tätig, das sich mit Transport und Logistik beschäftigte, war verheiratet und ihrem Mann im Wesentlichen treu. Manchmal hatte sie das Gefühl, dass dem ehelichen Liebesleben ein bisschen Pfeffer gut tun würde, aber sie wusste nicht, wie sie das ihrem Mann beibringen könnte. Er war ein gutmütiger, gemütlicher Kerl, der im Außendienst eines Sicherheitsunternehmens arbeitete und in seiner Freizeit am liebsten vor dem Fernseher saß. Hansi hatte vom Hörensagen und vom Tuscheln hinter vorgehaltener Hand von ausschweifendem Sexualverhalten gehört, aber sie war eine Dame, und wenn man ihr auch versichert hatte, dass in Swingerclubs durchaus auch Damen verkehren, so hätte sie es trotzdem nie über sich gebracht, in diese abgründigen Welten, die bestimmt furchtbar schmuddelig waren, auch nur einen Fuß zu setzen. Andererseits vermochte sie die Vorstellung, mit fremden Männern zu verkehren, und zwar möglichst anonym, durchaus zu erregen. Als die Wellen der Empörung in Wien hochschlugen, weil ausgerechnet in der Secession ein Swingerclub gastierte, merkte auch Hansi auf. „Ungeheures Gedränge!“, las sie in der Presse; und: „Ganz Wien swingt mit!“ Sie zeigte die Ausschnitte ihrem Mann und meinte, man könnte doch diese Ausstellung besuchen, man sei sowieso schon lange nicht mehr in einem Museum gewesen. Ihr Mann fragte, seit wann sie sich für Kultur interessiere, worauf Hansi entgegnete, es sei wichtig, für Neues offen zu bleiben. Ihr Mann schaute sie sonderbar an. Schießlich willigte er ein, mit ihr an einem der nächsten Abende in die Secession zu gehen. An einem Freitagabend zogen die beiden los. Er trug Jeans und ein kariertes Baumwollhemd, zu mehr Aufwand war er nicht bereit, weil man, wie er meinte, ja nicht im Frack ins Museum geht. Hansi hatte sich sorgfältig zurechtgemacht. Sie war nervös, obwohl die Bilder, die sich in ihrem Kopf einstellten, sehr verschwommen und ganz und gar nicht greifbar waren. Sie erwartete, dass in der Secession ein großes Gedränge herrschen würde, aber es war an diesem Abend herzlich wenig los. Die Dame, die die Kasse bediente, erklärte den beiden, dass der Eintritt für Frauen gratis und für Paare vergünstigt sei. Nur Soloherren hatten den vollen Preis zu bezahlen. Die beiden erledigten dieses Geschäft und betraten den Clubbereich. Ein gutes Dutzend Männer standen an der Bar. Mehrere waren bis auf ein Handtuch um die Hüfte nackt. Sie umringten eine Frau, die im Gegensatz zu Hansi ziemlich unförmig war und ein schwarzes Mieder trug, aus dem die Speckwülste quollen. Alle schauten Hansi und ihren Gatten erwartungsvoll an. Na endlich, rief einer. Die anderen blieben stumm. Der Gatte flüsterte Hansi ins Ohr, dass er das beim besten Willen nicht für Kunst halten könne. Sie werde doch nicht im Ernst von ihm erwarten, dass er an dieser Zurschaustellung von nacktem Fleisch Gefallen finde. Hansi hatte inzwischen auch gemerkt, dass mit dem Pfeffer in ihrem Liebesleben heute nichts werden würde. Als in diesem Augenblick auch noch ihr Magen zu rumpeln begann, wandte sie sich ihrem Mann zu, gab ihm einen Kuss und meinte: „Komm, lass uns am Naschmarkt eine Käsekrainer essen."

ALS DIE STRENGE RUTH DAS CABARET RENZ AUFMISCHTE.

Bevor noch eine Debatte darüber einsetzen konnte, was ein Swingerclub in einem Museum zu suchen habe, hob auch schon Emma ihre Hand und meinte, es sei an ihr: Die Dame, von der ich euch erzählen will, war auch Ärztin, und sie war Ärztin mit Leidenschaft. Man nannte sie die strenge Ruth, weil über ihrer Nase immer zwei schmale Falten gegen die Stirn liefen, was ihr einen Ausdruck ständigen Besorgtseins gab. Es war an einem Samstag kurz vor Ladenschluss. Die strenge Ruth hatte vergessen, Milch zu kaufen und eilte, mit hunderttausend anderen Sachen im Kopf, zum entsprechenden Regal. Wie es der Zufall wollte, gab es nur noch eine einzige Packung. Als sie zugriff, langte eine andere Hand nach der gleichen Milch. Es gab ein kurzes Gezerre, bevor die strenge Ruth überhaupt wahrnahm, wer ihr die Milch zu entreißen versuchte: eine kleine, dralle Dame mit hochtoupiertem blondem Haar, die einen grau-braun karierten Rock und eine Jacke in derselben Farbkombination trug. Die beiden Damen blitzten sich kurz an, dann mussten sie lachen. Die Blonde meinte, die andere habe die Milch bestimmt nötiger, weil sie wahrscheinlich Familie und Kinder habe, sie hingegen sei allein, und für ihren Kaffee könne sie auch Kaffeeobers verwenden. Die strenge Ruth dankte, sie gaben sich die Hand, und das wär's gewesen, wenn sie sich später nicht ab und zu im kleinen Supermarkt begegnet wären. Allmählich kamen sie ins Gespräch. Die strenge Ruth erfuhr, dass die andere Lydia hieß und im Nachtgeschäft tätig war. Es entwickelte sich eine Freundschaft, die enger wurde, weil Lydia eine besonders herzliche Person war und unendlich viel Verständnis und Mitgefühl für die familiären und beruflichen Sorgen der strengen Ruth aufbrachte. Lydia meinte, Verständnis und Mitgefühl seien bei ihr berufsbedingt. Sie war Geschäftsführerin einer bekannten Wiener Institution, nämlich des Cabarets Renz'. Die strenge Ruth gestand, dass sie das Cabaret Renz nicht kenne und nicht wisse, um was es sich dabei handle. Lydia lachte und erzählte, dass der Name „Renz" schon seit 150 Jahren in der Leopoldstadt ein Begriff sei und auf den Zirkuskünstler Ernst Jacob Renz zurück gehe. In der Zwischenkriegszeit wurde der Zirkus in ein „Renz Varieté" verwandelt. Der Betrieb wurde auch während des Zweiten Weltkriegs weitergeführt, bis Brandbomben das Gebäude zerstörten. Ganz in der Nähe, an der Ecke Zirkusgasse, Novaragasse, entstand dann das neue „Renz". Nach dem Krieg hatte die Gegend einen ziemlich üblen Ruf. Hans Kratochwill und seine Frau Maria versuchten, mit ihrem „Renz" ein wenig Mondänität in die Gegend zu bringen. Im Café Renz gab's nicht Bier, sondern Champagner, und es gab keine billigen Nutten, sondern hübsche Animierdamen und exklusive Shows mit Akrobaten, Transvestiten, Magiern, Schlangenmädchen und natürlich Stripperinnen. Legendär sei der Auftritt von Josephine Baker im Herbst 1968 gewesen, erzählte Lydia der strengen Ruth. Überhaupt seien die Sechziger- und Siebzigerjahre das goldene Zeitalter des Nachtclubs gewesen, der inzwischen „Cabaret Renz" hieß. Zu den Gästen zählten Persönlichkeiten wie Helen Vita, Ringo Starr, Dean Martin, Omar Sharif, Truman Capote und Robert Stolz. Die Kunstpfeiferin Baroness Lips von Lipstrill feierte umjubelte Auftritte, und für den Film „Geschichten aus dem Wienerwald" wurden manche Szenen im Renz gedreht. Aber dann ging es stetig und unaufhaltsam bergab. Schuld daran, behauptete Lydia, sei unter anderem die sexuelle Revolution gewesen. Sie habe zum Aussterben der Revue- und Varieté-Kultur geführt. Gleichzeitig seien neue Formen des Animierbetriebs aufgekommen, Gogo- und Tabledance etwa, wofür sich das Renz nie hergegeben habe. Bei uns, behauptete Lydia, verstanden die Animierdamen ein gepflegtes Gespräch zu führen, sie hatten eine Ahnung von Kultur, von Politik, von Wirtschaft und von vielem mehr. In diesen neuen Schuppen überdröhne die Musik jedes Gespräch. Da mache es nichts, wenn die Mädchen Stroh in ihren Köpfen haben oder weder Deutsch noch Englisch sprechen. Anfang der Neunzigerjahre verstarb Hans

Kratochwill. Damit ging dem Renz eine unersetzbare Persönlichkeit verloren. Seine Frau zog sich aus dem Etablissement zurück. Lydia, die bisher Bardame gewesen war, übernahm das Geschäft. Vom alten Glanz ist nicht mehr viel übrig geblieben, sagte Lydia zur strengen Ruth, aber es ist noch genug da, um einen Eindruck zu gewinnen. Die strenge Ruth fragte, was Lydia damit meine. Ganz einfach, erklärte Lydia, du ziehst dir etwas Hübsches an und kommst mich besuchen. Wir setzen uns an die Bar und warten, bis dich ein Herr auf ein Getränk einlädt. Je länger er mit dir plaudert und je mehr Champagner ihr trinkt, umso größer ist dein Gewinn. Die strenge Ruth lachte laut auf. Aber schließlich siegte ihre Neugier, und so begab sie sich eines Abends ins Cabaret Renz. Sie hatte sich sorgfältig zurechtgemacht, hatte, ihrer Art entsprechend, einen sehr seriösen Kleidungsstil gewählt und, als einzige Konzession an das, was die Nacht bringen könnte, hochhackige Schuhe angezogen. Als sie sich im Spiegel betrachtete, dachte sie, dass sie wie eine sehr erfolgreiche Geschäftsfrau wirke, und als sie um halb zehn Uhr nachts das Renz betrat, rief ihr Lydia schon von Weitem entgegen: „Großer Gott, die Männer werden vor dir auf den Knien liegen." Im Moment lag allerdings gar nichts vor. Es gab außer einem Kellner keine Männer im Lokal. An der Bar saßen vier junge Damen in ziemlich freizügiger Kleidung. Sie begrüßten die strenge Ruth freundlich und wandten sich dann wieder ihren Gesprächen zu. Die strenge Ruth sah, dass das Cabaret Renz aus einem großen Raum bestand, dessen Stirnseite eine kleine Bühne beherrschte. Rechterhand befand sich die Bar, linkerhand und im hinteren Teil des Raumes gab es Tischgruppen, die Mitte des Raumes war frei, sie diente wohl als Tanzfläche. An den Wänden hingen große, runde Leuchtkörper mit Motiven aus den Fünfzigerjahren. Der ganze Raum machte einen ziemlich abgewohnten Eindruck, und die strenge Ruth dachte: Nur gut, dass ich das nicht bei Tageslicht sehe. Lydia zeigte ihr den Nebenraum, den eine hufeisenförmige Bar dominierte. Dann gingen sie wieder in den Hauptraum und setzten sich ebenfalls an die Bar. Lydia meinte, zur Feier des Abends wolle sie eine Flasche Champagner köpfen. Bis etwas passiere, könne es dauern. Sie erzählte witzige Anekdoten aus ihrem Berufsleben. Das Wichtigste ist, sagte sie, dass du lernst, den Alkohol zu beherrschen. In einer guten Nacht kann es schon mal vorkommen, dass ich drei, vier, fünf Flaschen Champagner trinken muss. Natürlich versuchen wir, soviel wie möglich unauffällig wegzuschütten, aber konsumieren musst du trotzdem, weil du ja den Gast dazu bringen musst, möglichst viel zu trinken. Während sie redeten, kam ein jüngerer Mann herein. Er bestellte einen Kaffee, redete kurz mit einem der Mädchen. Schon war er wieder weg. Macht nichts, lachte Lydia, der kommt wieder. Nicht heute, nicht morgen, aber eines Tages kommt er wieder, und dann werde ich ihn erwischen. Wie sie das meine, fragte die strenge

Ruth. Die meisten Männer sind knauserig, sagte Lydia, und wenn sie hier hereinkommen, haben sie ziemlich genaue Vorstellungen im Kopf, wie viel sie ausgeben wollen. Aber die meisten Männer haben auch ihren schwachen Moment. Ich habe ein untrügliches Auge dafür. Wenn ich ihn erwische, ziehe ich jeden Kerl bis auf die Unterhose aus. In einem Lokal wie diesem kann ein bisschen Vergnügen nämlich ganz, ganz schnell ein paar Tausender kosten. Die strenge Ruth sagte, das würde sie gerne einmal erleben. Wart's ab, entgegnete Lydia, vielleicht hast du das sprichwörtliche Anfängerglück. Zunächst passierte allerdings nichts. Zwar tröpfelten immer mal wieder vereinzelte Herren ins Lokal, aber sie tranken bloß ein Bier und redeten kurz mit einem der Mädchen. Sobald es fragte, ob er sie auf ein Gläschen einlade, zahlten sie ihr Bier und verließen das Lokal. Lydia und die strenge Ruth hatten trotzdem ihren Spaß. Schnell war die erste Flasche Champagner leer, schon waren sie mitten in der zweiten. Die strenge Ruth kicherte, als Lydia ihr schmutzigere Geschichten zu erzählen begann. Sie fühlte sich wohl, gelöst und vom sanften Licht des Lokals beschützt. Plötzlich ging die Tür auf und sechs Geschäftsherren betraten laut lachend das Renz. Der Wortführer bestellte Bier für alle, die Mädchen setzten sich zu den Herren an den Tisch und versuchten sie dazu zu überreden, ihnen Champagner zu spendieren. Lydia entschuldigte sich bei der strengen Ruth, ging ebenfalls zu den Herren und war bald in witzige Wortgefechte verwickelt. Es dauerte nicht lange, und sie hatte eine erste Flasche Champagner verkauft. Dann kehrte sie an die Bar zurück. Lassen wir sie ein wenig schmoren, sagte sie zur strengen Ruth. Hast du gesehen, was sie dir für Blicke zuwerfen? Sie haben schon gefragt, ob du dich zu ihnen gesellen möchtest. Ich habe gesagt, dass du nicht zu haben bist, sondern hier selber Entspannung suchst. Ich habe angedeutet, dass du wahrscheinlich lesbisch bist. Wie kommst du auf diese Idee?, lachte die strenge Ruth. Wart's ab, entgegnete Lydia. Aber diesmal schien sie sich zu irren. Allem Drängen und allen Verlockungen der Mädchen zum Trotz ließen sich die Herren nicht erweichen, eine zweite Flasche Champagner zu bestellen. Sie müssten früh raus, eine Konferenz und ein harter Tag erwarteten sie. Schon hatten sie das Lokal verlassen, und die strenge Ruth dachte halb erleichtert, halb enttäuscht, dass sich offenbar auch eine Lydia irren könne. Eine halbe Stunde später ging die Tür wieder auf und einer der Herren stand im Lokal. Er ging geraden Wegs zu Lydia und zur strengen Ruth. Normalerweise, sagte er, mache er das nicht. Er sei verheiratet. Er habe Kinder. Er sei ein braver, treuer Familienmensch. Aber die strenge Ruth habe ihn vom ersten Moment an fasziniert. Sie passe überhaupt nicht in diese Umgebung. Sie müsse etwas ganz Besonderes sein. Ob sie ihm den Gefallen tue, mit ihm ein Gläschen Champagner zu trinken. Aus dem Gläschen wurden drei, dann fünf, eine erste Flasche, bald eine zweite.

Er überschüttete sie mit Komplimenten, versuchte, sie zu umarmen und zu küssen, aber sie wehrte ihn ab. Es schien ihm nichts auszumachen, im Gegenteil, er wurde nur noch feuriger und schien vor allem von ihren Füßen in den hochhackigen Pumps geradezu besessen zu sein. Die strenge Ruth war inzwischen schon ziemlich betrunken, und so willigte sie ein, als er sie anflehte, ob er diese wunderbar zierlichen, entzückenden Füßchen massieren dürfe. Schon lag er vor ihr auf den Knien, schon hatte er einen ihrer Füße auf seinen Oberschenkel gestellt und schon begann er, den Fuß ganz wunderbar zu verwöhnen. Die strenge Ruth stöhnte entzückt auf. Sie hatte das Gefühl, geradewegs im Himmel gelandet zu sein. Mit Lydia plaudern und scherzen, Champagner trinken und sich die Füße verwöhnen lassen – konnte es etwas Besseres geben? Sie hatte das Gefühl, auf Wolken zu schweben. Die Ausdauer des Herrn war fantastisch, und wenn er sich zu weit ihre Waden empor wagte, schlug sie ihm einfach auf den Kopf. Er nahm es ohne Widerspruch hin, um sich nur noch intensiver den Reflexzonen ihrer Fußsohlen zu widmen. Zwischendurch erlaubte sie ihm, ihre Zehen zu lecken und manchmal sogar daran zu lutschen. Die strenge Ruth fühlte sich großartig, für sie hätte diese Nacht kein Ende nehmen dürfen. Schließlich aber breitete sich auf der Hose ihres Verehrers ein dunkler Fleck aus. Lydia entdeckte ihn sofort. Sie herrschte ihn an, dass er ein Schwein sei und bestraft werden müsse. Er habe jetzt sofort die Rechnung zu bezahlen und der Dame, die er beleidigt und deren Gefühle er mit dieser Sauerei tief verletzt habe, ein schönes Geschenk zu machen. Bald gehe die Sonne auf und er habe ja bekanntlich auf einem wichtigen Kongress zu erscheinen. Der Herr wirkte ziemlich geknickt. Er bezahlte widerspruchslos die Rechnung, die wirklich gesalzen war, drückte der strengen Ruth einen großen Schein in die Hand und schlich aus dem Lokal. Die beiden Frauen lachten laut und lang, und die strenge Ruth hat Lydia noch oft im Cabaret Renz besucht, bis diese Wiener Legende im Dezember 2003 den Betrieb einstellte und für immer die Türen schloss.

ALS BARBARA NACH EINER MUTZENBACHER-LESUNG IN FAHRT KAM.

Nachdem man Emmas Geschichte gebührend gelobt hatte, war die Reihe nun an Rudi, der nur ganz kurz überlegte, bevor er begann: Barbara langweilte sich. Ihr Mann war schon zum vierten Mal in diesem noch jungen Jahr auf Geschäftsreise, und die Kinder waren mit den Schwiegereltern für ein verlängertes Wochenende an die Adria gefahren. Barbara saß alleine zu Hause und überlegte gerade, ob sie sich jetzt schon einen Sherry gönnen solle, als das Telefon klingelte. Ihre Freundin Leonie war am Apparat. Ich nehme an, du sitzt allein zu Hause, langweilst dich und überlegst, ob du dich jetzt schon betrinken sollst, sagte Leonie. Barbara lachte. Daraus wird nichts, meine Liebe, fuhr Leonie fort, du und ich, wir gehen heute aus. So?, fragte Barbara. Jawohl, antwortete Leonie, ich treffe dich in einer Stunde am Schwedenplatz. Als sie später ein Schwedenplatzeis schleckend durch den lauen Sommerabend und über die Marienbrücke und die Taborstraße entlang zum Karmeliterplatz spazierten, erzählte Leonie, es gebe da eine Veranstaltungsreihe, die sich „6x6“ nenne. Dabei werde an sechs

Abenden aus sechs pornografischen Werken vorgelesen. Die Autoren seien allgemein bekannt: Marquis de Sade zähle dazu, Leopold Sacher-Masoch, Georges Bataille, Anaïs Nin und Pauline Réage. Ein Bekannter, sagte Leonie, hat sich einige dieser Lesungen angehört. Es habe ihm ganz gut gefallen. Heute gibt's eine Lesung aus den Memoiren der Josefine Mutzenbacher, mein Bekannter wird auch dort sein, er heißt übrigens Michael, du wirst ihn mögen. Barbara gab zu, dass das allemal besser wäre als alleine zu Hause herumsitzen. Die Lesung fand in einem Biedermeierhaus des Karmeliterviertels statt, zu dem ein Garten gehörte. Im Garten befand sich ein Atelier, in dem sich, als Barbara und Leonie eintrafen, bereits ungefähr fünfzig Leute eingefunden hatten. Barbara gefiel die Atmosphäre. Kerzenlicht verbreitete eine schummrige Stimmung. Leute plauderten und tranken Sekt, bis sich alle im Halbkreis um einen Tisch versammelten, an den sich eine junge Dame und ein Herr im besten Alter setzten. Der Herr erklärte zu Beginn, dass „Josefine Mutzenbacher: Die Lebensgeschichte einer wienerischen Dirne, von ihr selbst erzählt" als der einzige deutschsprachige pornografische Roman von Weltrang gelte und vermutlich, von Felix Salten, dem Autor von „Bambi", geschrieben worden sei, zum Teil allerdings neu, er, der Herr, glaube nämlich, dass das Buch nicht von einem, sondern von mehreren Autoren verfasst worden sei, weil die verschiedenen Teile sprachlich sehr unterschiedlich seien und vor allem gegen Ende des Buches abfielen. Dann begannen die beiden, aus dem Buch vorzulesen. Sie verfügten über angenehme Stimmen – er ein Bassbariton, sie ein weicher Alt mit entzückendem Wiener Akzent. Sie lasen mit verteilten Rollen und flirteten während des Lesens ohne Hemmung miteinander. Die Texte trieben nicht nur Barbara die Schamröte auf die Wangen, aber die beiden Vorlesenden trugen den obszönen Text mit einer Gelassenheit vor, als handle es sich um stubenreine Hochliteratur: „Und auf einmal stand ihm der Schweif so fest wie früher. Er hob mich auf, dass ich mich auf ihn setzen konnte, und so hielt er mich in den Armen und drückte nun seine Schwanzspitze hinein, so weit er konnte. Ich tauchte auf und nieder, und mir kam es rasch nacheinander, was ich ihm auch sagte: ‚Mir kommt's … jetzt … jetzt --- nicht so tief, das tut weh … jetzt … so … so … jetzt kommt's schon wieder …' Er fragte dazwischen: ‚Warum will sich deine Mutter nicht vom mir vögeln lassen?' Ich schob auf der Schwanzspitze hin und her und meinte: ‚Ich weiß nicht … mir kommt's wieder … ah … ah … das Pudern ist gut … gut … ist das …'" Die Atmosphäre heizte sich auf im Atelier, und auch wenn sich alle ruhig verhielten, so hatte man doch das Gefühl, dass die Damen kaum still sitzen konnten und die Herren gern mehr Platz in den Hosen gehabt hätten. Als die Lesung zu Ende war, wollte niemand nach Hause gehen. Die Stimmung war prickelnd, und die Gastgeber hatten

Getränke bereitgestellt, die man probieren wollte. Man stand oder saß in Gruppen, plauderte und genoss nach dieser literarischen Penetration die wohlige Entspannung. Leonie stellte Barbara ihren Bekannten Michael vor, der auf sie ein wenig seltsam wirkte und ganz mit einer schwarzen Lederkluft bekleidet war. Er hatte etwas Hartes, vielleicht sogar Fanatisches in den Augen, vor dem sich die stille Barbara ein bisschen fürchtete. Als sich die beiden Vorlesenden zu ihrer Gruppe gesellten, ging Michael unversehens auf sie los. Das Ganze sei ein Skandal, sagte er, die Bekenntnisse der Josefine Mutzenbacher gehörten verboten, sie seien in Deutschland zu Recht indiziert, immerhin sei die kleine Josefine erst fünf gewesen, als sie sich habe entjungfern lassen, und mit fünzehn schon auf den Strich gegangen. Das ist Kinderpornografie!, rief Michael, der jetzt sichtlich erregt war, man sollte diese Bücher verbrennen. Es entwickelte sich ein wilder Streit, bis die stille Barbara fragte, ob sie eine kleine Geschichte erzählen dürfe. „Ich habe eine Tochter“, sagte sie, „die ist jetzt sieben. Ihre beste Freundin ist ebenfalls sieben, und die beiden haben ein sechsjähriges Mädchen unter ihre Fittiche genommen. Dieses Mädchen, das natürlich kleiner und in ihrer Entwicklung auch ein wenig zurückgeblieben ist, steht ganz unter der Fuchtel der beiden anderen. Kürzlich haben die drei Mädchen im Kinderzimmer gespielt, während wir Mütter in der Küche Kaffee tranken. Nach einiger Zeit fiel uns auf, dass es im Kinderzimmer verdächtig ruhig geworden war. Wir schlichen zur Tür, um zu lauschen. Was wir hörten, entsetzte und belustigte uns. Die großen Mädchen wollten Doktor spielen. Die Kleine musste die Patientin sein, sie sollte sich ausziehen und untersuchen lassen. Die Großen wollten Fieber messen und ähnliches und ihr erklären, woher die kleinen Kinder kommen. Die Kleine meinte, die Kinder bringe der Storch. Worauf sie die Großen auslachten und meinten, sie verstehe ja wirklich nichts. Kinder kommen, erklärten sie, wenn Papa und Mama Liebe machen. Die Kleine sagte, das glaube sie nicht. Die Großen insistierten und meinten, Liebe machen habe ganz viele Namen. Man könne das, sagte die eine, pudern, schnackseln, rammeln, pimpern, bumsen, poppen, nageln oder vögeln nennen. Aber arschficken, erklärte die andere ganz und gar oberlehrerhaft, arschficken ist etwas anderes! Wir waren", sagte Barbara still, „einigermaßen schockiert. Wir haben dem Spiel ein Ende bereitet und die Kinder nach Hause gebracht. Was allerdings die Unschuld der lieben Kinder betrifft, habe ich inzwischen meine Zweifel." Erst als sie mit ihrer Geschichte zu Ende war, merkte Barbara, dass ihr alle zuhörten. Sie lief über und über rot an und bat Leonie, mit ihr so schnell wie möglich zu verschwinden. Die Gastgeber hingegen sagten, das komme überhaupt nicht in Frage, und auch Michael meinte, sie solle doch bitte bleiben. Er habe das mit dem Bücherverbrennen nicht sehr ernst gemeint. Er provoziere, weil er seine intellektuelle Überlegenheit gerne selber bewundere. Sie habe ihn mit ihrer Offenheit und mit einer schlichten Wahrheit in die Schranken gewiesen. Und das, sagte Michael, bewundere ich noch tausendmal mehr. Jetzt wurde die Nacht in der Leopoldstadt für Barbara gefährlich. Michael hatte bei ihr eine Saite zum Schwingen gebracht. Sie musste sie mit aller Kraft zum Verstummen bringen, wenn sie nicht ihre Ehe aufs Spiel setzen wollte. Zum Glück ließ Leonie sie nicht aus den Augen.

ALS ES DEM ROSENSTECHER IN DER BONBONNIERE DIE SPRACHE VERSCHLUG.

Rudis Geschichte hätte beinahe dazu geführt, dass die Runde sich in einen Streit verwickelt hätte, aber gerade noch rechtzeitig übernahm Olga das Erzählen: Der Maler H. hatte den Ruf eines wilden Stechers, vieles davon mag übertrieben gewesen sein, aber, wie das Sprichwort so schön sagt, wo Rauch ist, da ist normalerweise auch Feuer, ein Feuerchen zumindest oder halt sonst irgendetwas, das brennt. Jedenfalls ließ der Maler H. tatsächlich nicht viel anbrennen, er stieg gerne manchem Rock nach und war nun wirklich kein Kostverächter, und weil er immer über genug Geld verfügte, ließ er sich ab und zu gerne die Gunst einer Dame etwas kosten. Die hießen zwar inzwischen nicht mehr Asphaltschwalben, Bierhäuselmenscher, Hübschlerinnen oder Grabenschnepfen, und nach Gürtelrosen stand ihm auch nicht unbedingt der Sinn, lieber ließ er die Damen von einem der vielen Escortservices und Begleitagenturen vermitteln, die „secret angel“, „blue moon“ oder „vienna escort“ heißen mögen und eine gewisse Sicherheit bieten, dass die Damen gesund und sauber sind, jedenfalls hatte es sich der Maler H. zur Gewohnheit gemacht, die Damen in die Bonbonniere zu bestellen, die ihr vielleicht kennt, liebe Freundinnen und Freunde, sie behauptet von sich, Wiens älteste Bar zu sein und ist tatsächlich ein Relikt aus verflossener Zeit. Sie befindet sich an der Spiegelgasse, aber die dunkle Fassade mit der goldenen Schrift, die schmale Eingangstür und der helle Vorbau darüber verraten nichts von dem, was sich dahinter verbirgt: Rechterhand eine kleine Bar aus dunklem Holz, davor ein paar Hocker, linkerhand ein Klavier, das den Weg beengt und an dem damals, als sich die Geschichte mit dem Maler H. ereignete, ein alter, magerer Herr die üblichen Lieder klimperte, dann stehen ein oder zwei runde Tischchen in der Nähe des Klaviers herum, das zweite Zimmer ist noch kleiner, sechs Leute finden darin Platz, und dann gibt es noch ein Nichts von einem Séparée; in diesem Ambiente also pflegte der Maler H. die Damen zu begrüßen, der Vorteil lag auf der Hand, wenn man sich nicht verstand, konnte man leicht auseinandergehen. Üblicherweise plauderte der Maler H. ein Stündchen mit seiner Herzensdame des Moments, man trank Sekt, bevor er sie ins nächste Hotel führte, wo sie sich eine Stunde lang vergnügten. Der Maler H. machte das vielleicht einmal im Monat, es war eine kurze und kostspielige, aber angenehme Lustbarkeit, das größte Vergnügen bestand für ihn nämlich nicht nur darin, ständig neue Damen kennenzulernen, vor allem wollte er sie erobern und verführen, was bei Prostituierten ein Kunststück ist, er musste sie aus ihrer professionellen Gleichgültigkeit herauslocken und dazu bringen, in ihm mehr zu sehen als einen Kunden, das war er sich schuldig, und er war gut, und so kam es tatsächlich immer wieder vor, dass ihm die Damen zu den zwei Stunden noch eine dritte schenkten. Die Bonbonniere hatte ein treues Stammpublikum, die Herrschaften waren zu einem schönen Teil fortgeschrittenen Alters, sie wollten nicht Sex, sondern Unterhaltung mit Freunden, sie wollten plaudern, in Erinnerungen schwelgen, und sie liebten es, über Abwesende zu lästern, sie nannten den Maler H. hinter seinem Rücken den Rosenstecher, schließlich kannten sie ihn und seine Vorlieben, sie begegneten seinem Treiben mit selbstverständlicher Nachsicht, auch als er eines schönen Tages eine Dame bei einer Agentur bestellte, die ihm empfohlen worden war, sie hieß im Katalog Ines und wurde als junge, hübsche, charmante und elegante Unterhalterin beschrieben, aber als sich diese Ines in der Bonbonniere einfand, dünkte sie den Maler H. weder besonders jung noch besonders hübsch, sie wirkte wie eine recht biedere Hausfrau mittleren Alters, und sie war auch nicht wirklich elegant gekleidet. Der Maler H. war natürlich enttäuscht und überlegte, ob er sie wegschicken solle, aber sie erwies sich als witzige, schlagfertige und sprühende Unterhalterin, die über ein enormes Allgemeinwissen verfügte und auch zur Kunst und zur Malerei einiges zu sagen hatte. Das erste Stündchen verging im Flug, und die zweite Stunde war schon wieder fast vorbei, als dem Maler H. der Gedanke kam, sie ins nächste Hotel zu bringen – drei Stunden also?, das ging ganz schön ins Geld, aber auch diese dritte Stunde war schnell und mit nicht mehr als ein paar flüchtigen Berührungen verplaudert, eine vierte konnte und wollte sich der Maler H. nicht leisten, das wäre selbst für die gepflegteste Konversation viel zu teuer gewesen. Ines bemerkte seine Unruhe und schlug vor, ins Séparée zu gehen, was ihn eine Flasche Champagner kostete, aber das Beste war, was er tun konnte, also zogen sie sich zurück, und Ines verschaffte ihm in kurzer Zeit Befriedigung, keine besondere zwar, aber er hatte auch nicht den Eindruck, dass er betrogen worden war. Als Ines gegangen war, sagte der Maler H. zu den Stammgästen: „Gespräche wie auf einer Vernissage, die allerdings ein Vermögen kosten ... Wenigstens bin ich um diese Erfahrung reicher." Nächsten Monat wählte der Maler H. bei einer anderen Agentur die feurige Jacqueline, 22 Jahre jung, rotes Haar und ein kurvenreicher Körper. In der Bonbonniere wurde er von den Stammgästen fröhlich begrüßt, er war diesmal erstaunlich nervös, vielleicht, weil seit der letzten echten körperlichen Erregung zwei Monate verstrichen waren, und pünktlich ging die Tür auf, eintrat – Ines. Sie steuerte direkt auf ihn zu und küsste ihn auf den Mund, schön, dass wir uns wieder begegnen, sagte sie und setzte sich auf einen Hocker. Der Maler H. meinte, sie müsse sich irren, er warte auf Jacqueline, 22 Jahre, kurvenreicher Körper. Ines lachte. Sie laufe unter vielen Namen und Beschreibungen, bis jetzt habe das noch niemanden gestört, er sei doch zufrieden gewesen das letzte Mal und so weiter, und schon war es ihr wieder gelungen, ihn in ein Gespräch zu verwickeln, aus dem es kein Entwischen gab, und nachdem sie drei Stunden später die Bar verlassen hatte, lachten die Stammgäste so herzlich über sein Missgeschick, dass er mitlachen musste, und sie nannten ihn einen Esel, der tüchtig vorgeführt worden sei, die Chefin war so nett, ihm einen Cognac zu spendieren. Als wieder ein Monat vergangen war, wählte der Maler H. die Dame diesmal aufgrund einer Bildanzeige in einem einschlägigen Magazin, eine scharfe Blondine namens Natascha, üppige Oberweite und ein sehr sinnliches Gesicht, nichts, aber auch rein gar nichts, das an Ines/Jacqueline erinnert hätte, und auch Nataschas Stimme klang am Telefon ganz anders, ganz rauchig und sehr verführerisch. Der Maler H. war nun wirklich nervös, die Chefin der Bonbonniere spendierte einen Kaffee, pünktlich tauchte die Dame auf, es war Ines/Jacqueline! Natascha sei krank, und sie habe das Gefühl, dass auch er ein bisschen blass um die Nasenspitze sei. Das Gelächter der Stammgäste gellte noch jahrelang in seinen Ohren nach.

WIE HELENA ZU EINEM NEBENJOB KOMMT UND SICH DABEI SELBST EINEN GEFALLEN TUT.

Olgas Geschichte hatte vor allem die Damen sehr amüsiert. Die Herren hingegen wollten sich schon über Erfahrungen und Erlebnisse in der Eden-Bar, im Moulin Rouge, im Babylon oder in einem der vielen anderen Wiener Etablissements austauschen, aber die Damen wandten sich Nora zu, die auch sofort begann: Helena war vor kurzem aus dem Elternhaus ausgezogen. Sie genoss die Freiheit in vollen Zügen. Neben dem Studium arbeitete sie im Geschäft eines Fotografen. Der verkaufte auch Kamera-Zubehör und Ähnliches. Eines Tages betrat eine recht mollige Dame das Geschäft. Sie wollte einen Videorekorder. Sie sagte, sie kenne sich nicht aus. Helena half ihr bei der Auswahl. Die Dame meinte, sie wisse nicht, wie man das Gerät anschließe. Helena erhielt beim Abschluss eines Kaufs eine Provision. Sie war gerne bereit, der Dame auch dabei zur Hand zu gehen. Die Dame entschied sich nach längerem Hin und Her für einen der teureren Videorekorder. Dann wollte sie noch einen Videofilm. Es waren ein paar gute Spielfilme im Angebot. Die Dame schaute sich die Kassetten an. Aber sie wollte etwas anderes. Sie druckste eine Weile herum. Verlangte dann einen Erotik- oder Sexfilm. Auch das gab es. Sie wurden unter der Ladentheke verkauft. Schnell hatte sich die Dame für einen Film entschieden. Sie bezahlte. Dann gab sie Helena eine Adresse. Sie solle noch am gleichen Abend liefern. Nach Geschäftsschluss machte sich Helena auf den Weg. Die Adresse war eine Villa in bester Lage im 13. Bezirk. Die Dame zeigte, wo sie das Gerät haben wolle. Sie schaute interessiert zu. Dann bat sie Helena, die Kassette einzulegen. Sie wolle überprüfen, ob alles richtig funktioniere. Sie werde es sich in der Zwischenzeit bequemer machen. Sie sei gleich wieder da. Der Film lief eine Weile, bis die Dame zurückkam. Sie trug ein luftiges Negligé. Durch den dünnen Stoff schimmerte ihr massiger Körper. Sie setzte sich auf das Sofa und spreizte ihre dicken Schenkel. Sie fragte Helena, worauf sie noch warte. Es gebe zu tun. Helena war lange mit der Dame beschäftigte. Die genoss mit viel Gestöhn und Geächze den Film. Zum Abschied überreicht sie Helena ein Kuvert. Darin steckte eine ansehnliche Summe. Helena war amüsiert. Das Geld konnte sie gut gebrauchen. Und sie wusste jetzt, dass sie sich eher zu Frauen als zu Männern hingezogen fühlte. Der Liebesdienst hatte ihr Spaß gemacht. Sie erzählte einer Freundin vom Erlebnis. Die Freundin meinte, sie lasse sich oft von reichen Damen mieten. Zum Beispiel sei sie für den nächsten Abend gebucht. Leider habe sie eine andere Verpflichtung. Ob Helena einspringen wolle. Die Bezahlung sei gut. Helena zögerte nicht lange. Sie fand sich zur gegebenen Zeit an der entsprechenden Adresse ein. Es handelte sich um eine Wohnung in einem Gemeindebau. In der Nähe des Jörgerbades in Hernals. Sie klingelte. Sofort öffnete sich die Tür. Allerdings nur einen Spalt breit. Helena konnte gerade durchschlüpfen. Die andere Frau mochte um die 50 sein. Sie war klein und korpulent. Sie trug ein mausgraues Kostüm. Ihr blond gefärbtes Haar war toupiert. Es umrahmte ein rundes Gesicht. Das Gesicht war mit roten Flecken übersät. Die Frau schwitzte. Sie war sehr nervös. Sie führte Helena durch einen stumpfen Flur in ein kleines Zimmer. Darin stand eine schwere Anrichte aus dunklem Holz. Davor ein Zweiersofa. Als sich Helena darauf gesetzt hatte, stießen ihre Knie beinahe an die Fenstertür. Die Frau setzte sich neben sie. So saßen die beiden Frauen wie in einer Auslage. Sie schauten auf die vielen Fenster jenseits eines schmalen Hofs. Helena fragte, ob es kein Schlafzimmer gebe. Die Frau entgegnete, ins Schlafzimmer könnten sie nicht. Sie saß ganz starr. Aber ihre Wallungen verrieten, wie unglaublich nervös sie war. Helena fragte, ob sie den Vorhang schließen dürfe. Die Frau verbot es ihr. Können wir wenigstens die Tür verriegeln? Das gehe nicht. Ihr Mann würde nur noch misstrauischer werden. Helena sagte, sie habe alles für eine entspannende Massage dabei. Auch eine Krankenschwesterntracht. Damit könne man den Gatten täuschen. Die Dame zögerte. Sie wisse nicht. Sie wisse wirklich nicht. Ihre Nervosität nahm unglaubliche Ausmaße an. Schweigend saßen die beiden nebeneinander auf dem Sofa. Sie schauten hinaus auf den Gemeindebau. Wieso haben Sie mich eingeladen, fragte Helena. Die Dame erzählte. Während eines kurzen Kuraufenthalts hatte sie eine Deutsche kennengelernt. Sie hatten eine stürmische Affäre gehabt. Das sei allerdings schon ein paar Jahre her. Aber die Erinnerung. Sie lasse ihr keine Ruhe. Helena befahl der Frau, Kostümjacke und Bluse auszuziehen. Sie werde ihr den Nacken massieren. Sie ging ins Badezimmer. Es war ebenfalls winzig. Sie zog sich um. Als sie ins Wohnzimmer zurückkehrte, saß die Frau unbewegt an der gleichen Stelle. Die Oberbekleidung hatte sie abgelegt. Sie zitterte wie Espenlaub. Helena wollte jetzt doch den Vorhang schließen. Die Frau lehnte ab. Am helllichten Tag geschlossene Vorhänge erwecken Misstrauen im Gemeindebau. Helena begann sachte den Nacken und die Schultern der Frau zu streicheln. Sie berührte sie kaum, da schluchzte diese auf. Als Helena ihr über die schweren Brüste strich, brachen alle Dämme. Helena erzählte nachher der Freundin, sie habe sich aus den Umklammerungen der Frau kaum mehr lösen können. Der Sitz des Sofas sei nass geworden, als ob man einen Eimer Wasser darüber geschüttet hätte. Sie war so laut, sagte Helena, hoffentlich sind die Nachbarn alt und taub.

WIE DIE WILDE WANDA BERÜHMT WURDE UND WAS ES SONST VON IHR ZU BERICHTEN GIBT.

Nach Noras Erzählung räusperte sich Elsa und meinte, sie hoffe, dass die Zuhörer ihre Geschichte milde beurteilen würden, weil es in ihr leider keine richtige Handlung gebe. Eher handle es sich um eine historische Zusammenfassung, die man ihr erzählt habe und die ihr im Gedächtnis geblieben sei. Jedenfalls gehe es um die Wiener Unterwelt, in die sie natürlich persönlich überhaupt keine Einblicke habe, aber die Geschichte sei … Sie zögerte, schluckte ein paar Mal heftig und sagte dann: Um diese Wiener Unterwelt ranken sich offenbar zahllose Geschichten, und es sind je nach Blickwinkel mörderische Geschichten oder Geschichten einer antibürgerlich verklärten Gesellschaft, die eigentlich nur während der nationalsozialistischen Herrschaft ernsthaft in Bedrängnis geriet. Bekanntlich verdrängte zu jener Zeit der Staat die Privaten vollständig aus der Kriminalität, um bei der Ausübung jeglichen Verbrechens ganz und gar ungestört zu sein. Die Kriminellen wanderten in Konzentrationslager, wo sie gerne als Capos eingesetzt wurden, um auf ihre Art für Ruhe und Ordnung zu sorgen. Kaum war der Krieg zu

Ende, waren sie alle wieder da. Sie hatten leichtes Spiel mit einer Exekutive, der die Bevölkerung tief misstraute. Der Josef Pecha, der Klaus Karl, der Notwehr-Krista und wie sie alle hießen, ich habe mir leider nicht viele Namen merken können … jedenfalls lebten die Unterweltgrößen gut, wenn auch nicht lange vom Glücksspiel und von der Prostitution. Es gab die Große Galerie und die Kleine Galerie – um Mitglied zu werden, musste man auf Fahndungsplakaten aufscheinen ... Es gab die Plattenkriege und den G'schwinden und zahllose Polizeipannen, die eine ernsthafte Verfolgung des Milieus verhinderten. Im Milieu ging es um Reviere, Personalien und Nachfolgeregelungen und um Glücksspiel, Prostitution, Drogen, Waffen und Geldgeschäfte. Der rote Heinzi und die Männerchöre, die während der Beerdigung eines Unterweltskönigs „Stellt's mein Ross in' Stall" singen, waren legendär, aber irgendwann waren die letzten Wiener Unterweltbosse, der Grüne Heinrich zum Beispiel und der Schöne Ederl, abgelöst von fremden, von ausländischen Banden, die besser organisiert, gewaltbereiter und noch skrupelloser waren. Das ist jetzt nur ein grober Überblick, wie gesagt, man hat es mir erzählt, und ich habe vieles … jedenfalls gab es eine Weile lang die wilde Wanda. Die wilde Wanda. Sie war die Tochter eines Russen und einer Wiener Akrobatin. Als Jugendliche kam sie in Wien Neudorf in eine Erziehungsanstalt und merkte dort, dass sie sich zu Frauen hingezogen fühlte. Mit neunzehn betreute sie ihre erste Prostituierte, die in einschlägigen Kreisen wegen ihrer Hakennase Winnetou genannt wurde. Die wilde Wanda war ein echtes Wiener Original. Sie trug gerne schwarze Herrenanzüge, weiße Hemden mit Stehkragen, in Westernmanier gebundene Schleifen, Stiefel und Schlapphüte. Die Zeitungen berichteten oft über sie. „Wilde Szenen um die Wilde Wanda" und „Wieder Wirbel um Wilde Wanda" hießen die Schlagzeilen oder „Wilde Wanda stach Mann nieder" und „Wilder Wandas süßes Gefängnisleben". Die Wilde Wanda war nämlich Wiens einzige namhafte Zuhälterin. Sie war eine Kultfigur der Wiener Unterwelt. Sie wurde als herbe Schönheit beschrieben. Blondes Haar, relativ groß und, vor allem, wenn sie betrunken war, völlig unberechenbar. Ihr Markenzeichen war eine ausziehbare Stahlrute. Sie fürchtete sich weder vor den anderen Zuhältern noch vor Freiern, die glaubten, nicht zahlen zu müssen. Sie zog einen Zirkel von Prostituierten auf, die für sie arbeiteten, und schrieb für die Hamburger St. Pauli-Nachrichten ihre Memoiren. Allerdings wurde ihre Karriere immer wieder unterbrochen. 18-mal bestraft und ins Gefängnis gesteckt wegen Delikten wie Unzucht wider die Natur, Schändung, schwere Körperverletzung und Zuhälterei. Einmal entfesselte sie einen Skandal, weil sie mit zwei Justizbeamtinnen Liebesspiele spielte. „Gab es heißen Sex in kühlen Zellen?", fragte ein Boulevardblatt. Später kam sie ins Arbeitshaus Maria Lankowitz in der Steiermark. Maria Lankowitz liegt doch in der Steiermark, nicht wahr?

Jedenfalls brach sie aus, wurde aber schnell wieder eingefangen. Schließlich wurde auch die wilde Wanda ruhiger. Die Abstände zwischen den Gefängnisaufenthalten wurden länger, sie verbrachte ihre Nächte in Schwulenlokalen, trank Rum, lebte am Schluss von einer kleinen Sozialrente und starb mit 57 Jahren. Das Begräbnis fand im kleinen Rahmen im September des Jahres 2004 statt. Ihre letzte Ruhestätte liegt im Stammersdorfer Zentralfriedhof in der Gruppe 42, Reihe 6, Grab 34. Ja, da bin ich mir sicher. Ich habe diesen Grabplatz besucht. Das Gerücht geht, dass sie auf ihren Grabstein gerne hätte schreiben lassen: „Am Strich muaß a Frau da sein, sonst gengan die Madeln unter!" Aber das ging natürlich nicht. Auf dem Stein steht stattdessen: „Auf ewig zusammen". Sie liegt mit ihrer Freundin im gleichen Grab.

Als Elsa ihre Erzählung beendet hatte, applaudierten die Zuhörer freundlich. Carl meinte, er habe im Bücherregal eine alte Flasche Sherry stehen und es würde ihn freuen, wenn er alle auf ein Gläschen einladen dürfe. Er habe nämlich das Gefühl, dass ihr neuer Zeitvertreib nicht nur ganz allgemein Gefallen finde, sondern sie miteinander vertrauter mache, was in einer Epoche der generellen Isolierung doch eine gute und respektable Sache sei, auch wenn das, was hier erzählt werde, durchaus die eine und andere Wange zu röten vermöge. Andreas lachte laut auf und meinte, Carl brauche sich nicht so furchtbar gespreizt auszudrücken. Er sei sich nämlich ziemlich sicher, dass alle schon richtig süchtig nach den schweinischen Geschichten seien. Er jedenfalls wolle darauf bestimmt nicht mehr verzichten. Das ist typisch, schimpfte Nora, Männer haben doch immer nur das Eine im Kopf. Allerdings grinste sie dabei so verschmitzt, dass klar war, wie sie es meinte. So beschloss man, den Tag mit einem Gläschen Sherry in Carls Zimmer zu beschließen. Bevor man aufbrechen konnte, bemerkte Elsa, dass es an der Zeit sei, eine neue Regel einzuführen. Ihr sei aufgefallen, dass morgen Dorothee an der Reihe sei. Allerdings habe Dorothee das Vergnügen der Herrschaft über den Tag schon gehabt, andere hingegen noch nicht. Sie schlage vor, dass von jetzt an dem Alter entsprechend immer eine Person, die noch nicht an der Reihe gewesen sei, das schöne Amt übernehmen dürfe. Wenn niemand etwas dagegen habe, dann sei das morgen Edeltraud. Nach kurzer Diskussion fand man den Vorschlag gut und richtig. Dorothee werde zwar die erste Geschichte erzählen, Edeltraud aber Herrscherin des Tages sein. Andreas fragte, ob man nicht, bevor man zu Carl gehe, ein Lied singen wolle. Schon stimmte er an, und wie er zum Refrain kam, fielen alle ein: Mei Muatterl war a Wienerin, / Drum hab i Wien so gern, / Sie war's, die mit'm Leb'n / mir die Liebe hat geb'n / Zu mein' anzigen, goldenen Wien.

VIERTER TAG

ES BEGINNT
DER VIERTE TAG
DES WIENER DEKAMERON,
AN WELCHEM UNTER
EDELTRAUDS HERRSCHAFT
VON DEN SCHICKSALEN
DERJENIGEN GESPROCHEN WIRD,
DIE SCHON SEHR LANGE NICHT MEHR
UNTER UNS WEILEN.

Zur Essensstunde versammelten sich alle im Speisesaal, den sie so lange nicht mehr benutzt hatten. Es war eine fröhliche Runde, und vergnügt flogen Scherze und Anzüglichkeiten hin und her. Sogar Rudi und Nora ließen sich überreden, ein Gläschen Wein zu trinken. Nachdem die Nachspeise serviert worden war, klopfte Carl an sein Glas. Alle verstummten und schauten ihn erwartungsvoll an. Er erhob und räusperte sich und sagte dann, ein chinesisches Sprichwort meine, wenn man trinke, solle man der Quelle gedenken. Er selber habe fast ein Leben lang gedacht, Dankbarkeit sei eine Erniedrigung. Jetzt merke er, wie falsch er damit gelegen habe. Dankbarkeit, sagte er, ist in Wirklichkeit ein Zeichen eines hellen Verstandes. Ganz offensichtlich hätten nämlich er und wahrscheinlich alle hier Versammelten Dorothee ihren Einfall hoch anzurechnen. Man kenne ihn als steifen, strengen und wortkargen Mann. Nun habe es Dorothee mit ihrer seltsamen Idee doch tatsächlich geschafft, in ihm geradezu lausbubenhafte Empfindungen zu wecken. Jedenfalls habe er sich schon lange nicht mehr so lebendig, ja vibrierend gefühlt. Abrupt brach er ab und setzte sich. Die anderen applaudierten. Sie waren sichtlich ergriffen, plauderten aber bald wieder munter drauflos. Schließlich wurde die Tafel aufgehoben, und die ganze Gesellschaft wandelte beschwingt zur Sitzgruppe beim Brunnen. Edeltraud hatte schon beim Mittagessen mitgeteilt, dass sie gerne Geschichten aus vergangenen Zeiten hören möchte. Als ich noch ein kleines Mädchen war, sagte sie, nachdem sie allen einen Wachauer Obstler serviert hatte, hat mir mein Vater vor dem Schlafengehen oft Geschichten erzählt, in denen es von Prinzen und Prinzessinnen und von Rittern und Drachen nur so wimmelte. Ich glaube nicht, dass mein Vater ein besonders guter Erzähler war, aber seine Geschichten wirken in meinen Träumen bis heute nach, was nur beweist, dass gute Geschichten eine extrem lange Lebensdauer haben. Ich bitte also Dorothee, den Reigen dieses Tages zu eröffnen.

VON DEN NIBELUNGEN UND VON EINER LINDE VOR DEN TOREN WIENS.

Meine Geschichte, liebe Freunde, sagte Dorothee, handelt von berühmten Sängern und ihren Liedern, die lange, lange Geschichten erzählten – von Gunther, Siegfried, Hagen und anderen Helden und von den Königinnen Brünhild und Kriemhild. Vielleicht wisst ihr, dass ein Epos aus zwei Teilen, 39 Aventüren und ungefähr 2400 Strophen bestehen konnte. Einige dieser Geschichten handeln von Wien, und eine davon möchte ich euch heute erzählen. Siegfried ist tot. Kriemhild will Rache. Sie heiratet Etzel, König im Ungarnland. Die Reise dauert lange. Die Hochzeit wird in Wien gefeiert. Etzel reist der Braut bis nach Tulln entgegen. Als sie wieder in Wien sind, ist Pfingsten. Etzel legt sich, den Gebräuchen der Zeit entsprechend, vor den Augen des Hofstaats zu Kriemhild ins Bett. Schon ist man verheiratet. Jetzt wird gefeiert. Wo feiert sich's besser als in Wien? Siebzehn Tage dauert die Hochzeit, und Etzel lässt sich wahrlich nicht lumpen. Er spendiert den Gästen modische Kleidung, er lässt Ritterspiele organisieren, wirft Münzen ins Volk und verwöhnt seine und Kriemhilds Entourage aufs Fürstlichste, man lebt wie die sprichwörtliche Made im Speck. Es gibt keinen Wunsch, den man auf Etzels Geheiß nicht zu erfüllen versucht. „Des Königs Spielleute, Werbel und Schwemmelein“, heißt es in dem berühmten Lied, „Wohl an tausend Marken nahm Jedweder ein / Bei dem Hofgelage – oder mehr als das, / Als die schöne Kriemhild bei Etzeln unter Krone saß.“ Wien verstand zu allen Zeiten, Feste zu feiern. Es waren nicht alle schön und es hatten nicht alle einen guten Anlass, aber weil man sich dem Schicksal gegenüber ahnungslos stellt, fürchtet man weder Rache noch Tod, sondern lässt es schillern und glänzen, damit es kein Morgen geben muss. Zu der Zeit, als das Epos verfasst wurde, verließ ein anderer Sänger die Stadt. Er war als junger Mensch aus dem Eisacktal in Südtirol nach Wien gekommen und von Herzog Leopold V. herzlich aufgenommen worden. Beim Hofdichter Reinmar dem Alten lernte er komponieren, dichten und rezitieren. Vor allem entwickelte er einen ausgeprägten politischen Verstand. Es war aber auch eine aufregende Zeit: Der Herzog war mit Friedrich Barbarossa befreundet, er hatte ihn auf seinen Kriegszügen begleitet und war selber schon nach Jerusalem gepilgert. Das alles verschlang natürlich ungeheuer viel Geld, und so kam Herzog Poldi, den man den Tugendhaften nannte, auf die Idee, einen Richard Löwenherz, der als Pilger verkleidet an Wien vorbei nach Hause schleichen wollte, festzunehmen, um Lösegeld zu erpressen. Dummerweise stand Löwenherz als Kreuzritter unter dem besonderen

Schutz des Papstes. Exkommunikation drohte, wurde offenbar auch ausgesprochen, aber noch nicht öffentlich gemacht. Poldi geriet mächtig unter Druck. Da stürzte er bei einem Turnier vom Pferd und brach sich ganz übel das Bein. Dem Priester, der an sein Krankenbett eilte, versprach er, im Falle einer Genesung alles zu tun, was der Papst verlangte, wenn nur die Exkommunikation aufgehoben werde. Trotzdem starb er. Unser Sänger, der beherzte und leidenschaftliche Kommentare zur Tagespolitik und gegen die Machenschaften des Papstes in Reime zu setzen verstand – 500 Strophen sind überliefert – stand nun plötzlich Leopold V. gegenüber, der einerseits Kunst und Kultur an seinem Hof zu höchster Blüte verhalf, anderseits aber durch und durch papistisch war. Er unterstützte Klöster und Orden, brachte eine bisher unbekannte Strenggläubigkeit nach Wien und machte Jagd auf alles, was er für ketzerisch hielt. Vielleicht wurde unserem Minnesänger das Pflaster in Wien zu heiß. Jedenfalls gab er seinen Abschied von Wien. Ich möchte euch eines seiner Lieder vortragen, das für immer unvergessen und für mich von einzigartiger Bedeutung ist. Als ich ein junges Mädchen war, saß ich mit einem Burschen, in den ich mich verschossen hatte, unter einer Linde. Die Linde stand über den Weingärten des Nussbergs. Zu unseren Füßen lag Wien, aber ich sah nur seine Hand, in der er meine Hand hielt, und seinen Mund, mit dem er das Lied rezitierte: „Under der linden / an der heide, / dâ unser zweier bette was, / dâ muget ir vinden /

schône beide / gebrochen bluomen unde gras. / Vor dem walde in einem tal, / tandaradei, / schône sanc diu nahtegal. // Ich kam gegangen / zuo der ouwe, / dô was mîn friedel komen ê. / Dâ wart ich enpfangen, / hêre frouwe, / daz ich bin sælic iemer mê. / Kuster mich? Wol tûsentstunt: / tandaradei, / seht, wie rôt mir ist der munt. // Dô het er gemachet / alsô rîche / von bluomen eine bettestat. / Des wirt noch gelachet / inneclîche, /kumt iemen an daz selbe pfat. / Bî den rôsen er wol mac, / tandaradei, / merken, wâ mirz houbet lac. // Daz er bî mir læge, / wessez iemen / (nû enwelle got!), sô schamt ich mich. / Wes er mit mir pflæge, / niemer niemen / bevinde daz, wan er und ich, / und ein kleinez vogellîn – / tandaradei, / daz mac wol getriuwe sîn." Als er damit fertig war, wurde ich zum ersten Mal in meinem Leben wie eine Frau geküsst. Geheiratet habe ich ihn trotzdem nicht. Aber diese Momente unter einer Linde hoch über Wien haben für mich immer zu den schönen Erinnerungen gehört.

WIE EINE JUNGE FRAU ZUR SPINNERIN AM KREUZ WURDE.

Als Dorothee ihre Geschichte beendet hatte, schauten alle Edeltraud an, die auch sofort das Wort ergriff: Zu Zeiten, als das christliche Abendland vom Kreuzzugfieber befallen war und es sich für jeden kräftigen Mann gehörte, nach Jerusalem zu fahren, um die Heilige Stadt aus den Händen der Ungläubigen zu befreien, lebte ein junges Paar in Wien, das eben geheiratet und sich ewige Treue geschworen hatte. Die beiden kannten nur bittere Armut, obwohl er als Tagelöhner jede Arbeit annahm, war sie noch so schmutzig oder schwer. Seine Frau stand ihm in nichts nach, denn auch sie war von Kindesbeinen an harte Arbeit gewohnt. Dennoch wollte es hinten und vorne nicht reichen. Oft genug gab es zu Mittag nur Wasser und hartes Brot, und schon am dritten Tag nach ihrer Hochzeit mussten die beiden mit knurrenden Mägen zu Bette gehen. Die bittere Not machte sie hoffen, nach dem Tod ein besseres Leben zu finden. Sie gingen zur Messe, wann immer sich dazu eine Gelegenheit bot. Als nun am Sonntag der Priester während seiner Predigt schon wieder von der Kanzel donnerte, dass es heilige Christenpflicht sei, Jerusalem aus den Fängen der Ungläubigen zu befreien, und dass Gott persönlich jedem den direkten Einzug ins Himmelsreich garantiere, der an dieser Befreiung teilnehme, beschloss der junge Mann, sich der nächsten Gruppe anzuschließen, die ins Heilige Land aufbrechen würde. Seine Frau unterstützte ihn auch deshalb, weil es der Pfaffe nicht unterlassen hatte, jenen die Hölle heiß zu reden, die sich einem Kreuzzügler in den Weg stellen und seine Mission behindern wollten. Noch am gleichen Tag zogen die Trommler des Herzogs durch die Straßen Wiens, um Freiwillige zu rekrutieren, und natürlich meldete sich unser junger Mann. Seine Frau wusste nicht, ob sie lachen oder weinen solle, aber sie konnte nicht verhindern, dass dicke Tränen auf die Finger tropften, während sie das rote Kreuz auf sein Gewand nähte. Am Tag des Aufbruchs begleitete eine bunte Schar die Kreuzzügler aus der Stadt hinaus. Südwärts ging's, einen Weg entlang, der heute … wie heißt die Straße jetzt … Triester Straße? Ja, Triester Straße, und hinauf auf eine Anhöhe, die man inzwischen den Wienerberg nennt. Von da konnte man ein letztes Mal einen Blick auf Wien werfen. Neben einem einfachen Kreuz aus Holz machte man Halt, damit sich die Männer von ihren Angehörigen und Freunden verabschieden konnten. Die junge Frau umarmte ihren Gatten und versprach, sie werde auf ihn warten, bis er wiederkomme. Schon zog die Schar los, und bald war sie im Staub der nach Süden führenden Landstraße verschwunden. Die Zurückgebliebenen begaben sich nach Hause. Alle, bis auf die junge Frau. Sie hatte ihrem Mann versprochen, zu warten, und das gedachte sie zu tun. Sie hatte keine Vorstellung, wie lange eine Reise ins Heilige Land dauern könne, und vielleicht wusste sie noch nicht einmal, wo sich das Heilige Land befand. Jedenfalls setzte sie sich Tag für Tag zum Kreuz auf dem Wienerberg. Damit es ihr nicht langweilig wurde, begann sie zu spinnen, von Hand zuerst, mit dem Spinnrad später. Am Anfang bemerkte sie niemand. Aber als die Wochen und Monate und bald die Jahre ins Land gingen, und weil über den Wienerberg viel Volk nach Süden und Norden zog, wusste schließlich die halbe Welt von der Spinnerin am Kreuz. Man kaufte ihr Garn, und mancher, dessen Herz von der Anhänglichkeit und Treue der jungen Frau ergriffen war, gab ihr mehr, als sie verlangte. Niemand kann genau sagen, wie lange sie spinnend wartete. Die einen behaupten, es seien drei Jahre vergangen, andere meinten gar zwanzig. Oft kehrten Krieger von ihren blutigen Geschäften heim. Nie war ihr Gatte dabei. Vielleicht hatte sie die Hoffnung schon fast ganz aufgegeben, als eines Tages ein einzelner, staubiger Wanderer vor sie trat und fragte, ob sie ihm einen Schluck Wasser schenken könne. Sie reichte ihm ihren Becher, schaute ihm in die Augen und erkannte ihren Mann. Weinend, lachend, schluchzend und jauchzend lagen sie sich in den Armen. Weil sie mit ihrer Spinnerei ein hübsches Sümmchen zusammengespart hatte, ließen die beiden an der Stelle des hölzernen Kreuzes eines aus Stein errichten. Es wurde übrigens im Jahre 1296 zum ersten Mal schriftlich erwähnt. Im 14. Jahrhundert wurde das Kreuz durch eine gotische Steinsäule, einen Tabernakelpfeiler, ersetzt, der mehrmals von Kriegshorden zerstört oder beschädigt und immer wieder erneuert wurde. Die Angriffe allerdings, denen sie heute ausgesetzt ist durch Abgase und sauren Regen, sind so bedrohend, dass man die Originalsäule ins Bezirksmuseum nach Favoriten schaffte. Auf dem Wienerberg befindet sich inzwischen eine Kopie davon.

ALS LADY MONTAGU WIEN BESUCHTE UND WORÜBER SIE SICH WUNDERTE.

Natürlich kannten alle die Geschichte von der Spinnerin am Kreuz, aber man freute sich, sie wieder einmal gehört zu haben und lobte Edeltraud dafür. Danach übernahm Carl das Wort: Eine alte Geschichte also … Nun, als ich noch Vizepräsident des unabhängigen Verwaltungssenats … wie auch immer, interessant ist jedenfalls, dass meine Geschichte fast 300 Jahre alt ist und von der berühmten englischen Reiseschriftstellerin Mary Wortley Montagu handelt und ihrem Besuch in Wien. Lady Montagu hatte, wie ja wohl allgemein bekannt sein dürfte, mit ihrem Mann einige Jahre am Osmanischen Hof gelebt, wo dieser als Botschafter tätig war. Weniger bekannt ist vielleicht, dass es ihrem Wirken zu verdanken ist, dass die Pockenimpfung, die in der Türkei schon bekannt war, allmählich auch in England Fuß fassen konnte. Jedenfalls war Lady Montagu, als sie nach Wien kam, hingerissen von den Fürstenpalästen, die sich vor den Toren Wiens aus ihren grandiosen Gärten erhoben. Vor allem aber amüsierte sie sich köstlich über die Wiener Damenmode. Sie sei, schrieb sie, ungeheuer und ungleich mehr, als man sich vorstellen könne. Die Damen würden sich Gerüste von Gaze auf den Kopf bauen, die ungefähr eine Elle in die Höhe reichten, mehrere Stockwerke umfassten und mit unzähligen langen Bändern befestigt würden. Diese Gebilde, erzählt sie, ruhten auf Fundamenten, die man Bourle nenne und die aus Holzstäben bestünden, wie man sie in England bei den Milchmädchen kenne, wenn sie an ihnen ihre Eimer befestigten. Allerdings seien diese Wiener Stäbe ungefähr dreimal so dick. Der ganze gewaltige Aufbau werde dann mit dem Kopfhaar bedeckt, unter das allerdings eine Menge falscher Haare gemischt sei, auf dass sich eine modische Fülle ergebe. Damit man den Unterschied zwischen echtem und falschem Haar nicht bemerke, werde der ganze Turm kräftig eingepudert. Das Ganze sei, schließt sie, ziemlich abscheulich. Und wir können uns natürlich nur wundern, welchen Torturen sich die Damenwelt des 18. Jahrhunderts unterwarf, um dem Diktat der Mode zu gehorchen. Zu so etwas würdet ihr euch, liebe Zuhörerinnen, selbstverständlich nie zwingen lassen. Aber zurück zu Lady Montagu. Was die englische Dame noch mehr verwunderte, war die Tatsache, dass die Wienerinnen bei Zank und Liebeshändeln offenbar sehr gemäßigt, ja beinahe gedämpft wirkten, hingegen ganz aus sich herausgingen, wenn es die Fragen des Zeremoniells betraf. Sie habe mit eigenen Augen gesehen, wie eines Nachts zwei Kutschen in einer engen Gasse aufeinander zufuhren und nicht passieren konnten. Es entspann sich ein endloser Streit über die Frage, welche Kutsche zurückzusetzen habe. Weil die beiden Damen, denen die Kutschen gehörten, in der Hackordnung auf der gleichen Stufe standen, war keine bereit, nachzugeben. Sie blieben mit sturem Heldenmut bis zwei Uhr morgens sitzen. Eher wollten sie sterben, als in dieser so unglaublich wichtigen Frage des Protokolls zu unterliegen. Wahrscheinlich hätte man beide tot in ihren Kutschen aufgefunden, schreibt Lady Montagu, wenn nicht die Garde des Kaisers vorbeigekommen wäre. Vorläufig half allerdings auch das nicht viel. Die Damen blieben sitzen, bis ein Gardist auf die rettenden Idee verfiel, sie im gleichen Moment aus den Kutschen heraus und in Sänften zu heben, die man eilig herbeizuschaffen hatte. Endlich waren die Damen befriedigt. Wer allerdings glaubt, damit sei der Fall erledigt gewesen, täuscht sich. Nun stellten sich nämlich die Kutscher stur, weil beide auf ihrem Rang ebenso hartnäckig bestanden, wie sie es bei ihren Herrschaften gesehen hatten.

ALS DIE VENSTERHENNEN NACH WIEN KAMEN.

Als Andreas merkte, dass Carl mit seiner Geschichte zu Ende war, begann er unverzüglich zu reden: Es wird euch, holde Damen, die ihr alle ein ehrbares Leben gelebt habt, vielleicht die Schamröte auf die Wangen treiben, wenn ich in meinem Vortrag ein wenig in der Geschichte der Hurerei und Prostitution herumstochere, aber es handelt sich dabei um Dinge, die in unserer Erzählrunde einfach nicht fehlen dürfen. Es gehört ja zu den Binsenwahrheiten, dass die „gewerbsmäßige Selbstpreisgebung einer weiblichen Person zur Unzucht", wie es mein Brockhaus vom Jahr 1925 so schön formuliert, so alt wie die Menschheit selber ist. Während der frühen Hochkulturen war Prostitution eng mit Mythos und Religion verbunden, die Grenze zwischen Liebesdienst und Priestertum war verwischt. Um circa 600 vor Christus wurde übrigens das erste staatliche Bordell in Athen eingerichtet. Aber ich will euch nicht mit Geschichten langweilen, die sich in der Antike abgespielt haben. Beschäftigen wir uns lieber mit Näherliegendem. Wir haben in unserer Runde von den Kreuzzügen gehört. Nun, die Ritterschar wurde üblicherweise von einer ebensogroßen Schar sogenannter Marketenderinnen begleitet, die übrigens von einem Hurenweibel kommandiert wurden. 1276 verbot Kaiser Rudolf von Habsburg, dass man gelüstige Frauen beleidige, denn immerhin zahlten die Huren ja auch Steuern. An Sonntagen und in der Fastenzeit mussten sie allerdings die Stadt verlassen. Die erste urkundliche Erwähnung eines Freudenhauses in Wien ist auf Ende des 14. Jahrhunderts datiert. Kirche und Obrigkeit akzeptierten die Prostitution als notwendiges Übel, und anlässlich des Besuchs von Kaiser Sigismund in Wien anno 1435 erhielten Bordelldamen eine Empfangskleidung aus Samt. Offenbar warfen gewisse Bordelle viel ab, jenes in der Nähe des Tiefen Grabens zum Beispiel wurde von der Stadt Wien um teures Geld erworben. Die schlecht bezahlten Sicherheitsorgane kassierten bei den Freudenhäusern mit. Diese verloren Ende des 15. Jahrhunderts wegen der sich rasend schnell ausbreitenden Syphilis an Einfluss und Bedeutung und wurden schließlich geschlossen. Unzüchtige Weibspersonen wurden zunehmend geächtet, ihnen und ihren Kunden drohten nun strenge Strafen – bis hin zur Todesstrafe. Die leichten Damen hatten ein schweres Leben, das noch hoffnungsloser wurde, als Kaiser Ferdinand 1560 eine geheime Keuschheitskommission einrichtete, welche die öffentlichen Sitten zu überwachen hatte. Unzüchtige Weibspersonen mussten hohe Geldstrafen zahlen oder wurden ausgepeitscht und öffentlich vorgeführt. Unter Kaiser Ferdinand II. mussten ertappte Huren damit rechnen, dass man ihnen ein Ohr abschnitt. Unter Kaiserin Maria Theresia und aufgrund ihres Constitutio Criminalis Theresiana schnitt man Huren das Haar ab, man teerte ihren Schädel, man peitschte sie vor der Kirche aus, und oft genug wurden sie mit Kriminellen und anderen Asozialen auf Schiffe verfrachtet und im Zuge der berüchtigten Temesvarer Wasserzüge die Donau hinab deportiert. In einer Stadtchronik habe ich folgenden Eintrag gefunden: „In Wien war alles schön. Viel Geld und viel Luxus. Aber infolge der Frömmelei der Kaiserin war es außerordentlich schwer, sich Cytherens Freuden zu verschaffen, besonders für Fremde. Eine Legion erbärmlicher Spitzel, die man mit dem schönen Namen Keuschheitskommissionäre schmückte, waren die unerbittlichen Verfolger aller Mädchen. Die Herrscherin besaß in Bezug auf die sogenannte illegitime Liebe nicht die erhabene Tugend der Duldsamkeit: Fromm bis zur Bigotterie, glaubte sie sich ein großes Verdienst vor Gott zu erwerben, indem sie den natürlichsten Trieb beider Geschlechter auf das kleinlichste verfolgte." Diese Zeilen stammen von Giacomo Casanova, der, was Sitten- und Moralgeschichten betrifft, wahrscheinlich nicht der neutralste Beobachter war. Aber auch der Preussische Gesandte berichtete seinem König von „les commissaires de la pudicité publique", die täglich Anlass zu den lächerlichsten Szenen gäben. Allen Nachstellungen zum Trotz war das Hurenwesen nicht auszurotten. Im Gegenteil, bald schon ging es diesem Gewerbe wieder besser, und im 18. Jahrhunderts war vor allem der Spittelberg für seine Nymphen berühmt und berüchtigt. Um Kaiser Josef II. rankt sich die Geschichte, dass er aus dem Gasthaus zum Steinernen Löwen hinausgeworfen worden sei. Der Wirt hatte den hohen Gast, der gerne inkognito durch die Stadt irrte, nicht erkannt und ihn für einen Freier gehalten. So um 1820 herum soll es in Wien um die 20.000 Prostituierte gegeben haben. Die gesundheitlichen Verhältnisse wollen wir uns gar nicht erst vorstellen. Wieder einmal breitete sich die Syphilis aus, und so empfahl der Wiener Polizeiwundarzt Dr. Nusser, Nutten polizeilich zu konskribieren, zweimal wöchentlich zu untersuchen und mit Gesundheitspässen, dem berühmten Deckel, auszustatten. Wie nicht anders zu erwarten, stieg in der Folge die Geheimprostitution stark an. Es scheint, als ob damals vier Fünftel der erwischten Gelegenheitsprostituierten verheiratet waren und meistens auch Kinder hatten. Der Erste Weltkrieg brachte erneut eine Zunahme der Prostitution und wieder breiteten sich Geschlechtskrankheiten so rasant aus, dass bald ein erheblicher Teil der Bevölkerung von der Lustseuche befallen war. Nach dem Krieg prostituierten sich immer mehr Mädchen und Frauen aus dem Mittelstand. Gemäß einer Statistik des Sittenamtes waren im Jahr 1920 unter den über 3000 aufgegriffenen Huren fast 400 Beamtinnen, 14 Zahntechnikerinnen und Zahnarzthelferinnen, 8 Offiziersgattinnen, rund 500 Angehörige des Mittelstandes, 250 qualifizierte

Arbeiterinnen und fast 500 Hausgehilfinnen. Erwischt wurden auch die minderjährigen Töchter eines Zahnarztes, eines Regimentsarztes, eines Oberfinanzrates und eines Stadtrates. O tempora, o mores, meine Damen, und wenn ich hier mit meiner kleinen Auflistung der Wiener Tempelkunst ende, weil ich merke, wie müde mich diese Gedächtnisübung gemacht hat, dann möchte ich doch nicht ohne die Bemerkung schließen, dass das alles ferne Vergangenheit ist. Heutzutage ist es zum Glück undenkbar, dass sich etwa eine Beamtin in die Niederungen einer anrüchigen Profession begäbe, nicht wahr? Einen Nachtrag müssen Sie mir allerdings noch erlauben. Die Sittenstrenge der Maria Theresia hatte einen verblüffend einfachen Grund. Sie litt an sexueller Lustlosigkeit, also an dem, was wir früher Frigidität nannten. Sie gebar zwar ein Kind ums andere, aber Gefühle der körperlichen Lust waren ihr ganz und gar fremd. Dazu kam, dass sich ihr Mann Franz von Lothringen von einer Affäre in die nächste stürzte. Wenn sie also andere Leute für deren Lustbarkeiten mit der ganzen Strenge ihrer Gesetze verfolgte, so war das wohl vor allem auch ein Akt der Rache. Natürlich versuchte sie ihre Frigidität geheim zu halten, aber es gelang ihr nicht. Ganz Wien wusste davon. Eine kleine Szene ist uns überliefert worden: Eines Nachts fuhr die Kaiserin in ihrer Kutsche über den Graben. Sie kam an einer Säule vorbei, an die ein bildhübsches, nacktes Mädchen gekettet war. Das Mädchen wurde ausgepeitscht. Die Kaiserin fragte, was das bedeute. Man antwortete ihr, es handle sich um eine stadtbekannte Dirne, die gerade ihren gerechten Lohn erhalte. Die Kaiserin, von einem Anflug des Mitleids erfasst, wollte die Züchtigung stoppen, als das Mädchen, die Kutsche und ihre Insassin erkennend, schrie, sie stehe lieber am Pranger, als dass sie in der Kaiserkutsche sitze. Sie habe nämlich Spaß an der Liebe und sei in den Armen der Männer glücklich. Die Kaiserin hingegen könne überhaupt nicht lieben wie eine normale Frau.

ALS CASANOVA DIE WIENER BEVÖLKERUNG AUFKLÄRTE.

Während Andreas' Erzählung, sagte Maria Luisa, an der nun die Reihe war, ist mir eine Geschichte eingefallen, in welcher der erwähnte Casanova die Hauptrolle spielt. Die Geschichte dünkt mich interessant, weil sie zeigt, wie viel Schaden heuchlerische Moral in alten und neuen Zeiten anrichten kann. Als Ärztin kann ich ein Lied davon singen. Erinnert ihr euch, verehrte Freunde, an die Anfänge von Aids? Die Krankheit wurde als Geißel Gottes und als gerechter Lohn für zuchtloses Verhalten betrachtet. Das Katholische heulte auf. Wellen der Empörung überschwemmten das Land. Wider den Sittenzerfall! Wider die sündige Existenz! Mitgefühl war verpönt. Den Betroffenen verweigerte man so lange Hilfe, bis die Seuche außer Kontrolle zu geraten drohte. Aufklärung, Vorsorge: alles verpönt, weil alles nur dem Teufel dient. Meine kleine Geschichte um Casanova zeigt, dass es unter der Sonne wirklich nicht viel Neues gibt. Als er in Wien weilte, blühte die Stadt. Schlummernde Kräfte waren entfesselt worden, Kräfte der Planung, der Erneuerung und des unternehmerischen Geistes machten sich breit. Die Manufaktur erstarkte. Erste

Anfänge einer Industrialisierung, neue Berufszweige, die unselbstständige Arbeiterschaft entstand. Das Bürgertum eiferte dem Adel nach. Dieser versuchte sich selber zu übertreffen. Prunkbauten noch und noch. Johann Bernhard Fischer von Erlach und Johann Lukas von Hildebrandt, Namen, die man noch heute schätzt. Paläste und Kirchen schossen aus dem Boden. Es wäre ein Glänzen und Prunken in der Stadt gewesen, wenn es nur die verdammte Seuche nicht gegeben hätte. Casanova wollte das Glänzen und Prunken genießen. Ein lebensgefährliches Sexualverhalten und das Spitzelwesen der Sittenpolizei hingegen stießen ihn ab. Wieder grassierte die Syphilis. Die Bevölkerung war durchseucht. „Was unternehmt ihr dagegen“, fragte Casanova den kaiserlichen Staatskanzler Kaunitz. „Viel! Viel!“, entgegnete Kaunitz, „Wir tun, was wir können. Haben draußen in St. Marx ein Syphilisspital errichtet. Sehr schön. Sehr gepflegt. Wir achten auf unsere Kranken. Wir lassen sie nicht allein.“ „Schon gut, schon gut“, ereiferte sich Casanova, „Aber was tut ihr dagegen? Was tut ihr gegen die Ausbreitung der Syphilis?“ „Was kann man tun?“, klagte Kaunitz, „Nichts kann man tun, leider, das liegt nur in Gottes Hand.“ „Es gibt Kondome“, widersprach Casanova, „Ihr Adligen, ihr verwendet sie auch.“ „Haben Sie den Verstand verloren“, empörte sich Kaunitz, „Das wäre grässlich, es würde der Unzucht Tür und Tor öffnen. Das wäre eine Aufforderung. Es wäre eine Anstiftung zum Verbrechen. Und Sie, lieber Casanova“, schloss Kaunitz, „treiben es bitte nicht zu wild. Und bitteschön diskret!" Casanova verließ die Staatskanzlei, ohne etwas erreicht zu haben. Er schrieb einem Freund einen Brief, in dem er seinem Zorn Luft machte: „Die Männer reiben vor dem Geschlechtsverkehr ihren Penis mit einer Schweineschwarte ein. Du siehst, lieber Freund, hier reibt ein Schwein das andere ein." Allerdings war Casanova ein Mann der Tat. So klebten eines schönen Augusttages im Jahr 1766 an vielen Hauswänden große Plakate: „Wiener! Hört auf einen erfahrenen Mann wie mich, der ich schon viele schöne Frauen besitzen durfte. Die Zeiten sind gefährlich. Wie leicht kann uns nach einer wunderbaren Liebesnacht die Syphilis dahinraffen. Werft Eure Speckschwarte weg! Sie ist nichts wert. Hört auf mich. Eure Adeligen verwenden Tierhäute. Diese wehren jede Krankheit ab. Und mancher Frau tut es sogar wohl. Die Dinger sind nicht teuer. Ihr bekommt sie in Arzneihandlungen. Wagt Euch hinein. Schämt Euch nicht, auch ich verwende diese Dinger. Und das seit Jahren mit größtem Erfolg. Und Eure Adeligen tun's auch schon lange. Sie haben nur nicht den Mut, es Euch zu sagen. Wiener, seid vernünftig und setzt der Lustseuche endlich ein Ende, das sagt Euch Euer Freund Casanova!"

WAS ES VOM GUTEN UND VOM BÖSEN IN DER WELT ZU ERZÄHLEN GIBT.

Maria Luisa sonnte sich in der Verwunderung ihrer Zuhörer, aber da ergriff auch schon Emma das Wort: Die blade Maria war das unförmigste, fetteste Menschenwesen. Sie war so dick, dass sie kaum durch Türen passte, und auch aus den Augen konnte sie kaum schauen, weil das Gesicht fast nur aus Wülsten bestand. Die blade Maria war das unglücklichste Wesen, das man sich vorstellen kann. Was hatte sie nicht alles unternommen, um wenigstens ein bisschen von ihrem enormen Gewicht zu verlieren. Es hatte nichts genützt, im Gegenteil, jede Anstrengung hatte am Ende nur zu einer Vermehrung ihrer Körpermassen geführt. Frau Petz sah die blade Maria ab und zu, weil sie in ihrer Nachbarschaft wohnte. Sie wechselte manchmal ein paar Worte mit ihr. Wahrscheinlich, weil sie Mitleid hatte, und vielleicht auch, weil sie dachte, damit den Ekel bekämpfen zu können, den sie in der Gegenwart der bladen Maria empfand. Irgendwann verlor Frau Petz die blade Maria aus den Augen. Es fiel ihr lange nicht auf, dass sie nicht zu den üblichen Zeiten über die Straße walzte, und irgendwie war Frau Petz auch erleichtert, diesem Unschlacht nicht begegnen zu müssen. Als es Frau Petz endlich auffiel, nahm sie an, dass die blade Maria verzogen sei. Vielleicht zwei Jahre später stand die blade Maria plötzlich vor Frau Petz. Sie hätte sie nicht erkannt, wenn die blade Maria Frau Petz nicht angesprochen hätte. Sie musste über 100 Kilo verloren haben und war nun fast schlank und auf eine besondere Art durchaus als hübsch zu bezeichnen. Frau Petz dürfte sie völlig entgeistert angeschaut haben, jedenfalls lachte die blade Maria laut auf und fragte, ob sie Frau Petz auf einen Kaffee einladen dürfe, sie sei früher immer freundlich zu ihr gewesen und nun bestimmt neugierig, was passiert sei. Die Geschichte, die Maria bei einer Melange erzählte, war tatsächlich unfassbar. „Ich war", sagte sie, „mit meinen Fleischmassen so unglücklich geworden, dass ich mich umbringen wollte. Beinahe im letzten Moment traf ich auf einen Mann, der behauptete, einen besseren Weg zu kennen. Er werde mich zu sich nach Hause nehmen, wo ich ihm als Sklavin dienen und absolut gehorchen müsse. Er werde mich nicht nur schlecht, sondern grausam behandeln. Er werde mich hungern lassen und schlagen und auf die perversesten Arten quälen und den abartigen Wünschen seiner verkommenen Klientel überlassen. Er werde mich brechen und zerbrechen. Vor allem aber werde er mir das Fett von den Knochen prügeln, gnadenlos, weil ich für ihn nicht mehr als ein Stück Dreck sei. Ich hatte Angst", sagte Maria, „wahnsinnige Angst. Aber diese Angst war das einzige, was es für mich außer dem Tod noch gab.“ So ging die blade Maria mit diesem Mann. Sie unterschrieb mit ihrem Blut einen Vertrag, in dem sie ihm für ein ganzes Jahr alle Rechte auf ihren Leib und ihre Seele übereignete. Sie hörte auf, ein Mensch zu sein. „Es war ein furchtbares Jahr“, sagte Maria, „ich lebte in der Hölle. Ich wurde benützt und gequält, ich musste die widerlichsten Dienste verrichten, hatte keinen Anspruch auf irgendeine Art von Zuneigung, und ich lernte Männer kennen, deren Wünsche so unaussprechlich sind, dass es mich heute noch schaudert, wenn ich nur daran denke. Jeden Tag wurde ich ausgepeitscht, man trieb Nadeln in meine Haut, hängte mich an den Füßen auf, übergoss mich mit heißem Wachs, so dass mich oft nur Bewusstlosigkeit erlöste. Ich lebte von Wasser und Brot, von Sperma, Urin und Exkrementen. Es war grauenhaft, es war das Schlimmste, was sich ein Mensch vorstellen kann. Aber schon nach ziemlich kurzer Zeit begann ich abzunehmen.“ Die blade Maria verlor Gewicht, zum ersten Mal in ihrem Leben nahm sie nicht zu, sondern ab. „Man kann sich nicht vorstellen“, sagte Maria, „in was für verrückte Wechselbäder der Gefühle mich das versetzte. Geschunden, missbraucht, verhöhnt und erniedrigt zu werden einerseits, und andererseits ein ständig wachsendes Glücksgefühl zu erleben, dass ich akzeptable Formen gewann. Ich weiß, dass ich noch immer keine Schönheit bin“, sagte Maria. „Aber allmählich sah ich aus wie ein normaler Mensch.“ Natürlich hing ihr am Ende die Haut wie schlaffe Säcke vom

Leib. Aber ihr Herr hatte, weil es in Wien genug Perverse gibt, viel Geld mit ihr verdient. Er schickte sie zu einem Schönheitschirurgen, der das Überflüssige wegschnitt und ihr jene Gestalt verlieh, die an diesem Tag mit Frau Petz im Kaffeehaus saß. „Bin ich glücklich?“, fragte Maria zum Schluss. „Man sagt, dass dem Glück keine Dauer beschieden sei. Trotzdem lebe ich ständig mit einem Gefühl, das dem Glück sehr nahe kommt.“ Ihr Herr entließ die blade Maria aus der Sklaverei. „Ich gehe manchmal zu ihm und unterwerfe mich seinen wüsten Wünschen. Um nicht zu vergessen“, schloss Maria ihren Bericht. „Aber es geschieht immer seltener, und inzwischen habe ich einen Freund, der mich liebt.“

WAS JOSEPH LANNER UND JOHANN STRAUSS MITEINANDER VERBAND.

Als über Emmas Geschichte gebührend gestaunt worden war, begann Rudi zu erzählen: Es gibt aus der Zeit nach dem Wiener Kongress zahlreiche Geschichten um erotische Abenteuer und abwegige Sexualität. Vielleicht geht man zu weit, wenn man das frühe 19. Jahrhundert als eine Epoche des Libertinismus bezeichnet, aber gänzlich daneben liegt man damit nicht. Ich bin kein Experte für historische Begebenheiten, habe nur hie und da die eine oder andere Geschichte gelesen, aber sie alle vermitteln den Eindruck, dass es in jener Zeit zu einer Auflösung von Gewissheiten, von Regeln und von Grenzen, die als gottgegeben galten, gekommen ist. Das Fließende in Gesellschaft und Politik, aber auch in der Wirtschaft und in der Kultur mag vielen die Sinne verwirrt haben. Andere stemmten sich mit aller Kraft gegen Veränderungen. Ich bin auf ein Gedicht gestoßen, dessen letzte zwei Strophen diesem Gefühl einer allgemeinen Verunsicherung einen Halt, eine Barriere, ein Hindernis entgegenstellen wollen:

Ach, wie nichtig, ach, wie flüchtig
ist die Lust der Erde!
Oft verwandeln unsre Freuden
sich schon hier in bittre Leiden,
und einst müssen wir doch scheiden.

Eins nur bleibet! Gott, dies Eines
ist uns allen heilig!
Tugend, Tugend wird bestehen!
Lasst der Erde Staub verwehen!
Tugend kann nie untergehen!

Ein sehr frommer Wunsch wahrscheinlich, zumal jene Kreise, die dem gemeinen Volk als Vorbild hätten dienen sollen, kaum ein Hehl daraus machten, dass die Verwahrlosung ihrer Sitten üblich und selbstverständlich geworden war. Die adligen Herren hatten ihre Mätressen, die Damen ihre Kurmacher, und die vielen Skandale wurden vom Heer der Bediensteten sofort in die Allgemeinheit hinausgetragen. Was für einen Fürsten gut war, musste natürlich für Grafen und Barone ebenso gelten dürfen wie für Bankiers, Hoflieferanten, Kaufleute und Künstler. Grillparzer zum Beispiel, dem die Frauen zu Füßen lagen, war in mehr als einen Skandal verwickelt gewesen, und wenn ich jetzt anfangen würde, weitere Namen zu nennen, würden wir wahrscheinlich in ein paar Tagen noch immer hier sitzen. Ich will mich deshalb auf zwei Künstler beschränken, die in Wien Superstarstatus genossen: Joseph Lanner und Johann Strauss Vater. Sie spielten im selben Orchester, waren eine Weile lang beste Freunde, und über ihren Wiener Walzer schrieb schon ein Zeitgenosse: „Bilder aus Wien und in diesen nicht Strauss und Lanner – das hieße ihre Walzer und Galoppaden hören, ohne an den Tanz zu denken, ohne den Kopf nach ihren wollüstigen Melodien zu wiegen. Fast ganz Europa tanzt nach ihren Noten, sie sind die musikalischen Rothschilds. Sie erhalten viele Staaten im Schwindel, und ehe diese Schwindeleien aufhören, werden Jahre vergehen. In welchem öffentlichen Garten man sich niedersetzt, Strauss und Lanner sind immer da! Führen sie nicht selbst das Szepter, so spielen wenigstens andere Musikanten ihre Walzer und Galoppaden. Lebhafte Gespräche stärken das Herz und bilden den Geist, aber zu einem solchen bringt man es selten in Wien; eben wenn die Meinungen sich kreuzen wollen, klopft Meister Strauss mit dem Bogen auf und gebietet Ruhe. Nun geht das Geklingel und Gezappel los! Die Wienerin dreht sich unruhig unter dem Tisch und die Gedanken über dem Tische gehen schlafen. Und Strauss, der kleine, gedrungene Mann mit keck blitzenden Augen, arbeitet fort und immer fort. Er streicht die Geige so gewaltig mit seinem Bogen, dass die Töne seufzen und zittern, als sollten sie noch ein Mal gestrichen werden. Kann er nicht mit dem Bogen dirigieren, so dirigiert er mit Kopf und Fuß; aus dem Takt kommt er niemals, niemals, und deshalb protegiert ihn der

Fürst Metternich." Wenn Karl Marx meinte, Religion sei Opium für das Volk, hat er offenbar den Wiener Walzer vergessen. Um Lanner und Strauss ranken sich viele pikante Geschichten. Irgendwann verkrachten sich die beiden, aber gründlich. Es ging um eine Frau. Der eine liebte sie. Der andere heiratete sie. Als der eine später auch heiratete, meinte der andere, ihm sei die Hochzeitsfreude inzwischen vergangen.

ALS DER ANIMALISCHE MAGNETISMUS DIE WIENER ÄRZTESCHAFT BESIEGTE.

Alle dankten Rudi für seine schöne Geschichte, dann war die Reihe an Olga, die sich mehrmals räusperte. Bei unseren Göttern in Weiß, der lieben Ärzteschaft – und ich bitte Sie, liebe Maria Luisa, das Folgende nicht persönlich zu nehmen, Sie kennen die Geschichte bestimmt und könnten sie vielleicht noch viel besser erzählen als ich –, bei der lieben Ärzteschaft also handelt es sich, wie wir alle wissen, um eine Ansammlung nobler Geister und rechtschaffener Charaktere, die für ihre armen Mitmenschen nur immer das Beste wollen, begann Olga schließlich zu erzählen. Aber das war nicht immer so, es gab Zeiten, da ging es den Ärzten weniger um die Kranken als vielmehr um die Förderung der eigenen Karriere und um die Vernichtung unliebsamer Konkurrenz. Einst kam ein Arzt namens Franz Anton Mesmer, geboren in Iznang am Bodensee und gestorben in Meersburg, zweimal nach Wien, das erste Mal, um Medizin zu studieren, er dissertierte über den „Einfluss der Gestirne auf den Menschen" und begründete das, was man Mesmerismus nennt, nämlich die Lehre vom animalischen Magnetismus, von der Schopenhauer behauptete:

„Wer heut zu Tage die Thatsachen des animalischen Magnetismus und seines Hellsehns bezweifelt, ist nicht ungläubig, sondern unwissend zu nennen", und „Der animalische Magnetismus ist, freilich nicht vom ökonomischen und technologischen, aber wohl vom philosophischen Standpunkte aus betrachtet, die inhaltsschwerste aller jemals gemachten Entdeckungen." Mesmers Wahlspruch stammte von Seneca und bedeutet: Es wird eine Zeit kommen, wo auch das, was jetzt noch verborgen ist, ans Licht gebracht werden wird. Er gründete ein Hospital, in dem seine Methode des Heilens praktiziert wurde, und er hatte großen Erfolg. Die Schulmedizin allerdings hasste Mesmer und begann ihn zu bekämpfen, man statuierte an der Pianistin und Komponistin Maria Theresia Paradis, die seit dem dritten Lebensjahr blind war, ein Exempel, als Mesmer versuchte, sie zu heilen und ihm das nicht auf Anhieb gelang. Die Ärzteschaft verhöhnte ihn und unterstellte Betrug, er flüchtete nach Paris, kehrte 16 Jahre später, inzwischen ein Star der alternativen Heilmethoden, nach Wien zurück, man verbot ihm zwar, zu praktizieren, aber er hielt sich nicht daran, wurde offenbar von hohen und höchsten Stellen gedeckt, weil seine Heilkraft vor allem Frauenleiden betreffend bei medizinischen Laien außer Zweifel stand. Die Wiener Ärzteschaft war nicht amüsiert, Mesmer verdarb ihnen Autorität und Geschäft, sie wollte und musste den Kerl loswerden, und zwar um jeden Preis. Der Frauenleidenheiler war wohl am besten an seiner schwächsten

Stelle zu treffen, es wurde nämlich gemunkelt, der Franz Anton Mesmer heile nicht nur mit den Händen, also beschloss man, ihn in eine Falle zu locken und der Sittenpolizei in den Rachen zu werfen, es galt nur, ein geeignetes Instrument zu finden, was gelang in der Gestalt eines elfjährigen Mädchens, das an Kinderlähmung litt und die Beine nicht bewegen konnte. Es lebte bei seinem Vater, die Mutter war früh gestorben, und selbstverständlich waren Vater und Tochter gerne bereit, bei Mesmer in Behandlung zu gehen, zumal sie nicht nur nichts zu bezahlen hatten, sondern auch noch belohnt wurden und eine Prämie erhalten würden, wenn die Tochter im richtigen Moment das Richtige aussagen werde. Als Mesmer auch nach mehreren Tagen Therapie keine Anstalten machte, das Mädchen anders als professionell zu berühren, verstärkte man den Druck. Zwei Dirnen wurden angemietet, man kleidete sie vornehm ein und schickte sie zu Mesmer, wo sie als Gräfinnen aufzutreten und Brust- und Unterleibsbeschwerden vorzutäuschen hatten und versuchen sollten, ihn zu verführen, und wenn das nichts bringe, sollten sie sich die Kleider vom Leib reißen, nach der Polizei schreien und eine Vergewaltigung vortäuschen, den Rest werde das lahme Mädchen besorgen. Man gab ihnen so viel Geld, dass sie sich mit Begeisterung auf die Arbeit stürzten. Dummerweise hatte Mesmer keine Zeit für sie, er war mit dem Mädchen beschäftigt, so zerfetzten die Damen, als ihnen das Warten langweilig wurde, ihre Kleider und schrien die Nachbarschaft zusammen. Mesmer stürzte herbei, und schon stand die Sitte auf dem Flur, Mesmer befand sich demnach unmittelbar vor seiner Verhaftung. Auf einmal öffnete sich die Tür, aus der zuvor schon Mesmer gekommen war, das Mädchen stand da und sagte: „Er hat mich geheilt. Ich kann gehen." Es gab zu Protokoll, von Mesmer nicht ein einziges Mal unsittlich berührt worden zu sein, und als ein zur Szene gestoßener Kriminalbeamter die Sitte darauf aufmerksam machte, dass er eine der beiden Damen kenne, weil sie eine Praterhure sei, flog der Schwindel auf, im Polizeibericht würde später stehen: „Hinter der Verleumdung Doktor Franz Anton Mesmers verbirgt sich angeblich ein namhafter Wiener Arzt, dessen Name trotz genauester Untersuchungen niemals ausgeforscht werden konnte. Es war geplant, dass man den Magnetdoktor mit den Huren nacket auf frischer Tat ertappt." Was Wien betrifft, nützte das alles Mesmer nichts, er wurde trotzdem abgeschoben, man beschuldigte ihn der Beteiligung an der Jakobinerverschwörung. Ist euch die Jakobinerverschwörung noch ein Begriff? Französische Revolution, Freiheit, Gleichheit, Brüderlichkeit und Mordlust und Ströme von Blut, auch der Wiener Hof lebte in Angst, die Guillotine war aber auch ein zu schauderhaftes Instrument, der Hof wappnete sich, er gründete eine geheime Polizei, die Verschwörungen aufzudecken hatte. Nun war jeder demokratische Gedanke eine Verschwörung, die geheime Polizei hätte, wenn sie Gedanken lesen gekonnt hätte, viel zu tun gehabt, aber Gedanken sind schwer zu fassen, deshalb konstruierte man eine Verschwörung, der man alles zurechnete, was über Freiheit und Republik oder Menschenrechte und Brüderlichkeit redete, und auch Mesmer war schnell denunziert und erledigt, er musste Wien für immer verlassen. Die Ärzteschaft war endlich unter sich.

Als habe man es abgesprochen, kam man überein, für diesen Tag aufzuhören. Die 731 Lebensjahre der Versammlung kamen, als man aufzuzählen begann, auf viele Geschichten aus vergangenen Zeiten. Man erwähnte die Blutgräfin Bathory, den adeligen Syphilis-Mörder Fürst Pirizky, Mozart und seine schweinischen Briefe, Beethoven und die unsterbliche Geliebte oder Doderer und sein Samtpeitschchen. Oder die Flagellantin Edith Kadivec und natürlich die Sammler von Erotika, Bettauer, Blei und wie sie alle heißen. Die Prozesse gegen Loos wegen Pädophilie. Schließlich die Fixierungen auf Furzen und Scheißen und der weit verbreitete Antiklerikalismus in der Pornografie. Emma brachte es auf den Punkt. Ich habe nichts gegen Prinzen, Fürsten und Grafen, meinte sie, aber die Vorstellung, dass das Erzählte mit dem Erzählenden in einer gewissen Verbindung stehen könnte, erzeugt ein interessantes Prickeln. Elsa wurde sofort über und über rot. Man habe doch versprochen, begann sie ... Aber Dorothee unterbrach: „Das war metaphorisch gemeint, meine Liebe, Sie brauchen sich nicht zu fürchten." Nora meinte, ihr Leben sei in dieser Beziehung ganz und gar unbedeutend gewesen. Spöttisch lächelnd wies Carl sie darauf hin, dass die stillsten Wasser die tiefsten seien. „Wer Ohren hat, liebe Emma“, ergänzte Rudi, „hat im Laufe der Jahrzehnte einiges aufgeschnappt.“ Die Stimmung war gelöst und die Herrschaften neckten einander, bis Andreas meinte, sie sollten ein Lied singen und dann schauen, ob man vor dem Abendessen einen Aperitif organisieren könne. Schon legte er mit seiner vollen Stimme los: So g’wachsen wie a Bamerl / Im schönen Wienerwald, / Auf winzig kleinen Fusserln / Die reizendste Gestalt, und so weiter und so fort bis zum Refrain, den wieder alle mitzusingen imstande waren: Das ist das süße Mädel, / Das ganz so akkurat / In seiner besten Laune / Der Herrgott g’schaffen hat.

FÜNFTER TAG

ES BEGINNT
DER FÜNFTE TAG
DES WIENER DEKAMERON,
AN WELCHEM UNTER
CARLS HERRSCHAFT
VON MORD UND TOTSCHLAG
BERICHTET WIRD
UND WIE SIE AUCH
LIEBENDE BETROFFEN HABEN.

Das Mittagessen nahm man, als ob es eine Selbstverständlichkeit sei, erneut gemeinsam im Speisesaal ein. Wieder wurde Wein serviert, und wieder war die Stimmung gelöst und heiter. Man wusste bereits, dass Carl Mord und Totschlag zu seinem Thema machen würde, und man war in fröhlicher Erwartung eines schaurigen Nachmittags. Die Sonne schien, es herrschte Kaiserwetter. Die Damen und Herren waren legerer als üblich gekleidet. Andreas saß zwischen Maria Luisa und Olga, und die drei schäkerten ziemlich unverhohlen miteinander. Wenn sich nur nichts Anstößiges anbahnt, flüsterte Nora Rudi zu. Rudi machte seine griesgrämige Miene, aber er konnte ein Schmunzeln trotzdem nicht unterdrücken. Er tätschelte Noras Hand. Keine Sorge, meine Gute, sagte er, die Liebe ist ein leichter Vogel, aber bei dieser Liebe geht es um Erinnerungen und nicht darum, sich auszutoben. Nora seufzte. Ich durfte nur lieben, sagte sie, aber nie jemandem ganz gehören. Seien Sie froh, entgegnete Rudi, die Liebe kann zwar den Tod überwinden, viel häufiger aber wird sie von ganz unwichtigen und dummen Gewohnheiten umgebracht. In diesem Moment klopfte Carl wieder einmal an sein Glas. Er freue sich, sagte er, dass die Herrschaft über diesen Tag bei ihm liege. Er habe ein paar Flaschen Burgunder bereitstellen lassen, man möge sich bitte frei bedienen. Als Jurist habe er sich während seiner beruflichen Laufbahn zwar vor allem mit Staats- und Verwaltungsrecht beschäftigt und kaum mit strafrechtlichen Belangen, er habe also mit Kriminalfällen wenig oder nichts zu tun gehabt, aber natürlich sei ihm nicht verborgen geblieben, welches Ausmaß menschliche Niedertracht annehmen könne, wobei er allerdings gerade in jüngerer Zeit immer öfter zur Überzeugung gelangt sei, dass man nicht die menschliche Natur anklagen dürfe, wenn man Bosheit, Dummheit, Niedertracht, Unglück und jede Art von Elend in unserer Gesellschaft finde, sondern die unmenschlichen Verhältnisse, die noch das beste, humanste, friedliebendste Geschöpf in Elend und Laster stürzen könnten. Trotzdem hätten ihn verbrecherische Energien immer fasziniert. Aus diesem Grund erlaube er sich, Geschichten um Mord und Totschlag zu verlangen, wobei er allerdings bitte, allzu schaurige Details auszusparen, um das Zartgefühl der Damen nicht zu verletzten. Da nun die Reihe des Erzählens an Nora sei, von der er mit Sicherheit annehme, dass sie die Regeln des guten Geschmacks nicht übertrete, brauche er sich diesbezüglich keine Sorgen zu machen. Er bitte sie deshalb, mit ihrer Geschichte zu beginnen.

WIE EIN SCHWEINEHIRT ZUERST EIN KAFFEESIEDER UND DANN EIN MÖRDER WURDE.

Ich möchte euch, sagte Nora, ein grafologisches Gutachten vorlesen. „Mit ihm kann man weder zusammenleben noch gar zusammenarbeiten, weil er ein selbstsüchtiger und fast gemeingefährlicher Gemütsegoist und Aufrührer sein wird, alles besser zu wissen vorgibt, sich vielfach Freiheiten herausnimmt, andere überspielt und wohl damit auch betrügt, zu affektiven und ungezügelten Reaktionen neigt, trotz seiner an sich bestehenden Feigheit gleichsam aus dem Hinterhalt schießt und auf Kosten anderer sein Süppchen kocht. Er schickt andere ins Feuer, tut selbst wie ein biederer Ehemann, ist aber nur ein Spekulant, widerspenstig wie nur etwas und kokett dazu. Er teilt sich nichts ein, ist rechthaberisch und tratschsüchtig, mit Bluff und seiner breitspurigen Art selbstgerecht, gleichgültig gegen konventionelle Bindungen und Forderungen anderer, wird bei Mangel an Selbstkontrolle ziemlich anspruchsvoll sein, aber seine Grenzen und Fähigkeiten nicht kennen, sondern ein desorientierter Hochkömmling sein und bleiben. Er tut scheinbar alles, nichts aber ganz, wird bei sprunghaftem Denken ein Elefant im Porzellanladen sein, zerschlagen, was andere aufgebaut haben, und sich dazu noch freuen, was zu denkbaren Schädigungen anderer führen wird. Er improvisiert, arbeitet aber nicht, liebt nicht, sondern nützt aus, tut bloß sentimental, ist aber bei Mangel an Konsequenzen und bedenklichen Komplexen ein pathologisch veranlagter ‚Windhund'. Ihm kann man keineswegs trauen, er nützt alle und alles für sich aus, tut ins Gesicht anfänglich schön, sieht aber nur seine Vorteile. Er hält nicht durch, seine gebauten Luftschlösser brechen in sich zusammen, er ist allzu labil, plant nicht und lebt in den Tag hinein. Für ihn gilt bloß das, was ihm nützt und daher Vorteile bringt, ein neurotischer Sonderling." Das sind sehr klare und sehr deutliche Worte. Der Verfasser dieses Gutachtens wusste natürlich nicht, wessen Schrift er analysiert hatte. Man denkt, dass auf diesen Neurotiker niemand hereinfallen könne. Leider hat Wien eine auffällige Anfälligkeit für Hochstapler. Weil die Stadt im Grunde wahnsinnig konservativ ist. Sie erhofft sich einen mondänen Hauch. „Der Wiener", schreibt ein österreichischer Schriftsteller, „der richtige Wiener hat selbst eigentlich zu nichts Lust. Er hat nur Lust, Lust zu haben. Dies sehr; dies sucht er überall. Aber er weiß nie: wozu. Das fehlt ihm. Man muss ihn erst spannen, man muss ihn richten. Man muss ihm immer den Ton angeben, er nimmt ihn dann ab und – dann braucht er nichts mehr, dann ist er froh, singen kann er dann schon selbst." Deshalb kann es einer, der die Regeln mit Füßen tritt, in Wien weit bringen.

Vorausgesetzt, er ist charmant. Vorausgesetzt, er verfügt über Geld. Am besten natürlich nicht sein eigenes. Die ehemalige Hofzuckerbäckerei Ch. Demel's Söhne zum Beispiel erwarb der Sonderling, um den es hier geht, für 18 Millionen Schilling. Er musste nicht einen einzigen Schilling eigenes Geld investieren. Er schaffte es, in kurzer Zeit Bankschulden von mehr als 32 Millionen Schilling anzuhäufen. Daneben produzierte er einen jährlichen Betriebsverlust von zwei Millionen. Die Mächtigen des Landes fraßen ihm trotzdem aus der Hand. Alle wussten, dass er ein Gauner und Gewaltmensch war. Die Leute fielen dennoch reihenweise auf ihn herein. Auch Frauen. Sein Verschleiß war enorm. Die Spitze dieses Eisbergs bildeten vier Ehen. Dazu kamen eine Reihe von eheähnlichen Verbindungen. Es hieß, er schieße ab, was ihm vor den Lauf komme. Es hieß ferner, dass er die Damen kaltblütig abserviere. Danach tat er, als sei man immer nur die besten Freunde gewesen. Eine dieser Damen schrieb über ihre Bekanntschaft in einem Magazin: „Mit ihm auszugehen, ist der schönste Krimi", schrieb sie, „Ort der Handlung natürlich Wien. Aus der noblen Konditorei Demel tritt zögernd ein untersetzt-bulliger Typ. Sichert sofort die gegenüberliegende Straßenseite. Die Pistole unter dem englischen Sakko ist griffbereit. Erfinder, Designer von Brillen, Schuhen und Schmuck, Parfum, fahrbaren Plastikfabriken und des Austro-Porsche, Schweinezüchter und Frauenliebhaber, Geschäftemacher, Geschäfteanbahner und Duzfreund von

Bruno Kreisky – er ist auch Philosoph. Er ist das von Herzen und mit Schmerzen geliebte Enfant terrible der festzementierten Wiener Gesellschaft.“ Als Vernunftmensch wundert man sich natürlich. Wie kann eine Dame, die sich selber für eine Intellektuelle hält, sich für diesen Verrückten erwärmen? Wahrscheinlich muss man zu biologischen Erklärungen Zuflucht nehmen. Das kinderlose Weib braucht einen Zuchtbullen. Wenigstens für eine Nacht. Wenigstens einmal den Stallgeruch von Empfängnis und Schwangerschaft schnuppern. Der Schweinehirt ist auf dem Weg zu seinem Ziel charmant. Küss die Hand!, natürlich. Champagner!, natürlich. Und natürlich in den besten Lokalen. Flüchtige Konversationen zwischendurch. Mit diesem und jenem Hofrat, Minister, Baron. Dazu ein paar schweinische Witze. Man will die Herkunft nicht verleugnen. Im nächsten Moment wieder ganz Herr von Welt. Ein Gentleman. Endlose Monologe zu sämtlichen Themen des Universums und noch einigen dazu. In einem Duktus, der gescheit wirkt und trotzdem völlig inhaltsleer ist: „Es geht ja, Verehrteste, um nichts anderes, als dass man das zusammentut, was andere schon lange erfunden haben, das muss man nur in Harmonie bringen, dass man es auch durchbringt, nehmen wir an, Sie machen eine Anlage für Plastikrohre, Gnädigste, Sie dürfen auch sagen, PVC, eine Anlage für irgendwelche Rohre, wo die Kabel durchlaufen, dann werden Sie sich damit beschäftigen, Sie machen die Extrusion, Sie stellen das Zeug hin, Sie müssen es natürlich zwanzig

Jahre kennen, und Sie müssen mit dabei sein, es ist egal, ob einer eine Fleischanlage für Wurst macht oder eine Televisionskamera, er beschäftigt sich damit, es beschäftigen sich mehrere Leute damit, sie müssen mehrere Leute dazu einsetzen, verstehen Sie, meine Liebe, ich stelle Dinge her, teilweise lass ich sie herstellen und finanziere sie dann, ich kümmere mich um die Finanzierung, wir kümmern uns um die Finanzierung, wir kümmern uns um den ganzen Mist." Das war übrigens wieder ein Zitat. Ein wörtliches. Macht nichts, wenn man nichts versteht. Hauptsache, es klingt. Endlich ist man betrunken. Man hat Champagner gekippt. Später die härteren Sachen. Endlich landet man im Bett. Eine Nummer oder zwei. Der untersetzt-bullige Typ ist nicht schlecht. Anständig genug, mit der Dame zu frühstücken. In einem Kaffeehaus seiner Wahl natürlich. Es gibt Wichtiges mit diesem und jenem Hofrat, Minister, Baron zu besprechen. Man trennt sich ohne Groll. Vielleicht ist die Dame erleichtert. Sie ist der Affäre ungeschoren entronnen. Ein schöner Krimi eben. An den klischeehaften Orten Wiens. Erstaunlicherweise hielten die meisten Damen zu ihm, als das ganze Ausmaß der kriminellen Energie öffentlich wurde. Ein groß angelegter Betrug. Eine Sprengung auf offener See. Sechs Menschen tot. Er sei doch eigentlich ein liebenswerter Schlawiner gewesen, hieß es trotzdem. Was gilt das Leben dieser sechs Menschen, wenn sich die gute Wiener Gesellschaft ein paar Jahre lang amüsiert hat?

WAS SICH DER MÄDCHENMÖRDER HUGO SCHENK ALLES EINFALLEN LIESS.

Die Damen und Herren versicherten, dass sie sich alle noch an diese furchtbare Affäre erinnern konnten. Dann bat man Elsa, ihren Teil zum Gelingen des Tages beizutragen: Ich habe auch eine Geschichte von einem charmanten Wiener Verbrecher, sagte sie nach kurzem Zögern, sie liegt allerdings, und ich hoffe, dass ihr mir das verzeiht, schon eine ganze Weile zurück, und zwar spielt sie in einer Epoche, als Wien noch der schillernde Magnet einer bedeutenden Monarchie von Gottes Gnaden war, eine Weltmetropole voller Gasfunzeln, goldener Kutschen und Zuckerbäcker, die das Schaumschlagen zur höchsten Blüte brachten. Elsa hielt inne und schaute sich um. Die anderen nickten freundlich und baten sie, fortzufahren. Ja, sagte Elsa, also … Jedenfalls herrschte in den Vorstädten große Armut. Schmutz, Hunger und Rattenplagen natürlich. Und natürlich träumten selbst die Ärmsten der Armen davon, sozial aufzusteigen, um in den Genuss eines lebenswerten Lebens zu kommen. Gangsterbanden beuteten diese Träume schamlos aus. Der Schurke unserer Geschichte gab sich als Fürst Wilopolsky oder Winipolski aus, beide

Namen sind überliefert, ich weiß nicht, ob es sich dabei um Schreibfehler handelt oder ... Jedenfalls hieß er in Wirklichkeit Hugo Schenk. Er und seine Bande spezialisierten sich auf Dienstmädchen. Vierzig wurden während der Wirkungszeit der Schenk-Bande abgängig gemeldet. Wie viele davon ums Leben kamen, weiß man nicht. Die Frauen kamen mit einem Pappkoffer und mit einer gewaltigen Naivität in die große Stadt. Sie arbeiteten als Haushilfen in elenden Verhältnissen und träumten vom feschen Deutschmeister, der sie an den Altar führen werde. Hugo Schenk war der Kopf der Bande, Karl Schlossarik der Praktiker und Hugos Bruder Karl Schenk der nützliche Idiot. Sie suchten per Annoncen Hauspersonal und waren damit so etwas wie die Vorreiter künftiger Verbrechergenerationen, die das Anzeigenwesen inzwischen per Internet perfektionieren. Die Bande bestellte die Damen einzeln zu Treffpunkten, wo Karl Schlossarik als Diener eines vermögenden Ingenieurs auftrat, der in Kürze zu den Baustellen der Transsibirischen Eisenbahn aufbrechen musste und eine Köchin suchte. Sie habe sich, sofern sie einverstanden sei, reisebereit zu halten. Was waren die Mädchen sprachlos. Die Transsibirische Eisenbahn! Welche Ehre, was für eine sensationelle Gelegenheit, den Duft der weiten Welt zu atmen! Hugo Schenk spielte die Rolle des eleganten, charmanten Gentlemans so vollendet, dass sich den Mädchen die Köpfe in märchenhafter Verzückung verdrehten. Was für ein Mann. So gebildet. So charmant. Dazu Blumen,

Konfekt und leichte Konversation. Später wurden die dummen Geschöpfe zu einer letzten Landpartie in den Wienerwald gebeten, verführt, umgebracht und beraubt. Ein Mord brachte wegen seiner Eleganz das goldene Wienerherz mehr als alle anderen zum Klingen. Die Bande hat eine neue Köchin gefunden. Hugo Schenk fährt sie zu einer abgeschiedenen, lauschigen Stelle. Während des Picknicks mit erlesenen Delikatessen und viel Wein zieht er plötzlich eine Pistole aus dem Korb, setzt sie sich an die Schläfe und drückt zweimal ab. Selbstverständlich geschieht nichts. Aber das Mädchen ist trotzdem fast zu Tode erschrocken. Hugo Schenk lacht. Er zeigt dem Mädchen, dass die Trommel leer ist. Jetzt lacht auch das Mädchen. Mehr Wein. Und immer mehr. Das Mädchen merkt nicht, wie Hugo Schenk heimlich die Trommel mit Patronen füllt. Wie er es schließlich hänselt: geh du traust dich nicht!, nimmt das Mädchen die Waffe, setzt sie an die Schläfe und erschießt sich selbst. Die Bande wurde gefasst. Hundert Personen wohnten der Hinrichtung Hugo Schenks am 22. April 1884 bei, obwohl die Öffentlichkeit seit zehn Jahren von diesen Schauspielen ausgeschlossen war – ich hoffe, das stimmt so, Herr Professor, korrigieren Sie mich bitte … jedenfalls war der Scharfrichter Beamter der Lohnklasse C im Justizministerium und populär wie ein Schlagerstern. Und auch noch sehr viel später widmeten Helmut Qualtinger und Kurt Sowinetz dem Mädchenmörder eine schöne Moritat.

FEGEFEUER ODER DIE REISE AUS DEM ZUCHTHAUS

Man dankte Elsa für die Geschichte, und alsbald hob Dorothee, die nun an der Reihe war, zu erzählen an: Jack, Sohn einer Prostituierten und eines US-Soldaten, wird zwischen Fürsorge, Zieheltern und einem Großvater herumgeschoben. Er wächst zu einem jungen Mann heran, der die fehlende Körpergröße mit Charme und einem lieben Bubengesicht wettzumachen versteht. Er verführt junge Frauen und schickt sie auf den Strich. Hinter seiner Engelsmaske lauert Gewalt. Er attackiert Prostituierte und begeht immer wieder Einbrüche. Er wird mehrmals verhaftet und zu kurzen Strafen verurteilt. Seinen mörderischen Trieb lebt er zum ersten Mal aus, indem er ein 18-jähriges Mädchen erdrosselt. Er wird später behaupten, sie habe ihn an seine Mutter erinnert. Jack wird zu einer lebenslangen Haftstrafe verurteilt. Im Gefängnis beginnt er zu schreiben. Zuerst allerdings schreibt er ab. Er lässt einer Journalistin ein Gedicht zukommen. Er habe es selbst verfasst, behauptet er. Sie ist gerührt und begeistert, baut ihm Brücken zu anderen Schriftstellern und Journalisten und stößt eine Karriere als Buchautor an. Das Gedicht stammt von Hermann Hesse. Es heißt „Der Wanderer an den Tod". Jack kommt auf den Geschmack. Er verfasst Kurzgeschichten und Beiträge zu einer Kindersendung und schließlich eine Autobiografie, in der er seine Kindheit als Hölle, seinen Großvater als schweren Alkoholiker und sich selber als unglückseliges Opfer trister Verhältnisse beschreibt. Die Autobiografie wird verlegt und in Kritiken als Meisterwerk gelobt. Jack ist plötzlich ein Star. Der Knastliterat und Häfenpoet gilt als Beispiel für eine gelungene Resozialisierung. Zu den Lesungen, die er in der Strafanstalt hält, pilgern Intellektuelle und Regierungsmitglieder. „Aus dem Nichts transportierten wir ihn eilig zum Ruhm", schreibt später ein bekannter Publizist. „Wir fühlen uns solidarisch mit den Verbrechen, die wir nicht verüben, Leute wie Jack aber schon. Nach verübter Tat verhalfen wir ihm zu einer Schreibmaschine, er lernte von uns, wie man zu Stipendien kommt, zu Lesungen, Subventionen, Rezensionen. Bald war er wie wir und wir wie er. Wir handelten hauptsächlich nach dem Grundsatz: Gibt's was zu unterschreiben für eine gute Sache, dann unterschreibst halt. Edel sei der Promi, hilfreich und gut." In den Jahren 1986 bis 1991 bekommt Jack allein vom Unterrichtsministerium 412.000 Schilling an öffentlichen Subventionen. Nach einer wahren Interventionsflut einflussreicher Schriftsteller und Künstler wird er vorzeitig aus dem Gefängnis entlassen. Am 23. Mai 1990 um Punkt 8.45 Uhr öffnen sich für Jack die Tore in die Freiheit. Eine Dame wartet vor dem Gefängnis, in ihrer Tasche einen weißen Anzug, weiße Schuhe, ein schwarzes Hemd und eine rote Blüte für das Knopfloch. Für das Gutachten eines Psychiaters aus dem Jahr 1976 interessiert sich niemand. Darin steht, Jack leide an einer erheblichen psychischen Abnormität, speziell Frauen gegenüber sei er sehr aggressiv. Zusammenfassend: Er sei ein unverbesserlicher Gewohnheitsverbrecher, bei dem mit Sicherheit Rückfälle zu erwarten sind. Für Jack beginnt eine glänzende Zeit. Er wird in der Wiener Schickeria herumgereicht. Hausfrauen, Studentinnen, Künstlerinnen, eine Nonne, die Gattin eines Spitzenpolitikers und viele, viele andere erliegen seinem bubenhaften Charme. Die Faszination des Bösen siegt. Bei Jack geht es ja nicht bloß um einen Dieb oder Räuber, er ist ein echter Mörder, einer, der Leben auslöscht und mit Wörtern spielt. Niemand scheint zu merken, dass er ausschließlich Klischees bedient. Wenn jemand es trotzdem wagt, auf gewisse Widersprüche hinzuweisen, etwa darauf, dass die äußere Erscheinung dieses aggressiven, arroganten, ganz in weiße Seide gekleideten und mit lauter Gold behängten Affen eine Verhöhnung jedes ernsthaften Schriftstellers darstelle, so werden ihm Jean Genet und andere um die Ohren geschlagen, und wenn er einwendet, dass zwischen dem Werk eines Genet und dem von Jack nun doch Welten liegen, wird er im besten Fall als literarischer Ignorant und im schlimmeren als faschistischer Erfüllungsgehilfe eines menschenverachtenden Systems tituliert. Es ist das übliche Spiel, wenn die Wiener Schickeria wieder einmal einen gefunden hat, an dem sie ihren Narren fressen kann. Allein im ersten Jahr nach seiner Freilassung ermordet Jack sechs Prostituierte nach dem immer gleichen Muster, aber an weit auseinander liegenden Orten, so dass das Muster zuerst nicht zu erkennen ist. Bald gehen elf Morde an Prostituierten auf sein Konto. Als Deckmantel für seine Mordfeldzüge benützt er seine Tätigkeit als Reporter für Wiener Zeitgeistmagazine, die ihn ausschicken, um Polizeiarbeit im Rotlichtmilieu zu beschreiben. Und Lesungen. Irgendwann wird gemunkelt, dass nach jeder Lesung eine tote Hure übrigbleibt. Bis er endlich, nach kurzer Flucht, in Miami verhaftet und nach Österreich ausgeliefert und verurteilt wird, vergehen beinahe zwei Jahre. Noch in der Nacht nach seiner Verurteilung erhängt er sich in seiner Zelle. Der komplizierte Knoten, den er dabei verwendet, ist der gleiche, mit dem er die Frauen getötet hat. Die Wiener Schickeria wendet sich, als sei das alles ein Irrwitz, ein Traum, eine Fata Morgana gewesen, wort- und kommentarlos ab und neuen Erregungen zu.

Ja, ja, meckerte Rudi, ein Liter Blut ist schnell verpritschelt … Die Reihe wäre nun an Edeltraud gewesen, aber als man sich ihr zuwandte, bemerkte man, dass sie seltsam still in ihrem Sessel hing. Sie hatte die Augen geschlossen, Schweißtropfen standen auf ihrer Stirn und ihr Mund wirkte wie verzerrt. Nora und Elsa schrien auf und stürzten zu ihr. Auch die anderen waren erschrocken, und es dauerte nicht lange, da war Edeltraud von allen dicht umringt. Maria Luisa hatte Mühe, sich Zugang zu verschaffen. Ich bin Ärztin, musste sie beinahe schreien, bis man endlich zur Seite trat. Alle tuschelten erregt durcheinander. Sie hat einen Schlaganfall, hieß es, oder einen Herzinfarkt. Maria Luisa untersuchte Edeltraud und meinte dann, es sei hoffentlich nicht schlimm, zu viel Sonne wahrscheinlich, dazu der Alkohol, Edeltraud sei dehydriert, jedenfalls müsse man sie ganz schnell auf ihr Zimmer bringen. Sie werde eine Infusion veranlassen und ihr Ruhe verschreiben, aber sie sei überzeugt, dass es Edeltraud schnell wieder besser gehen werde. Ja, knurrte Rudi, und ein Optimist ist ein Mensch, der die Dinge nicht so tragisch nimmt, wie sie sind. Edeltraud wurde auf ihr Zimmer gebracht, doch die Heiterkeit, die diesen Tag begleitet hatte, war verflogen. Bedrückt wollten sich alle zurückziehen. Andreas meinte allerdings, es sei bestimmt nicht in Edeltrauds Sinn, wenn man jetzt Trübsal blase. Er respektiere zwar, dass man sich vom Schock erholen müsse, erwarte aber, dass sich am nächsten Tag alle pünktlich zur Fortsetzung einfänden. Es wurde ausgemacht, dass die Herrschaft über den Tag an ihn falle. Was die erste Geschichte des Tages betreffe, werde man sehen, ob sich Edeltraud schnell genug erhole, sonst sei Carl an der Reihe. Kleinlaut verabschiedete man sich voneinander, aber alle versprachen, am nächsten Tag frischen Mutes wieder zu erscheinen.

SECHSTER TAG

ES BEGINNT
DER SECHSTE TAG
DES WIENER DEKAMERON,
AN WELCHEM UNTER
ANDREAS' HERRSCHAFT
JEDER ERZÄHLEN DARF,
WAS ER WILL.

An diesem sechsten Tag schien zum ersten Mal nicht die Sonne. Im Gegenteil, es regnete, es schüttete wie aus Kübeln. Man versammelte sich deshalb nach dem Mittagessen im sogenannten Kaminzimmer, in dem zwar schon sehr lange kein offenes Feuer mehr gebrannt hatte, weil der Abzug bei einem Umbau mit Beton ausgegossen worden war, das aber immer noch über ein im barocken Stil verziertes Cheminée verfügte, in das man, um wenigstens eine Illusion zu erzeugen, Kerzen stellte. Nachdem Andreas alle begrüßt hatte, sagte Maria Luisa, dass es Edeltraud den Umständen entsprechend schon wieder sehr gut gehe. Allerdings habe sie ihr befohlen, diesen Tag noch im Bett zu verbringen, damit sie sich ganz erholen könne. Edeltraud habe zwar protestiert, sei aber zu schwach, um schon aufzustehen. Sie grüße herzlich und sei hocherfreut, dass man sich trotz ihres Malheurs nicht vom Erzählen abhalten lasse. Andreas erklärte, er habe ursprünglich vorgehabt, unter seiner Herrschaft das Thema „Liebe bis in den Tod“ zu verhandeln. Seit Edeltrauds Schwächeanfall dünke ihn das allerdings doch ein wenig makaber. Vielmehr vermute er, dass man in einer Situation, in der die Nerven aller vielleicht ein wenig angespannt seien, die Zügel locker lassen müsse. Er bitte deshalb darum, dass heute einfach jeder das erzähle, was ihm gerade in den Sinn komme. Um die Fantasie anzuregen, habe er eine Flasche Whisky öffnen lassen, einen Talisker von der Insel Skye, 18-jährig, Single Malt, den ein leichter Rauchgeschmack auszeichne und eine deutliche Pfeffernote. Er bitte darum, dass man das Glas auf Edeltraud hebe, danach möge Carl mit seiner Geschichte beginnen. Bevor man seinem Wunsch entsprechen konnte, sagte Rudi, Edeltrauds Schwäche habe, ihn daran erinnert, dass ein Lebenslauf darin bestehe, dass man, von der Hoffnung genarrt, dem Tod in die Arme tanze. Das stimmt schon, sagte Nora, aber der Tod beendet nicht alles. Der Körper, die Seele, unsere Fantasien, die Gedanken, Träume, die vielen Pläne, das alles soll nur für ein kurzes Erdenleben gelten? Der Schöpfer kann nicht so verschwenderisch sein. Wir kommen wieder. Verlasst euch darauf: Wir kommen wieder. Dazu, sagte Maria Luisa, kommt mir ein Zitat in den Sinn. Ich weiß nicht mehr, von wem es ist, aber ich finde es wunderschön: Was ist unser Leben, lautet es, als eine Reihe von Präludien zu jenem unbekannten Lied, dessen erste feierliche Note der Tod anschlägt? Aber ich finde, Carl sollte jetzt endlich beginnen.

ALS EINE NONNE UND DIE TOCHTER EINES TUCHHÄNDLERS IHRE PLÄTZE TAUSCHTEN.

Das Karmeliterkloster in der Leopoldstadt, sagte Carl, kennt ihr wahrscheinlich, ich war ja, wie einigen von euch vielleicht bekannt ist, in meiner Zeit als Vizepräsident des … aber das führt jetzt wohl zu weit. Jedenfalls wirkte Josef Haydn in der zum Kloster gehörenden Kirche drei Jahre lang als Organist, aber darum geht es in meiner Geschichte nicht, obwohl das auch sehr interessant wäre, jedenfalls wurde das Karmeliterkloster Mitte des 19. Jahrhunderts an Nonnen übergeben, ein Rechtsakt übrigens, der damals … nun, jedenfalls stieß eines Tages eine junge Dame aus dem ländlichen Oberösterreich zu den Nonnen. Ihr Los war von ihren Eltern festgelegt worden, damit sie als Klosterfrau zum Lobe Gottes ein züchtiges Leben führen könne. Doch die junge Dame hatte anderes im Sinn. So machte sie, wenn sie durch den Garten des Klosters spazierte, in dem Apfelbäume standen und im Frühjahr der Flieder blühte, ein frommes Gesicht und wartete auf eine günstige Gelegenheit. Sie hörte, wie hinter der Mauer das Leben im Ghetto pulsierte. Sie wünschte, mittendrin zu sein im Gelächter und Gezeter einer fröhlichen und viel beschäftigten Welt. Die Gelegenheit ergab sich, als die junge Nonne zu Pförtnerdiensten eingeteilt wurde. Da sie in der Pforte zu schlafen hatte, nützte sie die Nachtstunden, um aus dem in stillem Schlummer liegenden Kloster zu entschlüpfen. Die Taborstraße war finster genug, dass sie niemand entdeckte, und weil es sich um eine junge Dame handelte, die wusste, was sie wollte, huschte sie ins Geschäft eines jüdischen Tuchhändlers und kam mit ihm überein, dass er ihr ein unauffälliges graues Kleid verschaffe und ihre Tracht aufbewahre, solange sie draußen sei. Als Gegenleistung werde sie Rosenkränze für sein Seelenheil beten. Der Tuchhändler war mit dem Geschäft zufrieden, weil er dachte, es sei gut, wenn man für alle Fälle gewappnet ist. Die junge Dame hingegen merkte bald, dass ihr die wenigen Nachtstunden zu kurz waren und dass es sie allzu sehr danach gelüstete, das Leben in Freiheit zu genießen. Nun hatte der Tuchhändler eine Tochter im Alter der Nonne. Sie war sein Sorgenkind, weil es ihm nicht gelingen wollte, sie zu verheiraten. Das mochte daran liegen, dass sie nicht mit Schönheit gesegnet war, aber noch viel mehr lag es daran, dass sie sich weigerte, zu reden. Sie konnte sprechen, aber Schweigen war ihr lieber. Schnell kamen der Tuchhändler und die Nonne wieder ins Geschäft: Sie werde seine Tochter in die Pforte schmuggeln, wo diese eine Woche lang stumm verweilen müsse, gebunden an ein heiliges Schweigeversprechen. Die Nonne erhielt vom Tuchhändler ein paar Münzen, um sich ein paar Tage lang über Wasser zu halten. Schon stürzte sie sich ins Großstadtleben, aus dem sie sich sieben Tage später müde, schmutzig und hochzufrieden ins Kloster zurückschleichen wollte. Unglücklicherweise wurde sie von der Mutter Oberin erwischt. Die junge Nonne versuchte sich herauszureden. Die Heilige Mutter Maria persönlich sei ihr erschienen und habe sie in die Welt geschickt, damit sie dort dem Teufel widerstehen lerne. Die Heilige Mutter Gottes selber habe an ihrer Statt im Pförtnerhaus gesessen. Die Antwort der Oberin war eine Ohrfeige, die durchs ganze Kloster schallte. Sie sei zwar fromm, schimpfte die Oberin, aber nicht dumm. Die Geschichte mit der Mutter Gottes und der Pförtnerin sei in Wien nämlich jedem bekannt. Sie habe sich allerdings nicht jetzt, sondern vor langer Zeit zugetragen, und nicht in der Leopold-, sondern in der Inneren Stadt, und zwar da, wo sich inzwischen die Himmelpfortgasse befinde und wo früher ebenfalls ein Kloster gestanden sei. Die Himmelpforte trage ihren Namen wegen des Wunders, das sich damals ereignet habe, aber während jene Pförtnerin ein heiligenmäßiges Ordensfräulein gewesen sei, könne sie hier nur Vergnügungssucht und Verderbtheit erkennen. Sie sehe sich gezwungen, die junge Dame aus dem Kloster zu weisen und zurück zu ihren Eltern zu schicken. Das Fräulein allerdings, das sie an der Pforte vertreten habe, dürfe gerne bleiben, weil es über einen züchtigen und den himmlischen Tugenden zugewandten Charakter verfüge.

Die Nonne wurde mit Schimpf und Schande verbannt, und als sie neun Monate später ein Kind gebar, auch von ihrer Familie verstoßen. Die Tochter des Tuchhändlers hingegen blieb im Karmeliterkloster, bis man es zwei Jahre vor der Jahrhundertwende nach Döbling verlegte. Da brach sie zum ersten Mal ihr Schweigegelübde und bat die neue Schwester Oberin um Dispens, weil es ihr unmöglich sei, die Leopoldstadt zu verlassen.

WIE DER KANNIBALISMUS INS KABARETT KAM.

Carls Geschichte gefiel den Zuhörern gut, trotzdem drängten sie Andreas, mit seiner nicht zuzuwarten. Andreas begann sogleich: Der dicke Kabarettist war nicht nur für seinen Witz und seine scharfe Zunge bekannt, sondern vor allem auch für seinen abgrundtief schwarzen Humor. Er war ein hochintelligenter Mann mit einem weichen Herzen, das in einem Körper eingeschlossen war, der den herrschenden Schönheitsidealen beinahe diametral gegenüberstand. Er sah nicht gut aus, im Gegenteil, allerdings war er unglaublich wandlungsfähig. Auf der Bühne konnte er im einen Moment einer dicken, hässlichen Kröte gleichen, um im nächsten einen charmanten Liebhaber darzustellen und wieder im nächsten eine Ausstrahlung zu haben wie ein Staatenlenker oder der Vorstandspräsident eines bedeutenden Industriekonglomerats. Seine massige Gestalt schien manchmal zu schweben, so leicht, so luftig war das Bild, das er vor die Augen der Zuschauer zu zaubern verstand. Der Kabarettist befand sich inzwischen auf dem Höhepunkt seiner Karriere. Seine Vorstellungen waren immer ausverkauft, und er hatte sich einen Lebensstil angewöhnt, der diesem Status entsprach.

Kein Wunder also, dass ihm auch etliche Frauenherzen zuflogen, und weil er sich nicht festlegen wollte, sah man ihn mit immer neuer Begleitung in den besten Restaurants der Stadt. Allerdings war sein Weg zum Ruhm keineswegs geradlinig und schon gar nicht einfach verlaufen. Lange musste er dagegen ankämpfen, nur aufgrund seines Äußeren beurteilt zu werden, das auf viele Leute beunruhigend wirkte. Dazu kam, dass seine Texte keine leichte Kost waren und sich vom beliebten Schenkelklopfhumor gewaltig unterschieden. Was er schrieb und vortrug, waren Sprachspielereien und Sprachvergewaltigungen, er war der Hohepriester des unvorhersehbaren Assoziierens, der absurd anmutenden Abschweifung und der kuriosen Grotcske. Nur die Wenigsten wussten, dass manches von dem, was dem Publikum grotesk erschien, in Wirklichkeit der Biografie des Kabarettisten entstammte. Und zu dieser Biografie gehörte auch, dass er damals, als ihn noch keine Bühne engagieren und keine Fans bejubeln wollten, Hilfskraft im Leichenschauhaus gewesen war. Zu seinen Obliegenheiten gehörte das Waschen von Toten, aber auch anderes, wie zum Beispiel das Aufräumen nach einer Obduktion. Man muss für diese Arbeit einen starken Magen haben. Die Gerüche sind widerlich, und als unglaublich abstoßende Bilder kann sich tief in die Erinnerung graben, was man zu sehen bekommt. Die Leute, die an diesen Orten arbeiten, entwickeln fast zwangsläufig einen pechschwarzen Humor, und der Kabarettist verhehlte im engsten Freundeskreis nicht, dass diese Schule des Todes für ihn und für sein Werk von eminenter Bedeutung gewesen war. Dazu habe, erzählte er einmal, auch ein Initiationsritual gehört, das zu seiner Zeit nicht nur üblich, sondern sogar Pflicht gewesen sei und das im Wesentlichen darin bestanden habe, ein fingerspitzengroßes Stück einer Leiche zu verzehren. Kannibalismus also, oder zumindest eine kannibalistische Parodie. Der Kabarettist gestand, selbstverständlich mitgemacht zu haben. Die Neugier, sagte er, sei größer gewesen als der Ekel, und das kleine Stück Fleisch, das er gekaut und geschluckt habe, habe keineswegs schlecht, sondern erstaunlich angenehm und sogar ein wenig süßlich geschmeckt. Als man ihn fragte, ob er deswegen Schuldgefühle empfinde, meinte er, das einfachste Mittel, sich mit einem anderen zu identifizieren, sei, ihn zu essen. Das Verschlingenlassen durch einen anderen sei metaphysisch betrachtet ein großer Liebesbeweis, was ja im christlichen Ritual der Verwandlung von Brot zu Fleisch und von Wein zu Blut zum Ausdruck komme. Passt also auf, meine lieben Freunde, wenn nächstens einer sagt, er habe euch zum Fressen gern.

WIE EIN GENTEST DIE KOMMUNE AUFRÄUMTE.

Nach einer kurzen Diskussion um Andreas' Geschichte bat man Maria Luisa, mit ihrer Erzählung zu beginnen. Die Aktionsanalytische Organisation, sagte sie, verfügte in ihren Ursprüngen in der Praterstraße 24 im zweiten Bezirk über eine große und eine kleine Wohnung sowie Wohnungen in der Taborstraße und in der Postgasse. Die AAO wurde als Mühl-Kommune weltberühmt, die Kommunarden propagierten eine radikale Befreiung der Sexualität aus ihren Klischees, die Aufhebung der Trennung von öffentlich und privat, den Ausstieg aus den bürgerlichen Berufsrollen und die Überwindung der Kunst mittels aktionistischer Lebenspraxis. Die Kommunarden waren überzeugt, dass es keinen Sinn habe, die Gesellschaft zu verändern. Man müsse eine eigene gestalten. Bald lebten um die vierzig Kommunarden in den Wohnungen im zweiten Bezirk, bald kam der Friedrichshof im Burgenland dazu, bald waren aus den vierzig Kommunarden sechshundert geworden, mitsamt Niederlassungen in Zürich, Genf, Paris, London, Oslo, Amsterdam und Berlin, in Frankfurt, Hamburg und so weiter und in einem schönen Anwesen auf Gomera. Man erkannte die Kommunarden leicht an ihren Glatzen und den gestreiften Latzhosen und eine Weile lang daran, dass alle mit Schnullern im Mund herumliefen, um zu demonstrieren, dass sie sich aus der Erwachsenenwelt zurückgezogen hätten. Es war allgemein bekannt, dass die Anhänger von Otto Mühl kreuz und quer durcheinander puderten. Monogame Zweierbeziehungen lehnten sie ab, weil sie die Kleinfamilie als Brutstätte aller Geisteskrankheiten sahen. Weniger bekannt war, dass es zum Beispiel in der Praterstraße zwei große Matratzen gab, auf denen die Frauen ihren fest zugeteilten Schlafplatz hatten. Die Männer hingegen wanderten, um sich für eine Weile dort niederzulassen, wo sie erwünscht oder geduldet waren. Weil es die Natur so wollte, glichen sich die Zyklen der Frauen immer mehr an. Das führte vor allem während der fruchtbaren Tage zu einem Treiben, das man animalisch nennen darf. Die daraus hervorgegangenen Kinder wuchsen gemeinsam auf. Während allerdings die Mütter wussten, welches Kind von wem geboren worden war, konnten die Männer über allfällige Vaterschaften natürlich nur spekulieren. Einen dieser potenziellen Väter nannten alle den Fröhlichen. Er war von Anfang an dabei gewesen und hatte sich, weil er kontaktfreudig und von einnehmendem Wesen war, über mangelnde Sexualpartnerinnen nie beklagen müssen. Da der Fröhliche aber auch ein sehr verantwortungsbewusster Mann war und Kinder gern hatte, kümmerte er sich freiwillig und mit Hingabe um sie. Er kam in den Ruf, ein guter Vater zu sein, auch wenn er nicht ganz sicher war, ob die

Kinder, die er als die seinen akzeptierte, wirklich von ihm stammten. Aber da er sich mit den Müttern während der entscheidenden Zeiträume beschäftigt hatte, gab es wenig Zweifel. Als sich die Kommune entschied, die bürgerlichen Werte doch nicht nur zu verachten, sondern vor allem da, wo es um Geld ging, eifrig zu kopieren, war auch der Fröhliche mit dabei. Er hatte eine Hand fürs Geschäft und half mit, das Vermögen der Kommune zu mehren. Aber dann kam es zur sogenannten „Bürgerrevolte", die anlässlich einer Generalversammlung den alten Vorstand absetzte, einen neuen wählte und kurz darauf die Kommune per Beschluss auflöste. Das Experiment war gescheitert. Danach kam es zu einem für Österreich einzigartigen Verfahren. Die Vaterschaft all der vielen Kinder musste festgestellt werden. Der erste flächendeckende Gentest erbrachte manche Überraschung für Männer, die nicht begeistert waren, als leibliche Väter Verantwortung übernehmen zu müssen. Der Fröhliche hingegen freute sich. Er rechnete damit, Vater von zwei bis fünf Kindern zu sein. Die Tests bewiesen allerdings, dass er als Vater nicht in Frage kam. Er jedoch ließ sich sein Vatersein nicht madig machen und war weiterhin für die Kinder da. Er liebte sie und dachte keinen Moment daran, sich aus der Verantwortung zu stehlen, wenngleich diese Verantwortung nicht biologisch begründet war. Er begleitete die Kinder fürsorglich ins Erwachsenenalter. Dann verliebte er sich. Es dauerte nicht lange, bis ihm die Frau, mit der er inzwischen verheiratet war, ein Kind gebar.

WIE EIN REIHER EINST SEIN BEIN VERLOR UND STANI SICH AUF DIE SUCHE MACHTE.

Maria Luisas Geschichte fand allgemein Gefallen. Aber jetzt war die Reihe an Emma, die nicht lange zögerte: In dem Jahr, als sich der Oberst im Generalstab Alfred Redl im Hotel Klomser erschoss, lebte nicht weit davon entfernt in der Herrengasse ein Baron von Sipps, der dafür bekannt war, dass er gerne auf die Jagd ging und gutes Essen über alles schätzte. Sein Küchenchef wurde von allen der krumme Stani genannt, weil er auf seinem Rücken einen großen Buckel trug. Baron von Sipps schätzte seinen Koch, denn dieser verstand selbst die absonderlichste Jagdbeute in einen köstlichen Schmaus zu verwandeln. Eines Tages kam Baron von Sipps von der Jagd in den Donauauen zurück und brachte dem krummen Stani einen Reiher, den er zum Abendessen zubereiten solle. Der krumme Stani rupfte den Reiher und steckte ihn an den Spieß, um ihn sorgsam zu braten. Fast war er schon gar und verbreitete einen prächtigen Wohlgeruch, als ein Mäderl aus der Umgebung, in das der krumme Stani gewaltig verliebt war, in die Küche trat. Kaum roch sie den Duft des Bratens und sah den Reiher am Spieß, bedrängte sie den krummen Stani, er solle ihr doch einen Schenkel davon überlassen. Der krumme Stani antwortete: „Du kriegst ihn nicht, du kriegst ihn nicht von mir." Worauf das Mädchen meinte: „Gibst du mir nicht einen Schenkel, so kriegst du von mir auch nichts, worauf du Lust haben magst." Dabei schaute sie ihn mit Blicken an, dass ihm die Gänsehaut über den Buckel lief, so viele ungenannte Versprechen und so viel paradiesische Verheißung lagen darin. So löste der krumme Stani den Schenkel ab und gab ihn dem Mädchen, das sich artig bedankte, ihn auf die Nase küsste und meinte, sie werde ihn bald des Nachts besuchen. Als am Abend der Reiher dem Baron von Sipps und dessen Gästen serviert wurde, ließ jener seinen Koch rufen und fragte, wieso der Vogel nur einen Schenkel und nur ein Bein habe. Der krumme Stani stotterte zuerst herum und meinte dann, Reiher hätten nun mal nur einen Schenkel und ein Bein, das wisse doch jedes Kind. „Was, zum Teufel", brüllte Baron von Sipps, „sie haben nur einen Schenkel und ein Bein? Als ob das der erste Reiher wäre, den ich zu sehen bekomme!" Aber der krumme Stani, gefangen in seiner Lüge, bestand darauf und trieb das Spiel so weit, dass er seinem Herrn anerbot, den Beweis anhand lebender Reiher zu führen. „Gut", entgegnete der Baron, „Weil du sagst, dass du mir an den lebendigen Vögeln zeigen willst, was ich noch nie gesehen oder von andern gehört habe, so will ich mir morgen früh die Sache ansehen. Aber Gnade dir Gott, wenn es sich anders verhält! Du wirst mich dein Leben lang in schlechter Erinnerung behalten.“ Am nächsten Morgen brachen der Baron und der krumme Stani sehr zeitig auf, um in die Donauauen und zu einer Stelle zu reiten, wo sich immer ganze Gruppen von Reihern einfanden. Sie kamen an etlichen vorbei, aber alle hatten zwei Beine, auf denen sie durchs seichte Wasser wateten. Schließlich fanden sie eine Stelle, wo einige der Vögel offenbar noch schliefen, jedenfalls standen sie auf einem Bein und hatten ihre Schnäbel auf die Brust gelegt. „Da“, rief der krumme Stani, „seht Ihr nun, Herr Baron, dass ich recht habe.“ Baron von Sipps, dessen Zorn wieder hochwallte, brüllte: „Ich werde dir zeigen, dass sie zwei Beine haben.“ Er stieg vom Pferd und lief auf die Vögel zu und schrie „Ho, ho!“ dabei. Aufgeschreckt ließen die Reiher den andern Fuß nieder und flogen davon. „Na, du Schenkeldieb!“, rief der Baron. „Glaubst du mir jetzt, dass sie zwei Beine haben!“ Der krumme Stani war bestürzt und entgegnete, ohne selbst zu wissen, woher ihm die Antwort zufiel: „Freilich, Herr Baron, freilich. Aber dem Reiher von gestern habt Ihr nicht ‚Ho, ho!‘ zugerufen, sonst hätte er sicher das andere Bein ebenso ausgestreckt, wie vorhin diese hier.“ Den Baron von Sipps ergötzte diese Antwort so sehr, dass sich sein Zorn in Scherz und Lachen verkehrte.

WIE EIN DREIER MIT ZWEI MÄNNEREGOS MICHAELA ZUM VERHÄNGNIS WURDE.

Als Emma mit ihrer Geschichte fertig war, drohte ihr Maria Luisa lächelnd mit dem Zeigefinger. Sie haben, meine Liebe, sagte sie, wieder geräubert, und wieder im gleichen Nest. Emma zuckte die Achseln. Hauptsache, die Geschichte gefällt, meinte sie dann und wandte sich Rudi zu, damit dieser beginne. Michaela war eine herzensgute Frau, sagte Rudi sogleich, die immer positiv dachte und dem Leben überaus optimistisch gegenüberstand. Sie wusste, dass sie gut aussah, und sie nahm an, dass sie für den schönen Körper, den ihr eine gnädige Gottheit geschenkt hatte, Sorge zu tragen hatte. Sie lief, sie machte Yoga, sie beschäftigte sich mit spirituellen Tänzen und sie ernährte sich vorwiegend vegetarisch. Ihr Verlobter hingegen war eher von der trägen Art. Trotzdem verstanden sie sich gut. Im Bett hatten sie Spaß miteinander, und wenn ihr Verlobter manchmal meinte, dass ein flotter Dreier doch einmal eine Abwechslung wäre, so nahm sie das leicht, lachte mit ihm und dachte, dass Männer halt Träume haben, die man ihnen ruhig lassen könne. Als ihr Verlobter allerdings immer öfter und immer drängender davon redete, wie es wäre, wenn man eine dritte Person in ihr Liebesspiel miteinbezöge – wobei er wohl eher an eine Frau dachte –, ergriff sie eines Tages eine Gelegenheit beim Schopf, die sich bot, als ihr Exliebhaber, der inzwischen in den USA lebte, Wien besuchte. So verbrachten sie einen Abend zu dritt. Er begann mit einem Aperitif in der Reiss-Bar. Anschließend genossen sie ein sehr gediegenes Essen in der Meierei im Stadtpark. Den Abend beschlossen sie mit ein paar Absackern in der Bar des Hotels Sacher. Ein wenig seltsam fand sie, wie ihr Verlobter und ihr Exliebhaber sie allerorts in die Mitte nahmen und über sie hinweg ihre Vorzüge und Marotten diskutierten. Es kam ihr manchmal vor, als sei sie gar nicht wirklich da. Am Ende des Abends schlug Michaela vor, nach Hause zu gehen und dort weiterzutrinken. Die Männer waren ohne Zögern dabei. Auf dem Weg flüsterte ihr Verlobter ihr zu, dass er ihr den Dreier mit dem Exliebhaber gerne gönne, irgendwann aber Gegenrecht erwarte. So saßen sie bald alle hinten im Taxi, Michaela natürlich in der Mitte, und die beiden Männer hatten jeder eine Hand auf einem ihrer Oberschenkel liegen. Ihren Rock hatten sie schon weit hinaufgeschoben. Zuhause tranken sie weiter. Die Männer setzten ihre Bemühungen fort. Michaela war willig, aber sie war auch irritiert. Sie hatte erwartet, dass sie zu dritt eine Art Verschmelzung erleben würden. Stattdessen sah sie zu, wie sich die beiden Herren in Gockel verwandelten. Jeder wollte den anderen übertrumpfen, und jeder schien vor allem dem anderen beweisen zu wollen, dass er der perfekte Liebhaber sei. Statt um Michaela ging es um Männlichkeit. Weil sie wie erwähnt dem Leben optimistisch gegenüberstand, spielte sie mit. Allerdings hatte sie dabei das Gefühl, entrückt neben dem Bett zu stehen und zuzuschauen, wie sich die beiden Herren aufplusterten und ihre Fähigkeiten demonstrierten. Es wurde erst besser, als der eine einschlief und sie endlich in Ruhe mit dem anderen vögeln konnte. Kaum war dieser eingeschlafen, erwachte der eine … Irgendwann frühstückten sie zu dritt, dann trennte man sich. Der Exliebhaber kehrte in die USA zurück. Die Verlobung hielt auch nicht mehr lange. Michaela bekam ihren Verlobten bald satt, weil er jene Nacht nicht aus dem Kopf brachte. Ständig wollte er wissen, ob er besser als der andere gewesen sei, und ständig fragte er, wann sie ihm endlich eine Frau zuführe.

Die Reihe wäre nun an Olga gewesen, aber sie schlug vor, es für heute genug sein zu lassen. Sie denke dabei vor allem an Edeltraud, die bestimmt möglichst wenige Geschichten verpassen wolle. Sie fände es nett, wenn man sie in ihrem Zimmer besuchen würde, um sie aufzumuntern und ihr zu versichern, dass sie allen fehle. Man fand das eine gute Idee, kam aber überein, dass eine kleine Abordnung genüge. Man wolle sie ja nicht überfordern. Am Ende wurde entschieden, dass Rudi und Maria Luisa die Grüße aller überbringen sollten. Man ging im Gefühl auseinander, eine gefährliche Situation glücklich überstanden zu haben. Carl meinte, er würde sich geehrt fühlen, wenn er die anderen auf ein Glas Sherry einladen dürfe. Immerhin hätten sie ja den Umstand zu feiern, dass Edeltraud dem Tod noch einmal von der Schippe gesprungen sei. Man soll den Teufel nicht an die Wand malen, sonst kommt er, rief Nora und bekreuzigte sich rasch. Worauf Rudi meinte, der Teufel habe schon viele Frauen verschluckt, aber noch keine verdauen können. So ging man lachend und lästernd in Carls Zimmer, wo man blieb, bis der Sherry ausgetrunken war.

SIEBENTER TAG

ES BEGINNT
DER SIEBENTE TAG
DES WIENER DEKAMERON,
AN WELCHEM UNTER
RUDIS HERRSCHAFT
VON DEN ABENTEUERN ERZÄHLT WIRD,
WELCHE, SEI ES AUS LIEBE
ODER UM SICH
AUS EINER VERLEGENHEIT
ZU ZIEHEN,
FRAUEN UND MÄNNER
FERN VON WIEN ERLEBTEN.

Wieder ein verregneter Tag. Üblicherweise wären die Bewohner der Pension von solcher Witterung depressiv geworden und hätten sich mit dem Wunsch in ihre Betten vergraben, nie mehr erwachen zu müssen. Heute versammelten sich alle pünktlich beim Kamin. Neugierig, aufgeregt und munter, weil sich Edeltraud erholt hatte. Sie hatte schon am gemeinsamen Mittagessen teilgenommen. Sie behauptete, vollständig hergestellt zu sein und keinerlei Beschwerden zu verspüren, aber sie war ziemlich bleich um die Nasenspitze, und Maria Luisa, die neben ihr saß und ihre Hand hielt, ließ sie nicht aus den Augen. Man hatte Edeltraud während des Mahls die verpassten Geschichten zusammengefasst. Sie war überzeugt, dass der Erzählreigen ihre Genesung beschleunigt hatte. Braves habe ich mein Lebtag genug gehört, meinte sie, jetzt steht mir der Sinn nach Kräftigem. Rudi, dem die Herrschaft über den Tag zufiel, erlaubte sich erstens, einen exzellenten Portwein auf den Tisch zu zaubern, den er vor vielen Jahren persönlich im portugiesischen Dourotal erstanden habe, und zweitens zu erläutern, wieso er sich Geschichten wünsche, die möglichst nicht oder höchstens am Rande in Wien spielten. Schon Theodor Fontane habe bemerkt, dass alle Welt reise. „Wo waren Sie in diesem Sommer?“, habe man zu seiner Zeit gefragt. Aber dann kamen viele Jahre, wo jeder ständig überallhin aufbrach. Ich bin selber gerne in die Ferne gereist. Ich bin nicht einfach nur an einen Strand gefahren, um mich in die Sonne zu legen, sondern habe die fremden Länder mit der typischen Buchhaltergründlichkeit erforscht. Ich habe Abenteuer erlebt, die mich jedes Mal ein wenig veränderten. Man reist ja nicht nur an andere Orte, sondern auch in andere Verfassungen der Seele. Als man ihn in Frühpension geschickt habe, erzählte Rudi, sei es damit vorbei gewesen. Zum einen, weil er es sich mit der geringen Pension nicht mehr habe leisten können, zum anderen aber auch, weil es ihm am Selbstvertrauen gefehlt habe, das Grundvoraussetzung für eine erfolgreiche Fernreise sei. Man wisse ja hier, dass ihn die Frühpension psychisch vernichtet habe. Maria Luisa unterbrach ihn und meinte, er solle doch bitte den Reigen der Erzählungen nicht mit weiteren Sentimentalitäten behindern. Carl und Elsa schlossen sich diesem Votum an. Lasst uns noch einmal die Gläser heben, sagte Rudi. Und dann konnte Olga endlich zu erzählen beginnen.

ALS BARONESSE M. NACH WEIMAR ENTFÜHRT UND VON EINEM RAREN VOGEL GERETTET WURDE.

Wie ihr alle wisst, hochgeschätzte Zuhörerinnen und Zuhörer, wurden am 3. April 1919 in der neu entstandenen Republik Deutschösterreich alle Adelstitel, alle weltlichen Ritter- und Damenorden sowie viele Titel, Würden und Privilegien des Adels gesetzlich abgeschafft und deren Weiterführung unter Strafe gestellt, und zwar unter eine Geldstrafe oder eine bis zu sechs Monate währende Haft, sagte Olga, aber wie ihr alle auch wisst, bedeutet das in einem Land wie Österreich nichts, und so hat sich vielenorts bis heute ein Dünkel gehalten, der sich nicht nur in Heirats- und Taufanzeigen ausdrückt, sondern so weit geht, dass Angehörige eines im Grunde nicht mehr existierenden Standes mit Angehörigen eines anderen im Grunde ebenfalls nicht mehr existierenden Standes prinzipiell nicht verkehren. Nun hat allerdings die Liebe schon in der Vergangenheit vor diesen Grenzen nicht Halt gemacht, und sie tat es noch viel weniger in der jüngsten Vergangenheit, so dass sich vor längerer Zeit die junge Baronesse M. in einen Künstler verliebte, was in ihren Kreisen an und für sich schon als ungehörig galt. Wenn es sich wenigstens um einen berühmten Künstler gehandelt hätte, dieser hingegen war, wie er sich selber beschrieb, nicht nur weltweit verkannt, sondern er hatte darüber hinaus den zweifelhaften Ruf eines Mädchenbetörers und Herzensbrechers. Dass er auch noch Ausländer war, vervollständigte das üble Bild. Die Baronesse M. und der Künstler kannten sich kaum drei Tage, da lud er sie auf ein Wochenende nach Weimar ein, sie sagte natürlich sofort zu, und schon waren sie unterwegs. Weimar zeigte sich von seinen schönsten Seiten, was der Stadt umso leichter fiel, als gerade der allerprächtigste Frühling herrschte. Die beiden spazierten, sie besuchten die Häuser von Schiller und Goethe und Frau von Stein, sie schlenderten durch den Park, liebten sich, genossen das Essen und den Wein. Aus dem Wochenende wurden vier, dann fünf und sechs Tage und schließlich zwei Wochen, und die beiden merkten, dass sie nicht nur ineinander verliebt waren, sondern sich überhaupt in allem gut verstanden. So wollte die Baronesse M., als sie endlich nach Wien heimkehrten, ihren Geliebten gerne ihren Eltern vorstellen. Dort allerdings war die Stimmung eisig. Was ihr eigentlich einfalle, einfach abzuhauen, und dann auch noch mit einem Künstler, man habe sich Sorgen gemacht, habe sie sogar per Interpol suchen lassen wollen, der Einwand, dass sie erwachsen sei und niemandem Rechenschaft schulde, wurde ungeduldig weggewischt, schließlich zogen die Baronesse und der Künstler ab. Sie heulte, er fluchte, sie jammerte und er schwor, nie mehr einen Fuß über jene Schwelle zu setzen. Aber es heißt, die Zeit heile alle Wunden, obwohl gegen diese Wunde auch die Zeit ohne Macht schien, Baronesse M. versuchte zwar mehrmals, sich mit ihrer Familie zu versöhnen, Erfolg hatte sie keinen. Man wolle, hieß es, nicht zuschauen, wie sie sich ins Unglück stürze, und man wisse ja, was von Künstlern im Allgemeinen zu halten sei, und was man von diesem gehört habe, sei noch viel bedenklicher. Man bete für sie und wünsche, dass sie bald auf den Weg der Vernunft zurückfinden werde. Der Liebe zwischen Baronesse M. und ihrem Künstler tat das alles zum Glück keinen Abbruch, im Gegenteil, sie liebten sich, je länger sie sich kannten, umso mehr, und als ein Jahr verstrichen war, beschlossen sie zu heiraten, allerdings würde es eine heimliche Hochzeit werden, nur sie zwei, weit weg, an einem geheimen Ort. Erst danach teilte Baronesse M. ihren Eltern telefonisch mit, dass sie, ob es ihnen passe oder nicht, nun die Gattin des Künstlers sei. Ihre Eltern nahmen es schweigend zur Kenntnis. Als die Baronesse kurz danach schwanger wurde, flehte sie ihren Mann an, seinen Schwur zu brechen, um sie wenigstens dieses eine Mal zu ihren Eltern zu begleiten, sie wolle ihnen die freudige Nachricht persönlich überbringen. So überlegte er ein paar Tage lang hin und her und willigte schließlich unter der Bedingung ein, dass sie den Grund des Besuches vorläufig geheimhalten solle, weil er der Schwiegermutter ein kleines Präsent übergeben werde. Er schloss sich in seinem Atelier ein, um zwei Tage später mit einem hübsch verpackten kleinen Objekt in der Hand herauszukommen, mit dem sie sich denn eines Sonntags ins Schloss der Eltern von Baronesse M. begaben. Sie wurden erwartet, die Stimmung war genau so frostig, wie der Künstler prophezeit hatte, die blauen Augen des Vaters blitzten kalt, die Mutter lächelte gequält, aber man war immerhin bemüht, wenigstens die Form zu wahren, obwohl sogar das nur unter äußerster Willensanstrengung gelang. Nach der Begrüßung überreichte der Künstler seiner Schwiegermama das kleine Präsent, sie öffnete es und fand einen aus edlem Holz geschnitzten und naturalistisch bemalten Storch, der in seinem Schnabel ein Päckchen hielt, sie schaute ratlos auf das kleine Präsent, hatte keine Ahnung, was es bedeuten könnte, der Vater hingegen verstand auf der Stelle, seine Augen leuchteten auf, er nahm seine Tochter in die Arme und drückte und herzte sie und reichte dann dem Künstler die Hand. Jetzt begriff auch die Mutter. Die Verhärtungen einer langen Zeit lösten sich, eine Weile lang weinte sie still vor sich hin, dann begann sie zu lachen, sagte Willkommen und küsste ihren Schwiegersohn auf beide Wangen. Auch wenn ihr es mir, verehrte Zuhörerinnen und Zuhörer, nicht glauben wollt: Von diesem Tag an herrschte in der Familie Frieden, und den Künstler nahmen die Schwiegereltern auf, als wäre er ihr eigener Sohn.

WIE DER FRANZ SEINE JUNGFRÄULICHKEIT VERLOR UND WAS DANACH GESCHAH.

Olgas Geschichte fand allgemein Anklang. Aber jetzt war die Reihe an Nora. Sie begann damit, dass sie sich erklärte. Als der liebe Gott die Schönheit verteilte, habe er es mit ihr nicht gut gemeint. Sie ertrage ihr Schicksal. Trotzdem brodelten in ihr Bedürfnisse. Das Geschichtenerzählen tue ihr gut. Früher habe sie ihre Sehnsucht in die klassische Musik projiziert. Dabei sei sie auf interessante Geschichten gestoßen. Eine würde sie gerne erzählen. Sie spiele nicht in Wien. Aber in der ferneren Vergangenheit und man habe doch … Rudi fiel ihr ins Wort. Erzählen Sie, liebe Nora, bat er, wir verzeihen Ihnen alles, wenn Sie nur endlich erzählen. Er heißt Franz, begann also Nora. Er wäre gerne Kompositeur, doch so weit ist es noch nicht. Vorläufig ist er Schulgehilfe. Bei seinem strengen Vater. Immerhin wohnt er allein. Grüntorgasse 9. Im Alsergrund. Er verdient nur das Nötigste. Aber er kann Klavier spielen und Noten setzen, so viel er will. Die Musik ist ihm alles. Sonst hat er nicht viel zu bieten. Er ist klein, rund, kurzsichtig und schüchtern. Er hat Pickel. Er schwitzt und stottert. Aber seine Musik! Vor allem seine Lieder! Er wäre gerne ebenso berühmt wie ein alter Kollege. Dessen Symphonien, Messen und Opern schätzt man über alles. Also schreibt Franz auch Symphonien, Messen, Opern. Doch seine Freunde wollen Lieder. Immer nur Lieder. Neue Lieder. In diesen Kreisen singt man, wenn man zusammenkommt. Singen ist erlaubt. Politisieren ist gefährlich. Spitzel gibt es überall. Das Herrscherhaus ist paranoid. Also singen! Franz liefert die Lieder. Er spielt Klavier. Er übt mit den Freunden die Lieder ein. Bald heißen die Zusammenkünfte nach ihm. Sie sind ein wunderbarer Deckmantel für erregte Diskurse. Diese Diskurse sind oft genug republikanisch. Weg mit dem Herrscherhaus! Das darf man kaum flüstern. Also singen! Laut singen. Schön singen. Begeistert singen. Franz diskutiert nicht. Er schlägt den Takt. Wenn es allerdings um Frauen geht … Er fühlt sich in ihrer Gegenwart dumm, hässlich und klein. Für Nutten hat er kein Geld. Er ist zwanzig Jahre alt. Woher soll er Geld für Nutten haben? Was er verdient, verschlingen Miete, Notenpapier, Tinte. Wenigstens muss er den Wein nicht selber bezahlen. Ehrensache, dass er auf den Wein eingeladen ist. Seine Arbeit als Schulgehilfe will er hinschmeißen. Er will sich ganz der Musik widmen. Er hat ein Angebot. Er wird im Sommer nach Zseliz fahren. Zu den Grafen Esterhazy zu Galànta. Er wird für drei Töchter den Musiklehrer spielen. Er erwartet nicht viel. Untalentierte Adelstöchter gibt es wie Sand am Meer. Immerhin ist die Bezahlung nicht schlecht. Und wer weiß, vielleicht findet er im fernen Ungarnland einen Mäzen. Das Schloss der Esterhazy ist eher ein Schlösschen. Wenigstens sind die drei jungen Damen nicht so schrecklich. Im Gegenteil. Die Jüngste hat Talent. Man wird daraus später eine Romanze konstruieren. Natürlich ist das Unsinn. Sie ist erst dreizehn. Eine Gräfin. Er ein Lakai. Aber da gibt es eine Kammerjungfer. Ein Zimmermädel. Die Pepi. Sie ist im gleichen Alter wie Franz. Sie findet ihn interessant. Sie verführt ihn. Sie macht ihn zum Mann. Die beiden verbringen einen heißen Sommer miteinander. Seine Begierden sind jetzt geweckt. Kaum ist er wieder in Wien, bringen sie ihn zur Verzweiflung. Plötzlich kommen ihm keine Lieder mehr in den Sinn. Keine Symphonien. Keine Messen. Keine Opern. Bis zu diesem verhängnisvollen Sommer in Zseliz hat er die Kompositionen aus dem Ärmel geschüttelt. Jetzt und in den folgenden Jahren bringt er nicht mehr viel zustande. Er ist abgelenkt. Er fühlt sich musikalisch vertrocknet. Es gärt in ihm. Er ist jetzt ein Mann. Seiner Karriere tut das gut. Es hat sich ja so viel angesammelt. Er wird in die Direktion des Musikvereins gewählt. Seine Opern werden im Theater am Kärntnertor und im Theater an der Wien gespielt. Er ist berühmt. Nicht ganz so berühmt wie der alte Kollege. Das kann ihn immer noch maßlos ärgern. Immerhin hat er inzwischen Geld. Er kann sich Huren leisten. Natürlich passt er nicht auf. Filzläuse, Herpes, Tripper, Syphilis. Sechs Jahre nach dem ersten Besuch fährt Franz wieder nach Zseliz. Sein Besuch im kleinen Schlösschen ist ein Ereignis. Der berühmte Herr Kompositeur aus Wien! Auch Pepi erwartet ihn. Sie hat ihm so viel zu erzählen. Vor allem will sie dort fortfahren, wo sie vor sechs Jahren aufhören mussten. Aber Franz hat wenig Zeit für sie. Und er ist wieder krank. Pepi ist enttäuscht. Er schickt sie mit einem Brief für seinen Vater nach Wien. Pepi weiß, dass er sie los sein will. Trotzdem ist sie irgendwie auch stolz. Der Herr Kompositeur vertraut ihr. Er macht sie zu seiner persönlichen Botin. Sie kommt zum einzigen Mal in ihrem Leben nach Wien. Sie erledigt den Auftrag. Aber die Großstadt überfordert sie. Sie ist froh, dass sie bald wieder zuhause ist. Franz ist schon abgereist. Bei ihm hat sich ein Knoten gelöst. Die Musik bricht aus ihm heraus. In rasender Eile verfasst er ein Werk nach dem anderen. Eine wahre Sturzflut an Kreativität. Der Pepi hat er ein Lied hinterlassen. Ein Lied für die Ewigkeit. Andreas, wollen wir es versuchen? Auch wenn es kein Klavier gibt, das uns begleiten kann?

NORA:
Vorüber! Ach vorüber!
Geh, wilder Knochenmann!
Ich bin noch jung, geh Lieber!
Und rühre mich nicht an.

ANDREAS:
Gib deine Hand, du schön und zart Gebild!
Bin Freund und komme nicht zu strafen.
Sei gutes Muts! ich bin nicht wild,
Sollst sanft in meinen Armen schlafen!

ALS HERBERT IN DER TÜRKEI ZU VIEL RAKI TRANK UND ANDERES VERSCHMÄHTE.

Natürlich waren alle sehr, sehr ergriffen, und es dauerte eine Weile, bis Elsa mit ihrer Geschichte beginnen konnte. Aus beruflichen Gründen gab es in Herberts Bekanntenkreis etliche Leute türkischer Abstammung, sagte sie, und so wurde eines Tages beschlossen, eine Gruppenreise in die Türkei zu unternehmen, die in Istanbul beginnen und dann der Küste entlang über Ayvalik bis nach Izmir führen sollte. Herberts Geschäftspartner hatten natürlich überall Freunde und Verwandte, und so kam es, dass sich die Reisegruppe nicht nur ständig veränderte, sondern im Laufe des zehn Tage dauernden Urlaubs auch größer wurde. Die Reisegruppe bestand ausschließlich aus Männern, nur ab und zu stieß eine Frau dazu, etwa in Ayvalik, wo man übernachtete. Ich weiß nicht, ob ihr Ayvalik kennt, das liegt sehr schön an der Ägäisküste gegenüber der Insel Lesbos … Jedenfalls war diese Frau mit einem der Geschäftspartner irgendwie verwandt oder so, sie war groß und gertenschlank, trug ihr fein gewelltes schwarzes Haar offen und war eine lebhafte, bemerkenswerte Erscheinung, die, so dünkte es jedenfalls

Herbert, einer hethitischen Prinzessin glich. Sie sprach sehr gut Englisch und schien sich in der Männerrunde ausgesprochen wohl zu fühlen. Herbert hingegen quälte sich schon den ganzen Tag. Er hatte mit seinem Magen zu kämpfen, weil er im Verlauf dieser Reise ständig viel zu viel gegessen hatte. Das türkische Essen war aber auch zu köstlich, allein die Vorspeisen! So reichhaltig, so gut, dass er einfach nicht widerstehen konnte. Und die Grilladen, die Fische und anderes Meeresgetier! Jetzt allerdings litt Herbert abwechselnd an Verstopfung, Magenkrämpfen und Durchfall, was er mit großen Mengen Raki zu bekämpfen versuchte. Es half nichts, es wurde nicht besser, sondern eigentlich immer nur schlimmer, und so beschloss er an diesem Abend, früher als die anderen auf sein Zimmer zu gehen, das er mit einem Kollegen teilte. Er informierte diesen Kollegen und warnte ihn vor einer unruhigen Nacht, da er sich nicht vorstellen könne, wie er mit seinem Bauchgrimmen Schlaf finden werde. Der Kollege lachte anzüglich und meinte, er solle sich keine Sorgen machen, er überlasse Herbert heute das Zimmer, es sei bereits alles organisiert. Herbert trank an der Hotelbar einen letzten Raki. Danach ging er auf sein Zimmer. Dort fand er die hethitische Prinzessin. Sie erwartete ihn, sagte nur: Endlich!, packte ihn und warf ihn aufs Bett. Herbert war überrumpelt. Als er sich ein wenig gefasst hatte, bat er sie, nicht ganz so stürmisch vorzugehen, und er fragte, was das solle und wieso sie ausgerechnet bei ihm eingedrungen sei. Sie erzählte, dass sie achtundzwanzig und immer noch Jungfrau sei. Sie wolle jetzt endlich mit einem Mann schlafen und zur Frau gemacht werden, aber natürlich könne sie sich zu diesem Zweck unmöglich mit einem Türken einlassen, weil sie damit ihren Ruf ruinieren und für alle Zeiten als Schlampe gelten würde. Für ihre Entjungferung müsse ein Europäer herhalten, und da er weit und breit der Einzige sei, der ihr gefalle, habe sie selbstverständlich ihn erwählt. Herbert sagte, er fühle sich sehr geehrt, aber es sei ihm leider ganz unmöglich, ihr zu Diensten zu sein. Sein Magen spiele zu verrückt, und darüber hinaus sei er zu betrunken, um das für den Akt notwendige Werkzeug einsatzbereit zu machen. Und schließlich wisse er, dass das erste Mal für eine Frau doch eine emotional sehr bedeutsame, das ganze Leben in Erinnerung bleibende Sache sei, und er, Herbert, fühle sich außerstande, diesen Erwartungsdruck auszuhalten. Die hethitische Prinzessin schmollte ein wenig, aber sie musste sich der Kraft seiner Argumente beugen. So verbrachten die beiden zwar die Nacht miteinander, aber statt zu vögeln, plauderten sie, unterbrochen immer wieder von Gängen zur Toilette, die Herbert allerdings nicht wirklich Erleichterung verschafften. Als sie am nächsten Morgen gemeinsam zum Frühstück gingen, erwarteten sie zwanzig Kollegen, die sofort in ein großes Geschrei ausbrachen. Sie wurden mit Fragen und Anzüglichkeiten überschüttet, und Herbert stellte zu seiner Verwunderung fest, dass diese türkische Gesellschaft weder prüde noch verklemmt war, sondern ausführlich und mit Begeisterung den Verlauf der Nacht und seine Körperfunktionen diskutierte. Herbert war das Ganze zuerst unglaublich peinlich, aber er merkte schnell, dass er sich bei diesen Leuten ohne Rückhalt entspannen durfte. Zwei Tage später saß er im Flugzeug, das ihn nach Wien zurückbrachte, und kurz danach hatte sich auch sein Magen wieder beruhigt. Damit wäre die Geschichte eigentlich aus, wenn sie nicht ein kleines Nachspiel hätte. Drei Jahre später kam die hethitische Prinzessin geschäftlich nach Wien. Dabei traf sie auch Herbert. Sie erzählte ihm, dass sie ein Jahr nach jener Nacht geheiratet habe, mit ihrem Mann sehr glücklich sei, aber trotzdem das Gefühl habe, etwas Unerledigtes zu Ende bringen zu müssen. So verbrachten die beiden eine schöne Nacht miteinander. Diesmal wurden sie weder von Herberts Magen gestört noch von ihrer Jungfräulichkeit.

WAS KONSTANZE DEN VERMEINTICHEN TRAUMURLAUB AUF DEN MALEDIVEN VERMIESTE.

Man beglückwünschte Elsa zu ihrer schönen Geschichte und zu ihrem Mut, den sie wieder an den Tag gelegt habe. Darauf meinte Edeltraud, sie wisse, dass jetzt eigentlich Dorothee an der Reihe sei, sie selber habe allerdings wegen ihres Schwächeanfalls eine Runde ausgesetzt und würde den Rückstand jetzt gerne aufholen. Dorothee meinte, ihr sei das nur Recht. Eine kleine Geschichte würde sie sich gerne noch anhören, zum Erzählen indes fühle sie sich selber zu müde. Meine Geschichte, sagte Edeltraud, spielt auf den fernen Malediven und handelt von Konstanze, die als hochgeschätzte Journalistin bei einer sehr bedeutenden österreichischen Tageszeitung arbeitete. Wie es in ihrer Branche üblich war, wurde sie von der Reiseredaktion angefragt, ob sie eine Pressereise machen wolle. Die Kollegen von der Reiseredaktion bekamen so viele Einladungen, dass sie bei weitem nicht alle selbst wahrnehmen konnten und deshalb oft Redakteure anderer Ressorts baten, für sie einzuspringen. Vier Tage Malediven, lautete das Angebot, Flug nach … ich weiß nicht mehr, jedenfalls die Hauptstadt oder Hauptinsel der Malediven, dann Weitertransport per

Schnellboot nach Kuramathi oder so … Kuramathi, ja, ich kann mir Namen einfach nicht mehr merken … Dschungelspaziergänge, Baden, Schnorcheln, Tauchgänge und so weiter, am übernächsten Tag wieder mit einem Schnellboot zum … zu irgendeinem Atoll und nach … wenn ich das jetzt noch wüsste… Jedenfalls klang das Angebot verlockend genug, zumal Konstanze ein gewaltiges Bedürfnis verspürte, aus dem trüben Grau des Wiener Spätwinters an die Sonne und ans Meer zu entfliehen. Sie waren zu acht. Kollegen von verschiedenen Zeitungen und Zeitschriften, zwei der Damen, die mitreisten, kannte sie, mit den anderen hatte sie noch nie zu tun gehabt. Der Flug war recht angenehm, in … eben der Hauptstadt … mussten sie die üblichen Formalitäten über sich ergehen lassen, dann flitzten sie übers Wasser und checkten bald darauf in ein Resort ein, das einen sehr luxuriösen Eindruck machte. Es gab drei Restaurants, mehrere Bars und sehr gepflegt angelegte Bereiche für Wellness, Fitness und Körperpflege. Die Bungalows standen auf Stelzen über dem Wasser, mit dem Ufer waren sie durch Stege verbunden. Es war so, wie man sich seine Traumferien wünscht. Als Konstanze nach einer kurzen Woche wieder in Wien eintraf, fragten die Kollegen natürlich, wie es gewesen sei. Schrecklich, antwortete sie, furchtbar, grauenhaft! Grauenhaft? Ja. Weil auf die Malediven hauptsächlich Liebespaare fliegen. Überall sind sie. Wo du hinschaust: Liebespaare. Die ganze Infrastruktur ist geschaffen für Liebespaare. Wenn du in eines der Restaurants gehst, siehst du erschöpfte, stille, satte, glückstrahlende Liebespaare, die ausschließlich mit sich und sonst gar nichts beschäftigt sind. Die zauberhaften Overwater-Bungalows zum Beispiel bestehen im Wesentlichen aus einem riesigen Bett mit Spiegeln an der Decke und an den Wänden und einer Badewanne, neben der ein Sofa steht. Wozu braucht man neben der Badewanne ein Sofa? Na also. Ich war allein im Bett und allein in der Wanne. Das Sofa und die Spiegel haben rein gar nichts genützt. Die Gespräche mit den Kollegen haben sich nur um Probleme der österreichischen Medienlandschaft gedreht. Keine Erotik und schon gar kein Sex. Die Malediven waren schlimmer als Bier ohne Alkohol, Fleisch ohne Fett und Kaffee ohne Koffein. So muss es sein, wenn man als Diabetiker ins Schlaraffenland gerät. Furchtbar, sage ich dir, grauenhaft.

Als Edeltraud mit ihrer Geschichte fertig war, fragte sie, ob man es ihr übelnehme, wenn sie sich jetzt ein wenig ausruhe. Sie müsse ihre Kräfte einteilen, weil sie die Fortsetzung unter keinen Umständen verpassen wolle. Man wollte sie auf ihr Zimmer begleiten, aber sie meinte, das sei nicht nötig, ihretwegen habe man während der letzten Tage schon genug Rücksicht genommen. Allerdings ließ sie sich, nachdem man ihr angenehme Ruhe gewünscht hatte, von Maria Luisa und Dorothee, die sich ebenfalls zurückziehen wollte, auf ihr Zimmer bringen. Als Maria Luisa ins Kaminzimmer zurückkam, erzählte Andreas eben die Pointe eines Witzes, der so gut ankam, dass alle laut prusteten und gackerten. Natürlich wollte Maria Luisa den

Witz auch hören. Andreas behauptete, er sei von einer halben Million Menschen aus siebzig Ländern zum besten Witz der Welt gekürt worden. Da bin ich jetzt aber wirklich neugierig, entgegnete Maria Luisa. Nun, sagte Andreas, zwei Jäger sind im Wald unterwegs, als einer von ihnen zusammenbricht. Er scheint nicht mehr zu atmen, und seine Augen sind glasig. Der andere zückt sein Telefon, ruft den Notdienst an und stößt hervor: „Mein Freund ist tot! Was kann ich nur machen?“ – Der Telefonist: „Beruhigen Sie sich. Ich kann Ihnen helfen. Zuerst sollten wir sicherstellen, dass er tot ist.“ Kurze Pause, dann ein Schuss. Zurück am Telefon sagt der Jäger: „Okay, was jetzt?“ Andreas sah Maria Luisa erwartungsvoll an, aber Maria Luisa lachte nicht. Sie meinte nur, sie habe mit Witzen noch nie viel anfangen können, die einzigen Witze, die sie akzeptiere, seien jüdische Witze, die hätten immerhin Esprit. Lieber wäre es ihr, wenn Andreas ein Lied singen möchte, sie habe das während der letzten Tage nämlich vermisst. Sofort begann Andreas, und wieder sangen alle den Refrain mit: Denn so lang der alte Steffel am Stephansplatz no’ steht, / So lang die blaue Donau durch d’Weanstadt no’ geht, / So lang ein feschen Walzer no’ geign tut der Strauss, / So lang stirbt d’alte G’mütlichkeit beim Weaner niemals aus. Als das Lied zu Ende war, ging die Gesellschaft nur zögernd auseinander. Es war, als müsse man sich aneinander festklammern oder als befinde man sich gemeinsam in einer kleinen Barke, die auf stürmischer See dahintrieb.

ACHTER TAG

ES BEGINNT
DER ACHTE TAG
DES WIENER DEKAMERON,
AN WELCHEM UNTER
EMMAS HERRSCHAFT
DAVON GESPROCHEN WIRD,
WIE FRAUEN UND MÄNNER
UNERHÖRTES UNTERNEHMEN,
UM ZUM GENUSS ZU KOMMEN.

Obwohl laut Wetterprognose der Regen hätte andauern sollen, schien an diesem Tag die Sonne. Ein scharfer Wind aus Osten hatte die Wolken vertrieben. Dieser Wind war allerdings nicht nur scharf, sondern auch ziemlich kühl, und deshalb beschloss man, nach dem Mittagessen nicht im Garten, sondern noch einmal im Kaminzimmer zusammenzukommen. Emma öffnete einen Flasche Cognac und meinte, das sei das beste Mittel, um die Kälte zu vertreiben. Während man anstieß, sagte Carl, er habe geträumt, seit langem zum ersten Mal übrigens, und in dem Traum sei ihm ein Engel erschienen. Allerdings sei der Engel nicht in der Luft oder im Himmel geschwebt, sondern unter Wasser geschwommen und habe bunte Blasen ausgeatmet. Emma behauptete, dieser Traum beweise, dass er sich mit den Widersprüchlichkeiten seiner Persönlichkeit beschäftigen müsse. Carl lachte und entgegnete, sie solle ihnen allen bloß mit ihrer Küchenpsychologie vom Leibe bleiben, worauf Emma entgegnete, wenn sie mit dem Psychologisieren von Carl erst einmal anfange, werde bestimmt kein Ende zu finden sein. Sie habe übrigens ausgerechnet, um für einen Moment lang das Thema zu wechseln, dass die hier Versammelten zusammen achtzehn Kinder in die Welt gesetzt hätten, wobei sie selber mit ihren sieben den Löwenanteil trage. Natürlich frage sie sich immer wieder, was man falsch gemacht habe. Offensichtlich sei ja, dass sich die Brut nie blicken lasse. Der Kontakt sei weitestgehend abgerissen. Am Anfang lieben Kinder ihre Eltern, dann halten sie Gericht über sie, und wenn man Glück hat, verzeihen sie ihnen, entgegnete Rudi. Er wisse jedenfalls, dass die strengsten Richter eines Mannes die eigenen Kinder seien. Eltern, meinte Maria Luisa, verzeihen ihren Kindern nun einmal die Fehler am schwersten, die sie ihnen anerzogen haben. Es gebe nämlich keine problematischen Kinder, es gebe nur problematische Eltern. Emma sagte, sie habe irgendwo gelesen, dass Kinder, wenn sie klein sind, uns in den Schoss treten, wenn sie groß sind, ins Herz. Wie auch immer, schloss Dorothee, Kinder sind die größten Angriffsflächen, über die das Schicksal verfügt. Allerdings möchte sie jetzt zum Wesentlichen kommen. Da die Herrschaft über diesen Tag Emma zufalle, möge sie ihr das Wort erteilen. Ihre Geschichte werde mehr Spaß machen als alle Beschäftigung mit familiären Angelegenheiten, die man im Moment sowieso nicht verändern könne. Niemand widersprach. Und so begann Dorothee.

ALS EINE EROTISCHE ESKAPADE IN EINEM UNGEHEUREN GELÄCHTER ENDETE.

Rechtsanwältin F. war vierzig Jahre alt, sagte Dorothee, und seit ein paar Jahren von ihrem ersten Mann geschieden. Dieser Mann war im Bett ein rechter Langweiler und Einfaltspinsel gewesen, der es nicht verstand, seine Frau zum Jauchzen und Singen zu bringen. So kam es, dass sie sich in einem gewissen Sinne wie jungfräulich fühlte, da ihr Exmann ihr erster und einziger Liebhaber gewesen war. Irgendwann lernte sie einen Mann kennen, der wusste, was eine Frau braucht. Er öffnete sie und brachte ihr bei, wie viel Lust und Leidenschaft zu empfinden sie fähig war, er forderte sie und führte sie an ihre Grenzen heran und einige Male auch über diese Grenzen hinaus. Die Geschichte, die ich euch heute erzählen möchte, spielt in jener Zeit, als Rechtsanwältin F. mit diesem Wüstling zusammen war und mit ihm die verrücktesten erotischen Eskapaden erlebte. Der Wüstling hatte herausgefunden, dass eine ihrer häufigsten Fantasien darin bestand, es mit mehreren Männern gleichzeitig zu treiben. Er selber fand das offenbar erregend genug, sie langsam, aber beharrlich dahin zu dirigieren, dass sie diese Fantasie verwirklichen wollte. Er brachte sie dazu, ein Inserat in einer Zeitung zu veröffentlichen, in dem sie Männer suchte, die sich an ihren Liebesspielen beteiligten möchten. Es meldeten sich viele, und es machte Spaß, die Briefe durchzublättern, sie auszusortieren, eine Wahl zu treffen und sich vorzustellen, wie es mit dem oder diesem wäre. Schließlich verbrachten Rechtsanwältin F. und ihr Wüstling etliche zum Teil sehr anregende Nächte mit Männern, die sie vorher nicht kannten und nachher nie mehr sahen. Rechtsanwältin F. kam auf den Geschmack und konnte von den bizarren Abenteuern nicht mehr lassen. Die Geschichte, die ich euch erzählen will, ereignete sich, als sie wieder mit einem Unbekannten verabredet waren. Sie wollten sich an der Bar eines Hotels im ersten Bezirk treffen. Sie stellte, wie bei diesen Anlässen üblich, in einem eleganten Kleid ihre körperlichen Vorzüge, über die sie in reichem Maß verfügte, gut zur Schau. Unter dem Kleid trug sie Strümpfe und einen Strumpfgürtel, aber weder Büstenhalter noch Höschen. Es war ihnen wichtig, bereit zu sein, weil es oft schon während des Kennenlernens zu pikanten Szenen kommen konnte. Aber der Kerl tauchte nicht auf. Das passierte nicht zum ersten Mal. Sie hatten oft erlebt, dass sich Männer in ihren Briefen zu den gewagtesten Versprechungen hinreißen ließen und im entscheidenden Augenblick Angst vor dem eigenen Mut bekamen. Rechtsanwältin F. war enttäuscht. Ihr Liebhaber tröstete sie schnell darüber hinweg. Sie zogen durch die Nachtlokale und nahmen schließlich, es musste weit nach Mitternacht gewesen sein, ein Taxi, um nach Hause zu fahren. Sie saßen auf der Rückbank und knutschten wie verrückt. Der Fahrer schaute ständig in den Spiegel. Es war klar, dass ihm gefiel, was er sah. Rechtsanwältin F. fragte ihren Geliebten, ob sie es mit dem Fahrer versuchen sollten. Der Wüstling hatte nichts dagegen, und so baten sie ihn, sie in die Wohnung zu begleiten. Zu dritt tranken sie ein Flasche Rotwein leer. Dann begann Rechtsanwältin F., den Taxler auszuziehen. Er war nervös, stöhnte aber lüstern auf, als sie seinen Schwanz zu streicheln und zu reiben begann. Der Wüstling meinte, sie tue dem Taxler wohl noch besser, wenn sie es ihm mit einem Massageöl besorge. Er reichte ihr das Fläschchen, sie schüttete eine schöne Portion in ihre Hand und begann das Öl auf seinem Schwanz zu verreiben. Dummerweise hatte der Wüstling das falsche Fläschchen erwischt, die Flüssigkeit begann zu kleben und zu schäumen, und sie schäumte umso mehr, je fester sie rieb. Der Wüstling hatte ihr ein Fläschchen mit Haarshampoo gereicht. Bald war der halbe Unterleib des armen Kerls dick damit überzogen. Rechtsanwältin F. sah die Bescherung und musste unglaublich lachen. Der arme Kerl hingegen war zu Tode erschrocken. Er hatte wohl das Gefühl, zwei Verrückten in die Hände gefallen zu sein, die es zuerst auf seine Männlichkeit und dann auf sein Leben abgesehen hatten. Vermutlich befürchtete er, es werde demnächst zu brennen beginnen und sein schönes Gemächt verätzen. Er schoss auf und ins

Bad, wusch sich, stürzte in die Kleider und aus der Wohnung, während sich Rechtsanwältin F. und ihr Geliebter halb totlachten. Es heißt, wer so recht aus voller Kehle lache, der könne kein schlechtes Gewissen haben, und Lachen sei nicht der schlechteste Anfang einer Freundschaft und bei weitem das beste Ende. Aber es heißt auch: Wer am Freitag lacht, wird am Sonntag weinen. Ich habe gesagt, dass der Wüstling Rechtsanwältin F. an ihre Grenzen heran und darüber hinaus zu führen im Stande war. Das nahm sie ihm schließlich übel. Sie hatte ihm vertraut. Irgendwann fühlte sich missbraucht. Sie schämte sich der Monster, die er geweckt hatte, Monster, die zweifellos immer in ihr und in ihrer Fantasie gewohnt, aber tief geschlafen hatten. Sie trennte sich von ihm und lebte danach etliche Jahre ohne Mann, bis sie ihren zweiten Gatten kennenlernte, der weniger wild und weniger fordernd war, ihr aber trotzdem wohlzutun verstand.

WIE FRAU KOLLER IHR SPÄTES GLÜCK IM KINO FAND.

Dorothees Geschichte rief bei den Zuhörern Verwunderung und einiges Gelächter hervor. Kaum war es verstummt, hob Edeltraud an zu erzählen: Als Frau Koller ein junges Ding war, begann die Blütezeit des Kinos. Zuvor waren Filme in Schaubuden gezeigt worden, im Prater zum Beispiel, aber nach dem Ersten Weltkrieg wurden die Lichtspielhäuser Theatersälen nachempfunden und immer größer und luxuriöser. Die Filme waren ja allmählich länger geworden und wurden nun mit Klavier oder gar Orchester begleitet. Vielleicht erinnert ihr euch noch an das … das… wie hieß jetzt noch das Kino, das eineinhalbtausend Plätze hatte … Busch … Busch-Kino? Oder an das … mein Gott, an das Gartenbaukino ... Jedenfalls war es damals keine Selbstverständlichkeit, einfach so und quasi wie nebenbei ins Kino zu gehen. Kino war etwas Besonderes, etwas, das einem Theaterbesuch glich und zu zelebrieren war. Allerdings hatten die Eltern von Frau Koller, die damals noch ihren Mädchennamen trug, diesem neumodischen Vergnügen gegenüber wenig Verständnis. Für die Eltern, die sehr kulturinteressiert waren und natürlich Abonnements im Musikverein und in der Staatsoper besaßen, war Kino keine Kunstform, sondern ein törichtes Pläsier für die Unterschicht. Frau Koller musste ihre Eltern belügen, als ihr erster Verehrer sie einlud, mit ihm die mondäne Welt der Lichtspiele kennenzulernen. Sie sagte, dass sie mit einer Freundin spazieren gehe, machte sich so hübsch wie möglich, ohne das Misstrauen der Eltern zu wecken, und traf ihren Verehrer am vereinbarten Ort. Er hatte die Karten schon gekauft. Logenplätze! Unglaublich aufregend war das. Weil es sich um eine Nachmittagsvorstellung handelte, war das Kino nicht allzu gut besetzt. Frau Koller war wie neu belebt. Ein prächtig uniformierter Portier riss die doppelten Flügeltüren des Lichtspieltheaters auf, sie fühlte sich in eine schönere Welt versetzt. Reine, duftende Luft durchflutete das ganze Gebäude, alles richtete sich auf, und sie wusste, dass das Leben so genossen werden musste. Die beiden hatten die Loge für sich allein. Kaum saßen sie, nutzte der Verehrer die Lage aus. Er nahm sie in den Arm und küsste sie. Und wie er sie küsste ... Sie glaubte, Engel singen zu hören. Sobald es ganz dunkel geworden war, waren seine Hände überall. Er knöpfte ihr die Bluse auf. Er schob seine Hand unter ihr Kleid. Er griff ihr an die Wäsche. Sie ließ ihn machen, weil sie das alles unglaublich erregte. Das Verbotene, das Verruchte, das Unbekannte, es machte sie wahnsinnig heiß. Auch ihre Hände gingen auf Wanderschaft. Sie fand eine gespannte Hose, öffnete sie und berührte einen harten Schwengel. Die Kinosessel waren nicht wirklich bequem, aber es war trotzdem schön. Sie küssten sich, berührten sich, erregten sich. Dann sagte er, sie solle sich zwischen seine Beine knien. Sie tat es, schaute hinauf zu ihrem ersten Mann, sah sein angespanntes Gesicht im flackernden Licht, hörte die Musik. Sie sah den stolz aufragenden Speer. Sie musste, musste, musste ihn küssen. Also küsste sie ihn. In dem Moment, da er sich mit einem Aufschrei entlud, ging die Logentür auf. Der Portier trat ein. Er scheuchte sie auseinander, beschimpfte sie, wies sie aus dem Kino und drohte mit einem gewaltigen Skandal. Ihr Verehrer steckte dem Billeteur ein ganzes Bündel Banknoten zu, damit er den Mund hielt. Sie wäre am liebsten im Boden versunken. Erregt, besudelt, gedemütigt und zugleich stolz wie noch nie sprang sie in eine Droschke. Sie reinigte sich, so gut es ging, und ließ sich nach Hause fahren. Ihren Verehrer hat Frau Koller nie wieder gesehen. Von diesem Erlebnis allerdings kam sie nicht mehr los. Lange unterdrückte sie ihre Wünsche. Sie heiratete. Ihr Mann vergötterte sie, er verehrte sie und trug sie auf Händen. Nur im Bett war er ein Langweiler. Wenn sie vorsichtig um etwas bat, das auch nur ein wenig über das Normale hinausging, reagierte er im besten Fall mit Ablehnung, im schlechteren war er verärgert. Irgendwann starb ihr Mann. Nach einer angemessenen Zeit der Trauer besuchte sie endlich wieder einmal ein Kino. Es befand sich in einem Hinterhof an der … na; ihr wisst eh, in der … wo man mit der 37er, 38er, 40er, 41er und 42er vorbeifährt, den Straßenbahnlinien meine ich … ja, Währinger Straße. Genau. Jedenfalls gab es da ein Kino, und es zeigte Sexfilme. Sie war oft daran vorbeigefahren. Jedes Mal hatte es gekribbelt in ihrem Unterleib. Jetzt trat sie ein. Ihr Herz klopfte wie verrückt. Mondän war an diesem Kino nichts, im Gegenteil, es machte einen ausgesprochen abgelebten Eindruck. Aber dieses Schmuddelige, das Verruchte und Verbotene, das machte sie an. Im dunkeln Saal konnte sie zunächst nichts erkennen. Schnell schlüpfte sie in die letzte Reihe. Auf der Leinwand paarte sich eine Weißblonde mit einem Dunkelschwarzen. Allmählich begannen sich Frau Kollers Augen an die Dunkelheit zu gewöhnen. Sie sah zwei Sitze weiter einen jungen Mann, dessen Hose offen stand. Sie konnte ihren Blick nicht abwenden. Schließlich setzte sie sich neben ihn und fragte, ob sie helfen dürfe. Danach suchte Frau Koller dieses Kino immer wieder auf. Sie trieb es mit jedem, der wollte. Aus Angst vor Krankheiten natürlich nur mit dem nötigen Schutz. Diese perversen Spiele waren das Beste, was ihr das Leben bot. Je schmutziger und benutzter sie aus dem Kino schlich, umso lustvoller konnte sie sich nachher zu Hause mit sich selber beschäftigen.

WIE FÜRST DE LIGNE DEN WIENER KONGRESS ZUM NARREN HIELT.

Edeltrauds Geschichte hatte die Zuhörer denn doch ein wenig schockiert. Aber noch bevor jemand protestieren konnte, meinte Carl, die Reihe sei nun an ihm. Ich bin, sagte er, schon als Vizepräsident des unabhängigen Verwaltungssenats immer gerne auf Friedhöfe gegangen, weil man nirgends besser über gewisse Rechtsprobleme nachdenken kann. Als uns zum Beispiel der Fall jenes Kärntner Mandatars beschäftigte, der … entschuldigt, ich schweife ab, aber wenn ich zum Beispiel vom Kahlenberg nach Nussdorf spaziert bin, habe ich immer gerne auf dem Josefsdorfer Waldfriedhof ein wenig gerastet, und da am allerliebsten an der Stelle, wo der Fürst de Ligne begraben lag. Der Fürst de Ligne ist euch schon ein Begriff, nicht wahr? Charles Joseph de Ligne. Militärexperte, Biograf, Denker, Essayist und Briefschreiber. Er parliert mit Goethe, Rousseau, Voltaire und Wieland und mit Madame de Staël. Er schreibt Aphorismen, Biografien, Essays und ein Werk über die Gartenkunst. Ganz Wien kennt ihn, er ist der Botschafter Belgiens am Hof und wirft mit Geld nur so um sich, und ganz Wien weiß, dass er die

Frauen mit ungeheurer Geschwindigkeit verbraucht. Die Wiener verehren den weitgereisten Charmeur, der einen ganzen Salon zu unterhalten versteht. Unmittelbar vor dem Wiener Kongress wird de Ligne allerdings vom belgischen König seiner offiziellen Ämter enthoben. Damit fallen auch die Geldströme aus. Darüber hinaus ist es ein Affront und eine Peinlichkeit. Seine letzte große Leistung besteht darin, dass er seinen Absturz in die politische Bedeutungslosigkeit vor Wien und dem Wiener Kongress inklusive Metternich mit seinen vieltausend Spionen verheimlichen kann. Bis zu seinem Ende findet niemand heraus, dass de Ligne keine offiziellen Ämter und keinen Botschafterposten mehr bekleidet, sondern Privatmann ist. Metternich weiß natürlich von den speziellen Vorlieben des Fürsten, er kennt dessen unersättlichen Appetit. Ob er nicht Lust habe, eine Landpartie nach Mödling zu machen. Eine kleine, feine Runde ausgewählter Herren. Diskrete Damen. Nicht billig das Ganze, vor allem die Damen. Aber bestimmt ganz nach Ihrem Geschmack, mein lieber Fürst, raffiniert sind die Weiber, sauber und gesund. De Ligne muss blitzschnell reagieren. Ihm fehlen die Mittel für eine Teilnahme an einer Vergnügung dieser Art. Also erfindet er eine Ausrede, die so grotesk ist, dass man sie ihm einfach glauben muss: Er könne die liebenswürdige Einladung leider nicht annehmen, er habe sich nämlich verliebt, in ein junges Ding, dem er treu ergeben sei, er wolle sich im Moment ein intimes Verhältnis mit irgendeiner anderen Dame überhaupt nicht vorstellen, wünsche aber selbstverständlich allen viel Vergnügen. Metternich ist verwundert. Er mustert de Ligne, schaut sich um, sieht die vielen prächtig gekleideten Damen, und fragt de Ligne, wie ihm denn der Kongress gefalle. Nun, antwortet de Ligne, le congrès danse beaucoup, mais il ne marche pas, ein Ausspruch, der Berühmtheit erlangen wird und den man mit „auf dem Kongress wird zwar viel getanzt, aber es bewegt sich trotzdem nichts" übersetzen kann. Jedenfalls gelingt es de Ligne bis zu seinem Tod, Metternich und dem ganzen Kongress zu verheimlichen, dass er weder reich noch Botschafter ist. Eine Meisterleistung selbst in Wien, wo der Schein das Sein ständig übertrumpft. De Ligne hat allerdings auf seine Leidenschaft für ständig wechselnde Frauen nicht verzichtet. Statt teure Grabenhuren mietet er jetzt die billigeren Vorstadtmädel. Und verliebt sich, der alte Tropf, doch tatsächlich in eine dieser Nutten. Sie machen ein Treffen aus, heimlich natürlich, niemand darf von der neuen Leidenschaft des Fürsten wissen. Im Winter, es schneit. Er wartet. Wartet auf sie. Stundenlang. Aber sie kommt nicht. Er wartet trotzdem. In der Eiseskälte. Er wartet und wartet. Und erfriert, 79-jährig, im Schnee.

WIE HORSTS SCHNELLSTER AUFRISS ZU LIEBE WURDE.

Carls Geschichte hatte alle amüsiert, worauf Andreas meinte, er wolle jetzt aber wieder in die Gegenwart zurückkehren oder immerhin in die jüngere Vergangenheit, und zwar ins Titanic, das zwischen der Mariahilfer und der Gumpendorfer Straße im sechsten Wiener Gemeindebezirk, also in Mariahilf, liegt und von sich selber behauptet, Ort nie endender Feste zu sein. Seine Geschichte sei mit Garantie die kürzeste aller bisher erzählten, sagte Andreas, denn sie handle von Horst, der dort jede Nacht verbrachte. Aber heißt es nicht, fügte Andreas hinzu, dass ein langes Glück allein schon wegen seiner Dauer an Kraft verliert. Jedenfalls war Horst dafür bekannt, dass er seine Aufrisse rasch zu erledigen verstand, und weil er die Damen häufiger wechselte als seine Unterhosen, kam es, dass er nach mehreren Jahren dieser Art des Lebens Damen, mit denen er schon irgendwann im Bett gewesen war, anbaggerte, als ob man sich nicht kenne. Horsts Ruf war nicht der beste. Es gab Leute, die behaupteten, er habe seine Mutterproblematik nie bewältigt. Andere glaubten, er hasse Frauen. Er selber bezeichnete sich als überzeugten

Sadisten, und er machte auch kein Geheimnis daraus. Bei all seiner kühl überlegenen Härte gab es doch eine Geschichte, die ihn jedes Mal ergriff. Mein schnellster Aufriss, pflegte er zu sagen, hat sich wider alles Erwarten in eine große – eine Herzensliebe verwandelt. Jedenfalls war Horst eines Nachts wieder im Titanic. Dichtes Gedränge herrschte in den vielen Räumen, aber kaum hatte er die hinterste, intimste Tanzfläche erreicht, erblickte er seinen lebendig gewordenen Traum, eine wohlproportionierte Dame mit leuchtend rotem Haar, das ihr bis auf den Hintern fiel. Sie bewegte sich zur Musik wie eine Göttin, und sie trug ein Kleid, das ihre Weiblichkeit aufs Schönste betonte. Ohne auch nur einen Moment zu überlegen stand Horst neben ihr. Was führt dich heute allein hierher?, fragte er sie. Ich habe mich gerade von meinen Freund getrennt. Was hat er denn falsch gemacht? Er war immer viel zu lieb zu mir. Das kann dir mit mir nicht passieren. Bei mir werden Frauen angekettet und ausgepeitscht. Worauf sie ihren Arm um ihn legte, ihren Kopf an seine Schulter schmiegte, ihre Brüste an seinen Oberarm drückte und mit süßem Lächeln und doppeltem Augenaufschlag meinte: Ja? Wirklich? Zehn Minuten später fragte sie, ob er sie jetzt endlich zu sich nach Hause nehme. Als echter Sadist sagte er natürlich nein. Trotzdem ist daraus eine wunderschöne Liebesgeschichte geworden, und die beiden waren sich fast ein ganzes Jahr lang treu.

WIE FRAU DR. HOFMANN IN DIE HERRENTOILETTE GELANGTE.

Die Erzählung von Andreas brachte die Gesellschaft zum Schmunzeln. Aber jetzt war Maria Luisa dran. Frau Dr. Hofmann, begann sie, kniete auf dem gekachelten Boden der Männertoilette einer bekannten Innenstadtbar. Sie starrte verklärt auf drei Körperteile, die sich ihr rot und wie zornentbrannt entgegen streckten. Sie wusste, was von ihr erwartet wurde, und sie wusste auch, dass sie ihren Entschluss, mit dem Mann zu brechen, der zu ihrer Rechten stand und gerade auch seine Hose öffnete, wieder nicht durchziehen würde. Verflucht, dachte sie, wieso gelingt es dem Kerl immer wieder, mich in Situationen zu bringen, denen ich nicht widerstehen kann? Frau Dr. Hofmann hatte sich im Laufe der letzten zehn Jahre unzählige Male geschworen, die Affäre zu beenden. Ebenso oft war sie reumütig zu ihm zurückgekehrt und hatte ihn angefleht, sie für seine perversen Inszenierungen zu benützen. Frau Dr. Hofmann war eine gebildete Frau, und den Titel, den sie trug, hatte sie nicht etwa geheiratet, sondern selber erworben. Sie war verheiratet, hatte zwei Kinder und stand mit beiden Beinen fest im Berufsleben, wo sie von ihren Vorgesetzten geschätzt und von ihren Mitarbeitern durchaus auch gefürchtet wurde. Während ihr die vier Männer ihre Erektionen ins Gesicht streckten, dachte Frau Dr. Hofmann wieder einmal daran, wie alles begonnen hatte. Dabei musste sie lächeln. Am Anfang war ein langer Artikel in der Tageszeitung „Die Presse“ gestanden. In diesem Artikel hatte der Autor seine ausufernden Recherchen in der Welt der Kontaktannoncen beschrieben, er hatte von seinen zahllosen Selbstversuchen erzählt und dabei ein Bild von sich gezeichnet, das auf eher ungewöhnliche sexuelle Vorlieben schließen ließ, und den Artikel mit der Bemerkung abgeschlossen, dass er trotz seiner steten Bemühungen immer noch Single sei und sich freue, von interessierten Damen kontaktiert zu werden. Frau Dr. Hofmann hatte den Bericht mit großem Interesse gelesen, sie bewunderte den Mut des Autors und die Offenheit, mit der er seine Wünsche und Sehnsüchte beschrieb. Sie archivierte den Artikel und vergaß ihn nach einer Weile, weil sie mit anderem beschäftigt war, insbesondere mit den Vorbereitungen ihrer unmittelbar bevorstehenden Hochzeit. Es wurde ein wunderbares Fest. Sie liebte ihren Mann, und es war ihnen beiden klar, dass sie bald Kinder haben würden. Ungefähr zwei Monate nach der Hochzeit saßen sie und ihr Mann vor dem Fernseher und schauten sich eine Folge des „Club 2“ an. Das Thema dieser Diskussionssendung: Kontaktanzeigen. Der Moderator erklärte, dass die vor einiger Zeit in der „Presse“ veröffentlichte Geschichte zu diesem Thema einiges Aufsehen erregte habe. Man wolle heute das Thema diskutieren. Zu den Gästen zählte natürlich der Autor des Artikels. Als Frau Dr. Hofmann den schmalen, blassen Mann sah, der eine Brille trug und gewählt und witzig zu reden verstand, fühlte sie einen Stich durch ihren Unterleib fahren, dem eine unglaubliche Hitzewelle folgte. Sie wusste, dass sie ihn kennenlernen musste, sie wusste aber auch, dass sie sich damit in Gefahr begab. Zwei Monate lang zögerte sie, dann gab sie ihre letzten Widerstände auf. Sie schrieb dem Autor via Zeitung einen Brief, in dem sie erklärte, wie sehr sie sein Bericht und sein Auftreten im „Club 2" fasziniert habe und dass sie ihn gerne treffen möchte. Sie legte die Telefonnummer ihres Büros bei und bat ihn, während der Geschäftsstunden anzurufen. Zwei Tage später hatte sie ihn am Apparat. Am folgenden Tag trafen sie sich im Café Prückel. Sie verstanden sich auf Anhieb glänzend. Der junge Mann war auf angenehme Weise zurückhaltend, er bedrängte sie nicht im Geringsten, im Gegenteil, am Ende war sie es, die ihn umarmte und küsste und meinte, sie wolle ihn unbedingt wiedersehen, bald, und in einem privateren Rahmen, vielleicht bei ihm zu Hause, wenn er nichts dagegen habe. Er hatte nichts dagegen. Bevor sie sich trennten, meinte sie noch, sie müsse ihm etwas gestehen. Sie sei seit zwei Monaten verheiratet. Ob ihn das störe. Der junge Mann antwortete, dass ihn das nicht im Geringsten störe, im Gegenteil, er sei mit einer Rolle als ihr Geliebter mehr als zufrieden. Fortan trafen sie sich regelmäßig ein bis zwei Mal pro Woche, auch während ihrer Schwangerschaften und während der Monate, da sie ihre Kinder stillte. Ihr Mann hat nie herausgefunden, dass sie ihn während der gesamten Ehe ständig mit dem immer gleichen Mann betrog. Und nicht nur mit ihm, sondern mit zahllosen anderen Männern, welche ihr Geliebter ihr zuführte. Er war nämlich, wie er ihr schon bei ihrem ersten Treffen erzählt hatte, ein unverbesserlicher Voyeur und liebte es, zuzusehen, wie sie von anderen Männern benützt wurde. Sie versetzte dieser anonyme Sex jedes Mal in eine Raserei, die sie sich nicht zu erklären vermochte und auch seit Jahren nicht mehr zu erklären versuchte. An diesem Abend war sie wieder in eine dieser Situationen geraten. Sie hatte sich mit ihrem Freund in der bekannten Bar getroffen. Ihr Mann, den sie übrigens noch immer wirklich liebte und schätzte, und der ihr ein unerschütterliches Vertrauen entgegenbrachte, nahm an, sie sei bei einer Freundin. An diesem Abend war in der Bar ungewöhnlich wenig los. Sie und ihr Freund standen am einen Ende des langen Tresens und unterhielten sich mit dem Barkeeper, der sich langweilte, weil nichts zu tun war. Am anderen Ende standen drei Männer, Geschäftsleute offenbar, die sich angeregt unterhielten. Der Barkeeper erzählte, dass er dabei sei, einen neuen Drink zu kreieren. Ob sie Lust hätten, ihn zu verkosten? Er gab Tequila, Crème de Cacao, Sahne und einen Spritzer Grenadine mit einigen Eiswürfeln in einen Shaker und schüttelte kräftig. Dann seihte er die Mischung durch ein Barsieb in drei Cocktailschalen, streute ein wenig Zimt darauf und servierte die Drinks. Wie soll ich ihn nennen, fragte er. Frau Dr. Hofmann schlug „Silk Stockings" vor. Dem Barkeeper gefiel der Name. Frau Dr. Hofmann schielte zu den drei Männern hinüber. Sie spürte den bekannten Stich im Bauch. Sie schielte wieder und wieder hinüber, und natürlich blieb das ihrem Begleiter nicht lange verborgen. Er bat den Barkeeper, Frau Dr. Hofmann so lange zu unterhalten, bis er wieder hier sei, und stellte sich zu den drei Männern. Denen war die schöne, aufreizend gekleidete Dame am anderen Ende des schmalen Raums längst aufgefallen. Frau Dr. Hofmanns Begleiter schlug den Männern vor, auf der Herrentoilette eine kleine Orgie zu feiern. Als sie merkten, dass es nicht um Prostitution ging, waren die drei Herren sofort einverstanden. So kam es, dass kurz danach ihr Begleiter und die drei Herren um die kniende Frau Dr. Hofmann herumstanden. Sie hatte sich bis auf ihre Seidenstrümpfe ausgezogen und wusste, dass ihr wieder ein paar memorable Momente blühten. Das schlechte Gewissen, das sie ihrem Mann gegenüber empfand und das sie des Öfteren veranlasste, ernsthaft an eine Trennung von ihrem Liebhaber zu denken, hatte sich an irgendeinen unsichtbaren Ort zurückgezogen. Sie wusste, dass man sie wie eine billige Nutte benützen und besudeln würde. Das machte sie einfach nur glücklich.

WIE EIN AUTOSTOPP AUF DER HÖHENSTRASSE UNVERHOFFTE FOLGEN MIT SICH BRINGT.

Die Erzählung von Maria Luisa löste einige Verwunderung und etwaiges Kopfschütteln aus, aber bevor Kommentare laut werden konnten, fing Emma mit ihrer Geschichte an: Die Ursprünge der Höhenstraße gehen auf die Jahre 1904 und 1905 zurück, als der Wiener Bürgermeister Karl Lueger in einem Erlass bestimmte, dass auf die Anlage einer aussichtsreichen, mit Baumreihen versehenen Hochstraße Bedacht zu nehmen sei, die von den Wienerwaldhöhen einen schönen Blick auf die Stadt bieten solle. Bald danach beschloss der Wiener Gemeinderat den Bau einer Höhenstraße. Es dauerte allerdings ein paar Jahrzehnte, bis die Höhenstraße fertiggestellt war, und weil die letzte Bauphase in die Zeit des Nationalsozialismus fiel, hört man in Wien oft, die Höhenstraße sei ein Naziwerk. Tatsächlich ist sie eher dem Ständestaat und Dollfuß zuzuordnen, und so führt denn auch ein schöner Teil der Straße außerhalb der Wiener Stadtgrenze über niederösterreichisches Gebiet. Der 17-jährige Gymnasiast Frederick wusste das, als er eine schöne Weile nach dem Ende des Großen Krieges in den Mercedes eines um etliche

Jahre älteren Bekannten stieg, um mit ihm einen Ausflug durch die Heurigen entlang der Höhenstraße zu unternehmen. Der Bekannte hatte das Automobil von seinem Vater zum zwanzigsten Geburtstag geschenkt bekommen. Er war exakt das, was man sich unter einem Schnösel vorzustellen beliebt. Den Gymnasiasten Frederick hatte er eingeladen, weil dieser ein ausnehmend hübscher Bursche und offenbar auch Avancen des männlichen Geschlechts gegenüber durchaus offen war. Sie brausten die Serpentinen hinauf zum Leopoldsberg und hinüber zum Kahlenberg, wo sie auf eine Gruppe von Jugendlichen stießen, die mit reichlich Alkohol ausgestattet auf einer Wiese ein Fest feierten. Unter den Jugendlichen waren auch ein paar Bekannte des Gymnasiasten Frederick. Man begrüßte sich, lachte, trank und tobte herum, bis die Sonne schon längst hinter dem Horizont versunken war und der volle Mond über der Wiese stand. Als alle Doppler leergetrunken waren, beschlossen die Jugendlichen, weiterzuziehen. Die einen wollten zum Häuserl am Stoan, die nächsten zum Häuserl am Roan und die Dritten schließlich zum Grüaß di a Gott Wirt, und so kam es, dass der Gymnasiast Frederick unversehens mit einem anderen jungen Burschen allein auf der Straße stand – der Mercedesfahrer hatte sich schon vor längerer Zeit unbemerkt aus dem Staub gemacht, weil er auf der Wiese einen gleichaltrigen Liebhaber angetroffen hatte, mit dem er noch einiges zu erledigen gedachte. So standen denn der Gymnasiast Frederick und sein Begleiter allein auf der Höhenstraße und überlegten, wie sie in die Stadt kommen könnten, als neben ihnen ein Auto hielt. Darin saß ein Paar mittleren Alters. Der Mann fragte die Burschen, ob sie mitfahren wollten. Die Burschen waren einverstanden. Zu ihrer Verblüffung setzte sich die Frau mit dem Gymnasiasten Frederick auf die hintere Bank, während der andere Bursche neben dem Fahrer Platz nehmen musste. Kaum war das Auto losgefahren, legte die Frau auch schon eine Hand auf einen Schenkel des Gymnasiasten Frederick. Der war zuerst verblüfft, dann erregt. Schon waren die beiden wild am Knutschen. Der andere Bursche hatte sich umgedreht und schaute interessiert zu, und auch der Fahrer warf immer wieder Blicke in den Rückspiegel, um möglichst wenig zu verpassen. Als er noch einen Schlummertrunk im trauten Heim vorschlug, waren die Burschen sofort einverstanden. Schließlich hielt man vor einem Haus an der Waaggasse im vierten Bezirk. Die Wohnung des Paars glich einem Studio und bestand im Wesentlichen aus einem offenen Raum, in dessen Mitte ein großes Bett stand, auf das sich die Frau sofort legte. Frederick folgte ihr. Der Gatte und der andere Junge nahmen in Fauteuils Platz. Die Frau gefiel dem Gymnasiasten Frederick. Sie war zwar mindestens zwanzig Jahre älter als er, aber sie sah gut aus und trug aufregende Dessous: eine schwarze Büstenhebe, Strapse, Strümpfe und einen schwarzen Schlüpfer, der im Schritt offen war. Der Gymnasiast Frederick hatte das Gefühl, gestorben und im Himmel angekommen zu sein. Er entledigte sich hastig seiner Kleider. Der Gatte und der Bursche plauderten miteinander, als sei es die normalste Sache der Welt, dass es in unmittelbarer Nähe ein Paar zusammen trieb. Der Gymnasiast Frederick und die Frau rammelten, und weil er jung und bei vollen Kräften war, rammelten sie mehrmals, bis der Gymnasiast Frederick so erschöpft war, dass er einschlief. Er wusste nicht, wie lange er geschlafen hatte, aber als er aufwachte, sah er, dass die Frau immer noch neben ihm lag, und dass sein Kamerad es ihr heftig besorgte. Der Gatte saß unverändert ein paar Meter entfernt und schaute dem Treiben zu. Als die Frau merkte, dass der Gymnasiast Frederick wach war, fragte sie, ob er nicht mitmachen wolle. Frederick ließ sich nicht zweimal bitten, und so brachten er und sein Freund die Frau noch oft zum Jubeln. Erst gegen Mittag kam der Dreier zu seinem Ende. Die Burschen zogen sich an und verabschiedeten sich, nicht ohne zu fragen, ob man sich vielleicht wieder einmal treffen könne. Der Gatte lehnte ab. Bestimmt, aber höflich erklärte er ihnen, dass er seine Frau nur Fremden überlasse. Als die Burschen wieder auf der Waaggasse standen, beglückwünschten sie sich. Für mich, sagte der Bursche zum Gymnasiasten Frederick, war es das erste Mal. Für mich auch, entgegnete Frederick.

WIE EIN ABEND IM DONAUTURM ENDEN KANN.

Emmas Geschichte wurde von allen sehr gelobt, dann erteilte man Rudi das Wort: Sabrina war nach Wien gekommen, um zu studieren. Weil sie eine Schönheit war, hatte sie natürlich viele Verehrer, die alles unternahmen, um ihr Herz zu gewinnen. Einer hieß Bobby, und er hatte versprochen, ihr nicht nur sein Herz, sondern die ganze Stadt zu Füßen zu legen. So trafen sie sich eines Abends am Donauturm. Sabrina war ein wenig auffällig gekleidet, sie hatte sich nachmittags eine hellblaue Seidenbluse gekauft, deren obere Knöpfe sie offen ließ. Dazu trug sie einen schwarzen Rock, der bis zum halben Oberschenkel reichte, und darüber eine schwarze Kostümjacke. Schwarze, hochhackige und mit Glasperlen besetzte Sandalen vervollständigten das Bild. Auf Strümpfe oder Unterwäsche hatte sie verzichtet. Mit dem Lift ließen sich die beiden hinauftragen. Der Ausblick war wirklich nicht schlecht, und Bobby wies Sabrina auf Sehenswürdigkeiten hin, während sich das Restaurant langsam um seine Achse drehte. Sie tranken Wein, sie plauderten und schauten immer wieder hinab auf die Stadt. Plötzlich gerieten sie in einen bösen Streit, bei dem es zuerst um Politik und dann um Lebensauffassungen im Allgemeinen und ihre Beziehung im Besonderen ging. Auf dem Höhepunkt des Streites stand Bobby auf, warf Geld auf den Tisch und verließ das Lokal. Sabrina zog kurz in Erwägung, ihm nachzulaufen. Stattdessen bestellte sie noch ein Glas Wein. „Verzeihung, schöne Frau, wenn ich störe. Darf ich mich zu Ihnen setzen?“ Ein Mann stand mit zwei Gläsern vor ihr. Er trug schwarze Jeans und italienische Schuhe und ein dunkelbraunes Hemd. Sabrina nickte. Seine Augen waren graubraun, sein Haar dunkel mit ein paar grauen Strähnen. Er hob sein Glas. „Zum Wohl. Habe ich den richtigen Wein gewählt?“ Sie nickte. Der Mann setzte sich. Sie plauderten und tranken. Die Zeit rann dahin. Sabrina genoss das Gespräch und den Wein. Als seine Hand ihren nackten Schenkel berührte, durchzuckte es sie, als wäre sie elektrisch aufgeladen. Sie kannte diesen Moment und sie kannte ihren Körper. Es begann gefährlich zu werden. „Gefallen dir meine Beine?“, fragte sie. Nach Mitternacht wies der Kellner auf die Sperrstunde hin. Es waren außer ihnen nur noch zwei Herren im Lokal. Ihr Begleiter bezahlte, sie fuhren hinab, draußen war es kühl und feucht und es roch nach Wasser und Pflanzen und nach Frühling. Der Wind hatte sich gelegt. Sie schlenderten nebeneinander durch den Donaupark zur Donau hinüber. Nachdem Sabrina in der Dunkelheit dreimal gestolpert war, schlüpfte sie aus ihren Sandalen. Ihr Begleiter schaute ihr schweigend zu, aber sie sah seine Augen und spürte seinen schweren Atem. Weiter gingen sie durch die Dunkelheit, keiner sprach ein Wort. Vor ihnen tauchte eine Parkbank auf. Sabrina blieb stehen, stützte sich auf die Lehne und schaute hinüber zur Stadt. Ihr Begleiter kam näher heran. Seine Hände legte er auf ihre Oberarme, seine Wange an ihr Haar. Immer noch kein Wort. Sie lehnte sich etwas zurück und an ihn. Er küsste ihr Haar, dann ihre Wange, seine Zunge glitt in ihre Ohrmuschel, dann über die Halsbeuge auf die Schulter. Seine Hand schob die Kostümjacke weg und den Kragen ihrer Bluse. Sie ließ die Lehne los und legte ihre Hände nach hinten, auf seine Oberschenkel. Seine Hand drehte ihren Kopf, dann fanden sich ihre Lippen. Der Kuss begann vorsichtig, tastend, langsam. Aber er dauerte an und sie merkte, wie Feuchtigkeit in ihre Möse schoss. Seine Hände wurden fordernder. Sie stöhnte auf, als seine Finger ihre Brüste durch die Bluse massierten, und sie erzitterte, als er ihre steinharten Warzen streichelte. Sie wollte es. Jetzt! Hier! „Wenn jemand kommt?", flüsterte ihr Begleiter. „Egal." „Wenn die zwei Kerle von der Bar uns gefolgt sind, Sabrina?" Sie lächelte, seine Hände umschlossen noch immer ihre Brüste. „Dann musst du mich entweder verteidigen oder zusehen, was sie mit mir machen, mein Großer." Immer noch zögerte er. Sie verlor die Geduld. Sie war bereit. Mit einer Drehung löste sie sich von ihm und stieg auf die Bank. Die Kostümjacke glitt an ihr herab, die Bluse. Ihr Begleiter stand regungslos. Sie griff nach hinten, öffnete den Verschluss ihres Rocks und stieg heraus. Vollkommen nackt stand sie vor ihm, spürte die kühle Luft, spürte die Feuchtigkeit zwischen ihren Beinen. Sie wollte genommen werden, stieg von der Bank, drehte ihm den Rücken zu, legte die Hände auf die Lehne, spreizte weit ihre Beine und stellte sich auf Zehenspitzen. Über die Schulter hinweg warf sie ihm einladende Blicke zu. Er rührte sich immer noch nicht. Da bemerkte sie, dass sein Gesicht einer Baumgruppe zugewandt war. Dort standen zwei Gestalten. Sabrina wusste nicht, wie lange das Schweigen andauerte, aber sie merkte, dass in diesem Moment wieder die dunkle Lust in ihr hochwallte. Dieser süße, scharlachrote Wahnsinn, der Schmerz in Lust, Erniedrigung in Ekstase und Begehren in Wollust verwandelt. Ihre Stimme war leise, fast ein Flüstern, und es war, als hörte sie sich selber von irgendwo weit weg: „Also, die Herren. Wer will beginnen?“

Die Damen, die Rudi zugehört hatten, wirkten, als habe die Geschichte in ihnen geheime Saiten zum Klingen gebracht. Sittsame Röte überflog ihre Wangen. Sie blickten einander verstohlen an, um gleich in lautes Gelächter auszubrechen, als verspotteten sie damit den Erzähler, und lachten doch mehr über ihre eigene lüsterne Scham. Inzwischen war es schon fast Abend geworden. Die Vögel begannen ihr Konzert. Man kam überein, den Tag trotz oder dank seiner vielen Frivolitäten gemeinsam ausklingen zu lassen. Es war wieder Carl, der vorschlug, auf seinem

Zimmer weiterzufeiern und eine Flasche Armagnac zu verkosten, die er vor langer, langer Zeit mit seinem ersten Gehalt gekauft habe. Andreas meinte, jeder Schluck, ja bloßes Nippen müsse ein Vermögen kosten. Elsa kicherte. Geld spielt beim Herrn Professor nun wirklich keine Rolle, erklärte sie, er kann sehr großzügig sein. Carl schaute Elsa mit so strengem Blick an, dass sie sichtlich in sich zusammenfiel, aber Andreas entspannte die Lage sofort, indem er meinte, solang er alten Armagnac kredenze, verzeihe man ihm alles. Vorher allerdings müsse er darauf bestehen, dass man noch ein schönes Lied singe, zum Beispiel das berühmte „Wien, Wien, nur du allein / Sollst stets die Stadt meiner Träume sein". Als das Lied ausgesungen war, schlenderte man gemeinsam zu Carl. Diesmal ging die Gesellschaft erst nach Mitternacht auseinander.

NEUNTER TAG

ES BEGINNT
DER NEUNTE TAG
DES WIENER DEKAMERON,
AN WELCHEM UNTER
NORAS HERRSCHAFT
JEDER VON UNSICHEREN
VERHÄLTNISSEN ERZÄHLT.

Die Sonne schien, und es war warm. Warm genug jedenfalls, um sich wieder in den Garten hinauszuwagen. Wie gut die Sonne doch den alten Knochen tut, meinte Edeltraud. Die anderen gaben ihr Recht. Sie wirkten ein wenig angeschlagen, müde fast, dass man gar meinen konnte, in dieser Nacht hätten sich ein paar Heimlichkeiten ereignet, die man mit nicht ganz echt wirkender Gelassenheit zu überspielen versuchte. Vor allem Andreas, Rudi und Maria Luisa mussten sich alle Mühe geben, immer wieder ein Kichern zu unterdrücken, das auf ein Geheimnis schließen ließ, welches die drei miteinander verband. Einem geschulten Beobachter wäre allerdings aufgefallen, dass die Wellen verschämter Heimlichkeiten bis zu Emma und Olga reichten, und er hätte auch gesehen, dass Dorothee und Edeltraud Arm in Arm zum Brunnen geschlendert waren und dann dicht nebeneinander saßen und wie Schulmädchen miteinander flüsterten und kicherten. Nora erwartete die Gesellschaft auf dem Platz neben dem Brunnen. Sie hatte aus den Wiesenblumen, die in bunter Pracht die Rasenfläche umrandeten, hübsche kleine Kränze geflochten, von denen sie nun jedem einen aufs Haupt setzte. Ich habe keinen Cognac und keinen Portwein und keinen Champagner anzubieten, sagte sie, sondern nur diese Blumenkränze. Ich möchte, dass ihr sie als ein Zeichen annehmt, nämlich als ein Zeichen der Zuversicht, dass uns der Tod nichts antun kann. Sollte er uns befallen, so fände er uns in voller Heiterkeit, obwohl wir in unglaublich unsicheren Verhältnissen leben. Aber vielleicht seien es ja gerade diese unsicheren Verhältnisse, meinte Nora weiter, die eine dauerhafte Fröhlichkeit erst ermöglichten. Sie möchte deshalb Geschichten hören, die von diesem seltsamen Widerspruch berichten. Ob sie Olga bitten dürfe zu beginnen? Die anderen waren gerührt. Sie versicherten Nora, dass es niemandem um Cognac oder sonstwelchen Alkohol gehe, sondern nur um das einzigartige Erlebnis ihrer gemeinschaftlichen Unternehmungen. Am Anfang, sagte Carl, haben wir über Dorothees Idee im besten Fall gelacht, im schlimmeren hätten wir sie am liebsten aus der Pension verjagt. Inzwischen allerdings … Dorothee unterbrach ihn. Er möge sich die Sentimentalitäten sparen. Viel lieber wolle sie jetzt hören, was Olga zu erzählen habe. Die anderen unterstützten sie, und so begann Olga mit ihrer Geschichte.

WIE KARLI SEINE KONTRAGITARRE ZUM VERHÄNGNIS WURDE.

Olga eröffnete ihren Vortrag, indem sie einen Zettel aus ihrer Handtasche zog, Andreas für die Hintergrundinformationen dankte, die er ihr diktiert habe, und vorlas: „1852 regelte die k.u.k. Nö Statthalterei das Volkssängerwesen. Zur Erlangung einer – nur einjährigen – Lizenz waren Unbescholtenheit und musikalische und sonstige Bildung Voraussetzung. Das Mindestalter für den Leiter eines Ensembles war dreißig, für Mitglieder zwanzig Jahre. Es durften nicht mehr als vier Personen und (offiziell bis 1871) keine Frauen mitwirken. Texte und Benehmen wurden behördlich überprüft. Populäre Interpreten wie Johann Fürst, Edmund Guschelbauer, Carl Lorens oder Josef Matras traten in Lokalen und Singspielhallen auf. Volkssängerinnen wie die „Fiaker-Milli" Emilie Turecek-Pemer, Antonie Mannsfeld oder Fanny Hornischer waren beim Publikum äußerst beliebt. Auch Opernsänger und Schauspieler wie Alexander Girardi oder Hermann Leopoldi widmeten sich dem Wienerlied. Bekannte Autoren waren Wilhelm Wiesberg (‚Das hat ka Göthe gschriebn') oder Carl Lorens (‚Die Weana Gemütlichkeit stirbt niemals aus') und Gustav Pick mit seinem Fiakerlied (,I führ zwa harbe Rappen'). In der Zwischenkriegszeit, speziell zur Zeit der Weltwirtschaftskrise, manifestierte sich auch im Wienerlied die sentimentale Sehnsucht nach der Belle Epoque vor 1914. Vom „Wienerlied" gibt es zahlreiche Parodien und Persiflagen. Gerhard Bronner (,Die alte Engelmacherin'), Peter Wehle (,Steh auf, liebes Wien'), Helmut Qualtinger, Hermann Leopoldi und Georg Kreisler (,Der Tod muss ein Wiener sein') verwendeten die Form des Wienerlieds auch als Kabarettlied. Die bei Eduard Kremser zitierten typischen Instrumente haben ihren Ursprung bei den Linzer Geigern, die zwei Geigen und eine kleine Bassgeige (,Bassettl') verwendeten. Im Stich ,Herumziehende Musikanten in Wien' von Opitz (Ende des 18. Jahrhunderts) sind zwei Geiger, ein Harfenist und ein Fagottist im Quartett gezeichnet. Um 1850 ersetzte die eben erfundene Kontragitarre die unhandliche Harfe, und der Klarinettist Georg Dänzer im Schrammel-Quartett spielte ab 1884 die hohe G-Klarinette (das ,picksüße Hölzl') zu dieser und den zwei Geigen. Später wechselte man die (mittlerweile unbeliebte) Klarinette gegen die ab 1882 gebaute Schrammelharmonika aus, die in hohen Lagen einen ähnlichen Klang besaß. Daraus entwickelte sich das sogenannte Packl, ein Duo aus Kontragitarre und Schrammelharmonika." Olga faltete das Papier sorgfältig zusammen und steckte es in ihre Handtasche zurück. Das Wienerlied, sagte sie, verbreitet Gemütlichkeit, enthält schwarzen Humor und Spott, und so handelt meine Geschichte von einem Karli, der Kontragitarrist in verschiedenen Schrammelensembles war. Er spielte mit wechselnden Partnern in Gasthäusern, die Volksmusik pflegten, und natürlich in Heurigen, so verdiente er sich damit ein nettes Zubrot, das ihm wohl zustatten kam, Karli war nämlich mit Hilde verheiratet. Die beiden hatten drei halbwüchsige Kinder, und mit seinem Beruf als kleiner Beamter der Stadt Wien vermochte er die hungrigen Mäuler kaum zu stopfen, weshalb ihm Hilde erlaubte, dreimal pro Woche im Augustinerkeller, im Sepperlbeisl, im Weingut Zimmermann oder irgendeinem anderen einschlägigen Lokal aufzuspielen, und sie akzeptierte, dass er jeweils erst nach Mitternacht nach Hause kam. Karli liebte seine Hilde, aber er war auch ein Halodri, er schaute gern anderen Röcken nach und war kein Kostverächter, vor kurzem zum Beispiel hatte er bei einem Heurigen Fanni kennengelernt, und Fanni verstand es, ihn heiß zu machen. Wie sie ihn anschmachtete, wie sie mit ihren Wimpern klimperte und wie sie den Busen zwischen den Oberarmen zusammendrückte, wenn sie ihn bat, noch und noch ein Lied zu spielen ... Jedenfalls konnte er ihr nicht lange widerstehen, und so beschlossen die beiden, einen gemütlichen Abend zu zweit zu genießen. Karli machte sich nach der Büroarbeit fein, um auszugehen, das fiel nicht weiter auf, weil er sich immer fein machte, wenn er ausging, da er nicht verschwitzt oder abgerissen auftreten wollte, es werde bestimmt nach Mitternacht werden, rief er seiner Hilde noch zu, packte seinen Gitarrenkasten und verließ beschwingt das Haus. Der Abend wurde zum vollen Erfolg, und Fanni entließ ihn erst spät aus dem Bett, hastig wusch Karli allzu offensichtliche Spuren weg, packte seinen Gitarrenkasten, eilte nach Hause und schlich leise in die Wohnung, um Hilde nicht zu wecken, zog die Schuhe aus und tappte auf Socken ins Schlafzimmer. Licht brannte. Im Bett lag nicht Hilde, sondern seine Gitarre. Er war mit leerem Kasten unterwegs gewesen. Zu offensichtlich war der Betrug, und die dazugehörende Szene folgte auf dem Fuß. Wenn man Karli danach in einem Heurigen hörte, so konnte man sich des Eindrucks nicht erwehren, dass sein Spiel eine Spur melancholischer geworden war, schluchzender oder, wie seine Bewunderer meinten, noch wienerischer als zuvor.

WAS IM GEMEINDEBAU ALLES VERBORGEN SEIN KANN.

Alle lachten herzlich, als Olga ihre Geschichte beendet hatte. Dann wandten sie sich Nora zu, die sich nicht lange bitten ließ. Poldi lebt ihm Gemeindebau, erzählte sie. Jahrelang hat er gewartet, bis er endlich die Wohnung erhielt. Zimmer, Küche, Kabinett. Klein natürlich. Aber günstig. Sehr günstig sogar. Er kann sich nicht vorstellen, jemals wieder wegzuziehen. Wohin auch? In eine Obdachlosenunterkunft? Unter die Brücke vielleicht? Ist Poldi also glücklich? Nein. Im Gegenteil. Er ist mit seinen Nerven am Ende. Eine Verschwörung sei das, erklärt er jedem. Eine Gemeinheit. Eine Schande. Es gehe seit Jahren. Seit Jahren gehe das so. Alles ist ruhig, wenn er die Untragbarkeit der Zustände beweisen will. Sonst aber nie. Niemand glaubt ihm. Niemand nimmt ihn ernst. Wenn er die Polizei rufe, wird er ausgelacht. Fünfmal war die Polizei bei ihm. Fünfmal war es totenstill. Für die Polizei ist Poldi ein Querulant. Eine paranoide Schießbudenfigur. Dabei hat er allen Grund, verrückt zu werden. Wenn es nämlich anfängt, dann hört es so schnell nicht mehr auf. Dann geht das weiter. Stundenlang geht das weiter.

Stundenlang. Das dringt ins Gehör. Das hämmert im Hirn. Das quält und foltert. Das füllt den ganzen Körper aus. Bis er in den Wahnsinn getrieben ist. Wenn er sich an den Wahnsinn gewöhnt hat, bricht es plötzlich ab. Dann ist es still. Mucksmäuschenstill. Dass ihm die Trommelfelle aus den Ohren zu quellen drohen. Weil er die Stille nicht aushält. Weil er irgendetwas hören will. Irgendeinen Schrei. Irgendein Weinen. Irgendeine Entsetzlichkeit. Diese verdammte Stille. Irgendeinen schönen, richtigen, lauten Klang. Aber nein. Jetzt bleibt es natürlich still. Nur die normalen Geräusche eines Mietshauses. Das Schlagen von Türen. Das Klappern von Töpfen. Das Scheppern der Mülleimer. Das Gurgeln in den Abwasserrohren. Das Ächzen des Spannbetons. Wie in jedem Gemeindebau. Singen. Lachen. Schritte. Hier ein Radio. Dort ein Fernsehgerät. Das Pfeifen aus dem Wasserkessel. Alles ganz normal. Aber Poldi weiß es. Er weiß es ganz genau. Bald fängt es wieder an. Er trinkt Kaffee. Kaffee hält wach. Er muss wach bleiben. Weil es sonst noch viel schlimmer wird. Wenn er eingeschlafen ist und dann plötzlich diese … diese Schreie. Schreie, die in die Träume gellen. Diese furchtbaren Schreie. Sie bringen Verheerung in die Träume. Die Träume verdichten sich zu Bildern. Die Bilder schrecken ihn auf. Schweißgebadet. Wann es anfing? Vor fünf Jahren. Poldi zog vor fünf Jahren in die Wohnung ein. Im September. Er war glücklich. Endlich eine eigene Wohnung. Endlich sein eigener Herr. Die Nachbarn waren nett. Die nordseitigen, die Bergers, sehr freundlich. Sie begrüßten ihn, als er einzog. Sie sagten, wenn er einmal etwas brauche. Milch oder Zucker oder Mehl. Einfach fragen. Dafür seien Nachbarn da. Man müsse zusammenhalten im Gemeindebau. Sie grüßten. Sie grüßten immer und freundlich. Er konnte sich nicht beklagen. Er war wirklich sehr zufrieden mit seiner Wohnung. Er dachte, das sei das große Los. Dann verlor der Berger seine Stelle. Wurde arbeitslos. Begann zu trinken. Verlor den Boden unter den Füßen. Man weiß, wie das geht. Wenn man sich auf etwas verlässt, und dann hält es nicht. Im Oktober des nächsten Jahres begann es. Da hörte Poldi zum ersten Mal das Gebrüll und die Flüche. Die Schläge. Das Schreien. Das Weinen und Jammern. Aber vor allem die Schläge. Immer diese Schläge. Haut auf Haut. Leder auf Haut. Das dringt durch die Wände. Die Wände sind dünn. Das dringt durch. Man hört sogar das Pfeifen des Ledergürtels. Er war am Anfang nicht sicher. Haben die Bergers jetzt Video? Schauen die sich Gewaltfilme an? Wenn es von Leichen wimmelt, müssen die alle irgendwie zu Tode gekommen sein. Man sieht ja nichts. Man sieht nicht durch die Wände. Man hört nur, wie es klatscht. Man hört Schreie. Man hört Weinen. Man weiß nicht, ob die Bilder im Kopf mit der Wirklichkeit etwas zu tun haben. Man schilt die eigene Fantasie. Weil man glaubt, die Fantasie gaukelt einem etwas vor. Wird jetzt ein Schnitzel geklopft? Wird die Frau geschlagen? Poldi fing an, die Berger zu beobachten. Er hielt Ausschau. Nach blauen Flecken. Nach blutunterlaufener Haut. Nach Schürfungen, Striemen. Nach Wunden der einschlägigen Art. Ab und zu entdeckte er etwas. Nicht sehr oft allerdings. Die Bergersche rannte ja nicht nackt durchs Stiegenhaus. Manchmal trug sie große Sonnenbrillen. Manchmal lief sie davon, wenn sie Poldi sah. Einmal versuchte er, mit dem Berger zu reden. Von Mann zu Mann. Der Berger wurde böse. Er wurde so wütend. Er ging mit der Bierflasche auf Poldi los. Das geht Sie nichts an, schrie er. Das ist meine Frau. Mit meiner Frau kann ich machen, was ich will. Von wegen Nachbarn. Von wegen Zusammenhalt im Gemeindebau. Nach einer besonders schlimmen Prügelei alarmierte Poldi zum ersten Mal die Polizei. Die kam auch brav. Und zog ebenso brav wieder ab. Keine Anzeige. Kein Vorfall. Nichts. Seither giftete der Berger jedes Mal, wenn man sich im Stiegenhaus sah. Poldi gewöhnte sich an, abends spät nach Hause zu kommen. Nach elf erst. Ab elf war meistens Ruhe. Da hatte sich der Berger erschöpft in seinem Zorn. Schlief den Rausch weg. Gab einen Frieden. Vor sechs in der Früh verließ Poldi das Haus. Sein Chef war zufrieden. Poldi verbrachte jetzt doppelt so viel Zeit im Büro. Haben Sie endlich einen Ehrgeiz entwickelt, fragte der Chef. Poldi sagte nichts. Eine Weile lang ging das gut. Dann starb die südseitige Nachbarin. Die alte Frau Fromaschitz. Die Wohnung stand einige Wochen lang leer. Bis der Dr. Worab einzog. Ein netter junger Mann. Akademiker. Was der Akademiker im Gemeindebau will? Alleinstehend und sehr, sehr höflich, der Dr. Worab. Ein guter Mensch, dachte Poldi. Ein Gentleman aus gutem Hause. Anwalt in einer großen Kanzlei. Er unterhielt sich oft mit ihm. Fragte, wieso er in diesen Gemeindebau gezogen sei. Bei seinem Einkommen. Da könne er sich doch bestimmt etwas Besseres leisten. Der Dr. Worab entgegnete, ihm gefalle das. Es gebe ihm ein Gefühl der Verbundenheit. Poldi erzählte ihm sogar von seinen Problemen mit dem Berger. Er fragte um Rat. Juristisch, sagte Dr. Worab, könne man wenig machen. Solange es keine Beweise gebe. Menschlich allerdings … Er finde das sehr schlimm. Er verstehe nicht, wie man jemanden gegen dessen Willen schlagen könne. Poldi war zufrieden. Er hatte endlich einen Verbündeten gefunden. Bis es nach ein paar Wochen beim Dr. Worab losging. Allerdings nur in der Nacht. Meistens ab elf. Die Schläge. Die Schreie. Das Weinen, Jammern und Klagen. Aber vor allem die Schläge. Immer diese Schläge. Haut auf Haut. Leder auf Haut. Stundenlang. Poldi hatte die längste Zeit keine Ahnung, was da geschah. Der Dr. Worab war ja nicht verheiratet. Er lebte allein. Poldi begann ihn zu beobachten. Er belauerte und belauschte ihn. Spionierte an der Tür. Er sah Frauen, die um elf Uhr nachts die Wohnung des Dr. Worab betraten. Um vier Uhr früh gingen sie wieder fort. Dazwischen die Schreie. Das Weinen. Das Jammern und Klagen. Und die Schläge. Immer diese Schläge. Haut auf

Haut. Leder auf Haut, stundenlang. Wenn sie die Wohnung verließen, strahlten die Frauen. Sie waren glücklich. Sie lächelten. Poldi ist mit den Nerven am Ende. Beim Dr. Worab fängt es um Mitternacht an. Es dauert oft genug bis um vier. Nach sechs beginnt es beim Berger … Das Schlimmste ist, dass sich alles zu mischen beginnt. Die Lust und der Schmerz. Das klingt ja irgendwie gleich. Das kann man kaum unterscheiden. In seinem Kopf gibt es nur noch eine einzige Verwirrung. Schreit sie, weil sie geil ist? Schreit sie, weil sie leidet? Wenn er die Berger schreien hört, hat er Fantasien aus Dr. Worabs Wohnung im Kopf. Wenn es bei Worab kreischt, sieht er die arme Bergersche. Hören Sie jetzt. Jetzt. Nein, da war wieder nichts.

WIE EINE VERWECHSLUNG IM SM-CLUB FÜR GELÄCHTER SORGTE.

Eine Weile lang schwiegen alle, als Nora mit ihrer Geschichte zu Ende war. Dann begann Elsa zu erzählen. Der Ernstl war in jungen Jahren ein ziemlich wilder Kerl, und er liebte vor allem die schwarzen Seiten der Lust. Eines Tages entdeckte er ein Studio, wo sich Freunde des Sadomasochismus trafen. Ihr wisst natürlich, verehrte Zuhörer, was das ist, jedenfalls hat man mir erklärt, dass es sich um Praktiken handelt, bei denen man Lust oder Befriedigung durch das Zufügen oder das Erleben von Schmerz, Macht oder Demütigung erlebt … Jedenfalls lag dieses Studio halben Wegs zum Wiener Zentralfriedhof und wurde von einer älteren Dame geleitet, die neben einer üppigen Oberweite und voluminösem schwarzem Haupthaar auch ein goldenes Herz besaß. Sie war eigentlich Ungarin, aber schon während ihrer Kindheit nach Wien gekommen. Sie hieß Silvia und sie merkte sofort, dass mit Ernstl keine Geschäfte zu machen waren. Aus irgendwelchen Gründen hatte sie aber dennoch einen Narren gefressen an dem hoch aufgeschossenen, bleichen Burschen, vielleicht, weil er jung und gebildet war, gut aussah und sich artikulieren konnte. Jedenfalls hatte sie ihn gerne um sich und lud ihn ein, wann immer er wolle, auf einen Kaffeeklatsch vorbeizukommen. Ernstl nahm ihr Angebot gerne an und bekam so Einblicke in eine reichlich bizarre Welt. In Silvias Studio waren drei junge Damen beschäftigt, Petra, Vera und die blutjunge Natascha. Die drei waren je nach Neigung der Kundschaft als Herrin oder Sklavin tätig. Das Studio selber war ziemlich geräumig, es gab direkt nach der Eingangstür ein großes Zimmer, das schwarz ausgemalt war und in dem ein Eisenkäfig und ein Andreaskreuz standen. An den Wänden hingen Peitschen und Gerten und anderes Werkzeug zur Befriedigung der abartigen Gelüste dieser Klientel. Von hier aus stieg man ein paar Stufen hinauf in einen kurzen Gang, der zur Treppe führte, über die man in den Keller mit seinen Verliesen gelangte, und zu einem Vorhang, hinter dem ein kleinerer Raum als Bar gestaltet und ebenfalls den Neigungen der Gäste entsprechend geschmückt war. In dieser Bar pflegten Ernstl, Silvia und ihre Angestellten zu sitzen, wenn es nichts zu tun gab. Die Damen erzählten gerne Geschichten aus ihrem Berufsalltag. Viele waren komisch, andere abstrus oder absurd, einige traurig und manche schrecklich, und die meisten handelten von Männern, die hinter ihrer offiziellen Persönlichkeit eine andere in sich trugen, die sie unter allen Umständen zu verheimlichen suchten. Da gab es zum Beispiel den Pfarrer, der es liebte, in den buntesten Stringtangas herumzustolzieren, es gab den jungen, blassen Schönling, der nackt und in Ketten gelegt stundenlang unbeachtet in einer Ecke verweilen wollte, und den fetten Industriekapitän, der in Frauenkleidern niedere Dienste verrichtete. Wenn Silvia und ihre Angestellten mit Ernstl alleine waren, wurde viel über die seltsamen Ausformungen männlicher Triebe gelacht, und für Ernstl waren diese Nachmittage ein königliches Vergnügen. Als man wieder einmal beisammen saß, läutete die Türglocke. Petra, die in der Rangordnung nach der Chefin kam, ging, sie zu öffnen. Sie blieb vielleicht fünf Minuten weg, um sich dann wieder zu den anderen zu gesellen. Wer war das?, fragte Silvia. Der Dr. N., antwortete Petra, der Stammkunde von der Vera. Und zu Vera: Ich habe ihm gleich eine gescheuert, habe ihm befohlen, sich nackt auszuziehen und ihn in den Käfig gesperrt, wo er jetzt eine halbe Stunde lang warten kann. Vera bedankte sich. Der liebt es nämlich, erklärte sie Ernstl, wenn er zuerst ein paar Ohrfeigen bekommt und dann weggesperrt wird. Er ist ein hohes Tier in der Stadtverwaltung, der für seine Strenge und seine Wutausbrüche gefürchtet wird, aber wenn er hier ist, kriecht er vor uns im Staub. Je mehr ich ihn erniedrige, umso besser, sagte Vera, und am besten ist es, wenn ich ihn dazu bringe, dass er winselt wie ein Hund. Alle lachten, tranken noch einen Kaffee, plauderten und verplauderten sich, bis nach über einer Stunde Silvia plötzlich rief: Vera, dein Dr. N, wir haben deinen Dr. N. vergessen. Macht nichts, entgegnete Vera, das bringt ihn in die richtige Stimmung. Dann stand sie auf und verließ mit kokettem Schwenken ihres Hintern die Bar, um sich ihres Kunden anzunehmen. Doch alsbald stand sie wieder da, rot ihm Gesicht vor Anstrengung, ihr Lachen zu unterdrücken. Das ist nicht Dr. N., sagte sie, das ist einer, den ich nicht kenne, er ist zum ersten Mal hier. Oh mein Gott, schrie Silvia. Beruhig dich, antwortete Vera, die Behandlung durch Petra hat ihm gefallen. Sie hat ihm so gut gefallen, dass er geblieben ist. Ich habe ihn in ein Verlies in den Keller gesperrt, wo er dich sehnsüchtig erwartet, liebe Petra, und hofft, dass du es ihm richtig hart besorgst. An diesem Nachmittag blieb es im Studio von Silvia nicht bei Kaffee und Kuchen. Die Chefin spendierte eine Flasche Sekt, und Ernstl verließ die heitere Runde erst, nachdem sie leer getrunken war.

ALS DIE POETISCHE PAULA VORGAB, EIN STILLES WASSER ZU SEIN.

Elsas Geschichte hatte die Gesellschaft zum Lachen gebracht. Dann ergriff Dorothee das Wort: Paula liebte Schriftsteller, erzählte sie, ob Schnitzler oder Doderer, ob Altenberg, Torberg oder Kraus, wenn einer schreiben konnte, war ihr Herz verloren. Ihre Leidenschaft ging sogar so weit, dass auch ihre Liebhaber ausschließlich Schriftsteller waren. Junge oder alte, schöne oder schiache, berühmte oder unbekannte, das spielte keine Rolle. Hauptsache Schriftsteller, alles andere war der poetischen Paula egal. Allerdings ging sie nie zu Lesungen von Schriftstellern. Ihre Jagdgründe waren Kaffeehäuser und Vernissagen, und sie hatte im Laufe der Jahre ein einzigartiges Geschick darin entwickelt, an Schriftsteller so heranzukommen, dass diese glaubten, sie hätten den ersten Schritt getan. Die Paula verfügte über die umwerfende Fähigkeit, sich selber als grenzenlos naiv darzustellen. Es war eine Maske, die jeder Schriftsteller sofort durchschaute, was nichts daran änderte, dass er ihr hilflos ausgeliefert war. Sie behauptete von sich, ein ganz und gar unscheinbares und unbedeutendes Leben zu führen, das noch nicht einmal durch Arbeit ausgefüllt sei, weil sie eine kleine Erbschaft gemacht habe, von der sie sich recht und schlecht ernähren könne. Sie gehe viel spazieren, pflegte sie zu sagen, sie lese, gehe ab und zu ins Kino. Partys und Tanzveranstaltungen verabscheue sie. Sie sei gerne allein, behauptete sie, sie sei schüchtern, sie fühle sich leicht befangen und sie träume von einem Leben in inniger Zweisamkeit. Sie spielte die Rolle einer Frau, die außerstande ist, irgendein Wässerchen zu trüben, mit absoluter Perfektion. Als der Schriftsteller M. sie kennenlernte, verlief alles nach bekanntem Muster. Sie war ein paar wenige Jahre älter als er. Sie hielt ihn in einem Spannungszustand, der zwischen Obsorge für eine schwache und Respekt vor einer starken Frau wild hin und her oszillierte. Er merkte zwar, dass sie ihn ebenso begehrte wie er sie, aber er erlebte auch, dass sie sich mit schier jungfernhaften Attitüden gegen die ebenso logische wie zwingende körperliche Vereinigung versperrte. Er betrachtete sich selber als dominanten Mann, dem es Befriedigung verschaffte, wenn sich ihm eine schöne Frau unterwarf. Paula war ohne Zweifel eine sehr schöne Frau, aber sie versperrte sich trotzdem, obwohl der Schriftsteller M. überzeugt war, dass sich bei ihr jede Faser nach Unterwerfung verzehrte. Dieser Widerspruch reizte ihn eine Weile lang. Gleichzeitig versuchte er alles, um ihn aufzulösen. Es gelang ihm nicht. Zwar erwiderte sie seine Küsse mit aller Leidenschaft, aber wenn er ihr zwischen die Beine zu greifen versuchte, versteifte sie sich und klemmte sie entschlossen zusammen. Schließlich wurde dem Schriftsteller M. das Versperren zu viel. Er wandte sich von Paula ab und anderen Frauen zu. Nun ist Wien groß genug, dass sich ein Paar, welches sich getrennt hat, nicht ständig über den Weg laufen muss, und so sahen sich Paula und der Schriftsteller M. beinahe zwei Jahre lang nie. Eines Tages war der Schriftsteller M. auf ein Fest eingeladen, das unter dem Motto „Leder, Lack und Gummi" stand. Er erschien in schwarzer Lederkluft. Es gab ein Parterre mit Bar, wo sich lauter schwarz gekleidete Leute über laute Musik hinweg unterhielten. Und es gab im Souterrain einen einzigen großen Raum, in dessen Mitte ein nackter Mann an Ketten hing. Seine Augen waren verbunden. Um ihn herum zirkelte eine gefährlich aussehende Frau im knappsten Lederkleid. Sie hielt eine Peitsche in der Hand, eine gemein aussehende, böse Peitsche, und die Frau schlug den nackten Kerl in unregelmäßigen Abständen auf irgendein willkürlich gewähltes Körperteil. Der arme Kerl war striemenübersät. Die Frau mit der Peitsche grinste. Es war Paula. Als sie den Schriftsteller M. sah, lächelte sie kurz und schlug dann dreimal mit voller Kraft auf den Nackten ein. Als der Schriftsteller M. auf sie zuging und sie begrüßen wollte, schlug sie ihm die Hand ins Gesicht. Der Schriftsteller M. drehte sich um und verließ das Lokal. Er war wütend. Er war verwirrt. Vor allem war er gekränkt. Einige Wochen später klingelte das Telefon. Paula war am Apparat und fragte, ob er mit ihr im Wienerwald spazieren wollte. Sie gingen eine Weile lang Hand in Hand unterm Laubendach. Schließlich fragte er, wieso sie ihm nie von ihrer Leidenschaft erzählt habe. Sie meinte, sie habe befürchtet, dass er sie nicht verstehen würde. Er entgegnete: „Wenn irgendeiner das versteht, dann ich." Sie sagte, sie habe gehofft, dass er sich ihr unterwerfen und vor ihr auf die Knie fallen werde. Er antwortete, dass sie ein wunderbares Paar hätten werden können, mit Sklavinnen und Sklaven sonder Zahl und nach Belieben, Orgien, Verruchtheiten, Exzessen. Worauf sie lächelte und erklärte: „Lügend meistert man das Leben; oder gar nicht."

WARUM BLUMEN MANCHMAL BESSER SIND ALS TATTOOS.

Man dankte Dorothee herzlich für ihre sonderbare Geschichte. Danach erzählte Edeltraud: Bernhard und Alexandra waren das schönste Paar, das man sich denken kann. Beide waren jung, groß und schlank. Er hatte schwarzes Haar, ein ausdrucksstarkes, knochiges Gesicht mit dunklen Augen, was ihm etwas Verwegenes, ja Piratenhaftes verlieh, und sah überhaupt unverschämt gut aus. Sie war eine richtige Schönheit mit langem blondem Haar, grünen Augen und einer fantastischen Figur. Beide tanzten leidenschaftlich gern. Sie waren wie füreinander geschaffen und sie hatten sich auf den ersten Blick verliebt. Als die Tangobegeisterung Europa erreichte, wurden auch sie davon gepackt. Sie belegten zusammen einen Kurs, aber die Harmonie ihrer Körper war so perfekt, dass ihr Lehrer schon nach wenigen Stunden meinte, er habe ihnen nichts mehr beizubringen. Er empfahl ihnen, nach Argentinien zu reisen und dort einen Meister aufzusuchen. Bald hatten sie das nötige Geld zusammengespart, und es dauerte nicht lange, da landeten sie in … in … wie heißt die Hauptstadt von … die Hauptstadt … Buenos Aires.

Genau. In Buenos Aires. Drei Monate blieben sie in der Heimat des Tangos und lernten alles, was zu lernen ist. So erfuhren sie, dass im Gegensatz zum internationalen Tango, der gerne als feurig und leidenschaftlich charakterisiert und mit Attributen wie aggressiv und gewaltsam in Verbindung gebracht wird, der Tango Argentino ausschließlich auf Zärtlichkeiten beruht. Sie lernten, den Oberkörper während des Tanzes ruhig zu halten und alle Effekte aus ihren Körperbeziehungen als Paar zu erzeugen. Sie machten erstaunliche Fortschritte und galten in den Kreisen der argentinischen Tango-Afficionados bald als kleine Sensation. Leider gingen die drei Monate viel zu schnell zu Ende, und so kehrten sie nach Wien zurück. Sie überlegten, ob sie eine Tangoschule eröffnen sollten, ließen es aber bleiben und kehrten in ihre angestammten Berufe zurück. Ein- oder zweimal pro Woche gingen sie tanzen, und wenn ihre Leidenschaft in der Zwischenzeit vielleicht ein wenig abgekühlt und ihre Zärtlichkeit nicht mehr ganz so innig sein mochte, so blieben sie trotzdem ein Paar, das Aufmerksamkeit erregte. Schließlich rückte der fünfte Jahrestag ihrer ersten Begegnung näher, und da sie ihre Jahrestage aufwändig zu feiern pflegten, überlegte sich Bernhard ein besonderes Geschenk, um seiner Liebe dauerhaft Ausdruck zu verleihen. Er ließ sich über dem Herzen ein ungefähr zehn Zentimeter großes Paar auf die Brust tätowieren, das Tango tanzte. Der Mann in schwarzer Hose und weißem Hemd, die Frau in einem roten Kleid. Das Tätowieren dauerte Stunden und war eine Tortur, die Bernhard tapfer ertrug. Als das Bild fertig war, waren er und der Tätowierer begeistert. Das Bild war hervorragend gelungen, man konnte die Intensität zwischen den zwei Menschen auf seiner Brust mit Händen greifen, und die Gesichter der beiden Figuren waren denen von Alexandra und Bernhard so ähnlich, wie es nur ging. Bernhard spazierte hochzufrieden durch die Stadt und trank in ein paar Kaffeehäusern ein paar Gespritzte, derweil die Rötung der Haut abklingen sollte. Er freute sich, seine wunderbare Alexandra überraschen zu können. Sie würde um sechs Uhr von der Arbeit nach Hause kommen. Später wollten sie zusammen in ein bekanntes Lokal gehen und die fünf Jahre ihrer Liebesbeziehung feiern. Als Bernhard kurz vor sechs nach Hause kam, saß Alexandra schon am Wohnzimmertisch. Sie bat ihn, sich ebenfalls zu setzen, sie müsse ihm etwas sagen. Bernhard setzte sich. Aber als Alexandra ihm eröffnete, dass sie ihn noch heute verlassen werde, weil sie sich vor ein paar Wochen in einen Arbeitskollegen verliebt habe und zu ihm ziehen werde, da fiel er buchstäblich vom Stuhl. Als er aus der Ohnmacht erwachte, sah er, dass sich Alexandra besorgt über ihn beugte. Er schrie sie an, sie solle verschwinden. Die Tätowierung hat er ihr nie gezeigt.

WIE SCHÖNES MANCHMAL ZUR QUAL WERDEN KANN.

Als Edeltraud ihre Geschichte beendet hatte, mussten aus einigen Augen ein paar Tränen fortgewischt werden. Doch fassten sich alle bald wieder und baten Carl, das Seine zum Gelingen des Tages beizutragen. Und er ergriff denn auch bereitwillig das Wort: Ich habe mich, wie ja allgemein bekannt sein dürfte, im Verlaufe meiner beruflichen Tätigkeit selten mit den Niederungen der Kleinkriminalität beschäftigen müssen, aber man tauscht sich aus unter Kollegen, vor allem, wenn man, wie es mir beschieden war, hohe und höchste Ämter zu bekleiden die Ehre … ja … wie auch immer … Liebe, sagt man, kann wunderbar, aber sie kann auch ganz schrecklich sein. Auch ich möchte euch die Geschichte eines Paares erzählen, von dem es die längste Zeit hieß, diese Liebe habe der Himmel gestiftet. Die beiden waren aber auch eine Erscheinung! Sie standen Edeltrauds Traumpaar bestimmt in nichts nach, auch wenn man sie selten tanzen sah. Groß und schlank beide, und sie das, was man eine Schönheit nennt. Sie hätte als Modell Karriere machen können! Er war ein intelligenter, weltgewandter und überaus charmanter Mann, den zahlreiche Frauen begehrten. Die beiden waren sichtlich eins, und es war bestimmt nicht nur der Zufall, der sie von ziemlich weit her nach Wien gebracht und einander in die Arme getrieben hatte. Beide verfügten über einen exquisiten Geschmack, sodass sich jeder normale Mensch in ihrer Gegenwart irgendwie schäbig fühlen musste. Trotzdem gab es genug Leute, die sich gerne in ihrer Nähe aufhielten, weil sie hofften, dass ein wenig von ihrem Glanz abfärben und vielleicht sogar hängen bleiben könnte. Die beiden genossen die Aufmerksamkeit, die man ihnen entgegenbrachte. Sie zelebrierten sich und ihre Liebe fast jede Nacht in den wichtigsten Lokalitäten der Stadt. Üblicherweise begann ein Abend mit dem Besuch einer Vernissage. Da kommen genug Leute zusammen, die dem Schönen zugeneigt sind, und weil die beiden das Schönste waren und mehr zu erstaunen vermochten als irgendein Kunstwerk, durften sie sicher sein, dass sie im Mittelpunkt der Veranstaltung standen. Nach der Vernissage wurden sie vom Künstler und seinem Galeristen eingeladen, in kleinerem Kreis essen zu gehen und danach Bars und Nachtlokale aufzusuchen, um den Erfolg der Ausstellung bis in die Morgendämmerung hinein zu feiern. Nun gab es zu jener Zeit, da sich diese Geschichte ereignete, in der Schönlaterngasse ein Bar für all jene, die weit nach Mittenacht noch auf den Beinen standen. Die Bar war winzig und bestand aus zwei Räumen, die durch einen offenen Torbogen miteinander verbunden waren. Den einen Raum beherrschte ein Tresen. Hinter diesem Tresen stand

Herr Hans, dem die Bar gehörte. Herr Hans war halb blind und halb taub und mixte mit einer Unerschütterlichkeit Drinks, die vermuten ließ, dass er nicht mitbekam, welche Ausschweifungen sich in seinem Reich abzuspielen pflegten. Im anderen, kleineren Raum standen zwei Tische und ein paar Sessel. Viel mehr an Mobiliar gab es im ganzen Lokal nicht. Hier also trafen sich die Schönen, die Erfolgverwöhnten, die Hochstapler und Trunkenbolde, die Erben, die Künstler und die Kleinkriminellen, um zu saufen, zu flirten, zu prahlen und zu debattieren. Und in dieser Bar lernte unser Paar, einen Mann kennen, der sie auf einen Pfad brachte, dessen Ende absehbar gewesen wäre, wenn man nur hingeschaut hätte. Dieser Herr handelte mit einer Substanz, die zwar verboten ist, sich aber gerade in diesen Kreisen allergrößter Beliebtheit erfreute und wohl noch immer erfreut: Er handelte mit Kokain. Weil er ein gewiefter Händler war, fiel es ihm nicht schwer, auch unser Paar in seine Abhängigkeit zu bringen. Zu Beginn lud er die beiden immer wieder auf die eine und andere und dritte, dann vierte und schließlich fünfte Linie ein. Bald genügte das nicht mehr. Sie kauften ein erstes Briefchen, dann ein zweites, drittes und so weiter und immer mehr, weil Kokain die Eigenschaft hat, unersättlich zu machen. Der Kokainist schwebt in Hochgefühlen. Dann stürzt er ab in eine Depression, die nur mit Kokain zu bekämpfen ist, was beim nächsten Absturz zu noch dunkleren Depressionen führt, die nach mehr und noch mehr Kokain verlangen. Weil fast alle Besucher der Bar diesem Laster frönten, herrschte eine Atmosphäre fantastischen Überschwangs. Es gab keine Grenzen, es gab jeden Exzess. Auf den Toiletten flog der Schnee. Dem Herrn Hans fiel's nicht auf. Er rührte, er schüttelte stoisch Drink um Drink, während sich im Lokal die Gäste produzierten. Man versicherte sich in den lautesten Tönen gegenseitiger Höchstschätzung, man umarmte, küsste, begrabschte einander und trieb es manchmal noch wilder. Unser Paar mittendrin. Einem aufmerksamen Beobachter wäre aufgefallen, dass die Gäste alle an hartnäckigem Schnupfen zu leiden schienen. Auch die Nasenlöcher unseres Paares wirkten entzündet. Im übrigen wurde sie, die an sich schon hellhäutig war, noch bleicher. War sie einst schlank gewesen, wurde sie nun mager. Seine Augen leuchteten nicht mehr neugierig und verschmitzt, sie waren dunkel und fiebrig geworden und schienen zu brennen. Es kam etwas Hektisches, etwas Fahriges in die Bewegungen der beiden, und oft genug erweckten sie den Eindruck, als seien sie gar nicht hier, sondern an einem anderen Ort, nämlich dort, wo sich der Händler des Kokains befinden könnte. Dieser war in der ganzen Stadt unterwegs, weil sich seine Kundschaft über die ganze Stadt verstreute. Sobald sie keinen Stoff mehr hatten, begannen sie ihn zu suchen. Sie wussten ungefähr, wo er sich aufhalten müsste, also fuhren sie fast jede Nacht hinter ihm her. Überall einkehren, überall hoffen, dass er auftaucht oder dass irgendjemand weiß, wo er im Moment gerade ist. Manisch inzwischen. Sie totenblass, mit riesigen schwarzen Augen. Dünn wie ein Zahnstocher. Ausgemergelt fast. Er mit einem Ausdruck im Gesicht zwischen Wahnsinn und völliger Leere. Wo ist der Händler, eben war er noch hier? Wir brauchen Stoff, weil das Leben ohne Stoff nicht zu ertragen ist. Manchmal finden sie ihn. Manchmal müssen sie verzweifeln. Wenn sie ihn finden, ist er schon umlagert und wird von allen Seiten bedrängt. Aber der Schönsten der Schönen schafft man eine Gasse. Ihr Geliebter hinterher. Ein Dreieck entsteht, an dessen Spitze sich der Händler befindet. Gehen wir zu mir, befiehlt er, ich habe zu Hause etwas, das wollt ihr unbedingt probieren. Schon sind sie unterwegs. Der Händler will diesmal nicht nur Geld. Der Geliebte zögert. Eifersucht quält ihn über alle Benommenheit hinweg. Es nützt nichts. Es hilft nichts. Sie brauchen den Stoff. Ihr ist es egal. Sie ist zu allem bereit. Später, wieder in der kleinen Bar. Ihr rinnt das Sperma des Händlers die Strümpfe hinab. Er verflucht sich und die ganze Welt. Eine Linie. Noch eine. Auf der Toilette Schnee in die Nasenlöcher. Es klopft an die Tür. Ein Paar will vögeln. Kannst ruhig bleiben, sagt sie. Er geht hinaus. Zur Geliebten hin. Rote Wutflecken im Gesicht. Er schlägt ihr die flache Hand ins Gesicht. Sie schaut ihn an. Das war's, sagt sie. Geht aus dem Lokal und aus der Stadt und wird Wien nie wieder betreten.

Bei denen wär's gescheiter gewesen, wenn sie Apfelsaft getrunken hätten, mäkelte Rudi, und Emma meinte: Schrecklich, diese Drogen, wenn die Leute nur ihre Finger davon lassen könnten. Aber da stand auch schon Maria Luisa auf, hob ihr Glas und sagte: „Einen Toast auf Dorothee! Es gibt neun Musen, eine neuntägige Gebetsabfolge, die Novene, und in der chinesischen Zahlensymbolik die Neun für den Drachen. Vor allem aber gilt die Zahl neun als Zahl der Vollkommenheit, weil sie dreimal die göttliche Zahl drei enthält. Wir haben uns neun Tage lang Geschichten erzählt. Geschichten, in denen es eigentlich fast immer nur um das Eine ging. Aber schon Goethe hat ja gesagt, dass derjenige, der sich mit Einsicht für beschränkt erkläre, der Vollkommenheit am nächsten sei. So gesehen können wir mit Stolz vermerken“, schloss Maria Luisa ihren Toast, „dass unsere Beschränkung auf einen bestimmten menschlichen Aspekt, auf einen Trieb, auf eine Sehnsucht und eine Lust diese kleine Gemeinschaft der Vollkommenheit nahe brachte.“ Alle stimmten ihr zu. Dorothees Idee sei das Beste gewesen, was sie seit vielen Jahren erlebt hätten. Sie ließen Dorothee hochleben, aber diese wehrte ab. Noch sei nicht aller Tage Abend und noch stünde ihnen der zehnte Tag bevor. Andreas solle doch bitte ein Lied anstimmen, bevor man auseinander oder zu Carl oder irgendwem aufs Zimmer gehe. Sie glaube nämlich, dass das gemeinsame Singen zum Erfolg des Unterfangens viel beigetragen habe. Andreas überlegte nicht lange. „Die Welt ist ein Komödienhaus“, sang er, und alle sangen mit, „Wir Menschen sind Akteurs, / Das Schicksal teilt die Rollen aus, / Der Zeitgeist ist Souffleur.“

ZEHNTER TAG

ES BEGINNT
DER ZEHNTE TAG
DES WIENER DEKAMERON,
AN WELCHEM
UNTER ELSAS HERRSCHAFT
VON MENSCHEN GESPROCHEN WIRD,
DIE IN LIEBESANGELEGENHEITEN
ZU EINEM TRAURIGEN ODER
GLÜCKLICHEN ENDE KAMEN.

Eine eigenartige Spannung lag in der Luft, als sich die Gesellschaft beim Brunnen versammelte. Die Sonne schien, es war heiß, aber im Westen hingen mächtige Gewitterwolken am Himmel. Sie zogen bestimmt auf Wien zu, um sich hier zu entladen. Nora hatte ängstlich gefragt, ob man sich nicht besser im Kaminzimmer treffen wolle, aber sowohl Carl und Andreas als auch Dorothee und Maria Luisa hatten darauf bestanden, den letzten Tag des Erzählreigens im Freien zu verbringen. Laut Prognosen musste erst in den Abendstunden mit Niederschlag gerechnet werden. Am Ende hatte man beschlossen, Elsa die Entscheidung zu überlassen, die ja an diesem Tag regierte. Sie hatte zuerst Carl, dann den Himmel gemustert und schließlich gemeint, man dürfe es wohl wagen, weil die Wolken doch noch sehr weit weg stünden. Plötzlich begann sie zu weinen. Sofort scharten sich alle besorgt um sie. Was denn los sei, fragte man, ob sie Schmerzen habe oder krank werde. Nein, schluchzte Elsa, es sei nur … Sie wisse zwar, dass es nicht weh tue, ein Glück, das man nie gekannt habe, zu entbehren. Aber es schmerze, ein Glück zu verlieren, an das man sich im Laufe dieser Tage gewöhnen durfte. Glück hängt nicht davon ab, wer du bist oder was du hast, sagte Carl, es hängt nur davon ab, was du denkst und was du tust. Auch ich habe mich selten so gut gefühlt wie im Laufe der letzten zehn Tage, ergänzte Nora. Irgendwie fürchte ich mich ein bisschen vor dem, was nachher werden wird. Ihr kennt vielleicht die wilde Schwermut, die einen bei der Erinnerung an Zeiten des Glückes ergreifen kann. Elsa schluchzte und schniefte noch ein paar Mal. Dann musste sie lachen. Fast überall wo es Glück gibt, gibt es Freude am Unsinn, sagte sie dann. Maria Luisa gab ihr recht. Und Rudi meinte, zwar könne keine Gesellschaft gedeihen und glücklich sein, in der der weitaus größte Teil ihrer Mitglieder arm und elend sei, weil das Glück lieber in ein Haus eintrete, in dem Frohsinn herrsche. Ihr Haus allerdings entspreche dem aufs Wort. Worauf Edeltraud meinte, man solle sich jetzt bitte beruhigen, weil man erstens endlich zu den Erzählungen des Tages kommen müsse und weil zweitens die Sterne des Glücks in jedem selber lägen. Nachdem sich alle gesetzt hatten, erklärte Elsa, sie habe sich lange überlegt, womit sie die Runde überraschen könne. Sie kenne sich mit hochprozentigen Getränken nicht sehr gut aus, denke aber, dass zum Abschluss des Reigens ein Digestif angebracht sei und habe sich deshalb für einen „Altvater" aus dem traditionsreichen Wiener Haus Gessler entschieden, zumal die „Académie de Médecine" in Paris diesem Getränk gesundheitszuträgliche Bestandteile nachgewiesen habe. Sie hoffe, dass sie mit ihrer Wahl Zustimmung finde. Die anderen meinten, sie hätte sich nichts Besseres ausdenken können. Elsa erklärte darauf, wegen des bevorstehenden Gewitters dränge wahrscheinlich die Zeit. Sie wolle die Zuhörer also nicht lange hinhalten. Sie habe sich überlegt, dass zu ihrem Tag Geschichten, bei denen es ums Enden gehe, am besten passten und erteile deshalb jetzt Andreas das Wort.

WAS DEM FETTEN FENZ ALLES IN DEN SINN KAM.

Zum fetten Fenz passte zweifellos das Sprichwort „nomen est omen", bemerkte Andreas. Er war wirklich dick, er war ein Koloss von ebenso enormer Leibesfülle wie jene Maria, von der uns Emma erzählt hat, aber im Gegensatz zu Maria war Fenz ein Masochist aus Überzeugung und schwul dazu. Nun weiß ich natürlich nicht, ob und wie die Fettleibigkeit mit dem Masochismus zusammenhing. Ich könnte allenfalls spekulieren. Tatsache ist jedoch, dass ihm sein unstillbarer Durst nach Erniedrigung auch ein paar Höhenflüge bescherte, die wirklich bemerkenswert sind. Zum einen bot ihm die bekannteste Wiener Stadtzeitung über viele Jahre hinweg die Möglichkeit, sich in einer Kolumne seine vielen Verzweiflungen von der Seele zu schreiben, mit großem literarischen Sachverstand übrigens und in einer Sprache, die das Vulgäre und das Elegante genial verband. Zum anderen war er eine Weile lang der Star einer Fernsehsendung, einer Serie von sogenannten Talkshows, Gesprächsrunden mit Gästen also, wobei er nicht nur seine Rolle mit Bravour meisterte, sondern nebenbei auch noch demonstrierte, wie sehr Kleider tatsächlich Leute machen. Er trug ein Gewand, das einer höfischen Epoche nachempfunden war, einen Knierock zum Beispiel aus Brokat mit Rüschenhemden. Und er, dessen Anblick man sonst fast nicht ertrug, strahlte plötzlich etwas Herrscherhaftes, etwas Imperiales, etwas Ehrfurchtgebietendes aus, das unbedingten Respekt verlangte. Leider war seiner Karriere beim Fernsehen keine Dauer beschieden, und nachdem die Serie abgesetzt worden war, verschwand er fast ganz aus dem Licht der Öffentlichkeit. Einzig seine Klagen in der besagten Zeitschrift wurden weiterhin publiziert. Sie drehten sich immer um sein Leiden am Katholizismus und häufig darum, dass er keinen Sex habe, weil sich niemand mit seiner Leibesfülle beschäftigen wolle. Man wusste, dass er zu allem bereit war und weder Grenzen der Demütigung noch des Schmerzes kannte, die er nicht zu überschreiten gewagt hätte. Das Ausmaß seiner Verzweiflung offenbarte sich allerdings der Öffentlichkeit am schärfsten anlässlich einer Kunstausstellung im Werkstätten- und Kulturhaus an der Währinger Straße im neunten Bezirk. Thema der Gruppenausstellung war das Spannungsfeld Erotik, Sex und Pornografie. Ungefähr zwei Dutzend Künstler präsentierten ihre Werke. Es gab Bilder, Fotografien, Skulpturen, Texttafeln und anderes; und es gab eine Installation: Eine ungefähr sechs Quadratmeter große Zelle war mit schwarzen Tüchern von den übrigen Ausstellungsräumlichkeiten abgetrennt. In der Zelle lag, stand und hing alles herum, was ein

Mensch braucht, um einen anderen Menschen zu quälen oder um ihm Lust zu verschaffen. Der Bewohner der Zelle war nackt. Er war gefesselt und angekettet, und seine Augen waren mit einer blickdichten Binde verschlossen. Es war der fette Fenz. Er war so unförmig, dass es die Besucher grauste. So verbrachte Fenz blind, nackt und ausgeliefert eine ganze Woche in dieser Zelle. Es hat ihn während der langen Zeit niemand berührt. Es hat niemand zur Peitsche gegriffen und ihm eins übergezogen. Es hat niemand das Wort an ihn gerichtet. Er war der einzige Mensch in einem kalten Universum. Aber er hat überlebt, genährt von Fantasie und von der Angst, dass etwas passieren könnte, und von der Gewissheit, dass irgendwann irgendetwas passieren müsse.

WAS KALTE KUHAUGEN ALLES BEWIRKEN KÖNNEN.

Die Afterhöhlenforscher und Rosettenhengste schrecken aber auch vor gar nichts zurück, nörgelte Rudi nach Andreas' Erzählung, aber schon wandten sich alle Maria Luisa zu, die keine Sekunde zögerte: Der Franz meiner Geschichte hieß eigentlich Francesco und war ein ferner Abkömmling einer obskuren italienischen Fürstenfamilie. Zwar war von den Reichtümern der Ahnen fast nichts übrig geblieben, aber Franz hatte ein Händchen für Geschäfte und es selbstständig zu einem kleinen Vermögen gebracht. Er bewohnte eine prächtige Villa in der Seleskowitschgasse im vornehmen 19. Wiener Gemeindebezirk. Der fesche Franz mochte um die vierzig sein. Er war mit einer Dame seines Alters liiert, aber ganz Wien wusste, dass es in seiner Villa immer wieder zu den wüstesten Orgien kam. Es war einer dieser Anlässe, der, wie üblich, als musikalischer Abend begann. Ein Quartett spielte Schubert, und es spielte gut. Die Gesellschaft bestand aus vielleicht vierzig Gästen, die alle sehr elegant gekleidet waren und auf Stühlen um die Musiker herum saßen und lauschten und genossen. Das letzte Stück endete sanft in einem wunderschönen, tiefen Akkord. Die Gesellschaft applaudierte. Man drängte zum Buffet, derweil Franz ein paar auserwählte Gäste einlud, die Villa zu besichtigen. Im Verlaufe des Rundgangs erklärte Franz die Regeln des bevorstehenden Spiels. Die Gesellschaft werde sich bald auflösen, sagte er, allerdings werde ein Dutzend guter Freunde bleiben, man wolle weiterfeiern, in aller Intimität, Hemmungen seien unangebracht, von den Damen erwarte man Hingabe, Ausdauer von den Herren. Man kicherte, scherzte, bekam auch rote Ohren. Niemand wollte zurückstehen, schließlich hatte jeder insgeheim gehofft, auf die Hausführung eingeladen zu werden. Franz führte treppab in den Keller. Man müsse wissen, sagte er, dass er, obwohl fürstlicher Abstammung, sein Geld als freier Unternehmer verdiene. Er führte in einen Raum, der kühler als alle anderen war, und zu einer fast mannshohen Tonne aus Aluminium. Ich produziere, sagte Franz, spezielle Medikamente für spezielle Therapien. Er hob den Deckel von der Aluminiumtonne. Zu Hunderten starrten gefrorene Kuhaugen die Gäste an. Die Reaktionen hätten unterschiedlicher nicht sein können. Eine Dame fiel in Ohnmacht, eine andere griff forsch zu und klaubte ein Auge aus der Tonne, stülpte es sich über den Zeigefinger und hielt es Franz unter die Nase. Ich bin ein Voyeur, kicherte sie, dann steckte sie sich das Auge in den Mund, lutschte es ab und warf es zurück in die Tonne. Was ich sagen will, meinte Franz weiter, ich verlange von jedem einen bestimmten Betrag, dass er bleiben kann, eine runde Summe, nicht viel, nicht wenig, man betrachte es als Eintrittsgeld. Alle nickten. Auch die Dame, die eben aus ihrer Ohnmacht erwacht war. Man ging zurück in den Salon, wo die Musiker inzwischen ihre Instrumente eingepackt und mit den anderen Gästen das Haus verlassen hatten. Ein Butler und ein Dienstmädchen bauten ein frisches Buffet auf. Champagnerflaschen wurden entkorkt. Laszive Musik erklang aus versteckten Lautsprechern. Schon tanzten die ersten Paare miteinander, schon überredete Franz ein blutjunges Mädchen, sich ihrer Oberbekleidung zu entledigen und in der Unterwäsche weiterzumachen. Die Freundin von Franz kniete vor einem älteren Gast und öffnete den Reißverschluss seiner Hose. Franz stellte sich zu zwei Herren, die zum ersten Mal dabei waren. Er zog aus der Sakkotasche ein silbernes Döschen, dem er mehrere Pillen entnahm. Während er eine schluckte, meinte er, es sei nicht mehr wie früher. Früher hatte man nur als junger Mensch eine Chance, weil man über ein Stehvermögen verfügte und fähig war, mehrere Damen nacheinander zu beglücken. Inzwischen allerdings … Dank dieser Pillen sei das Stehvermögen kein Thema mehr. Sogar Greise, deren letzte Erektion sich vor ungefähr zwanzig Jahren hätte erschöpfen müssen, stolzierten mit hartem Schweif mitten in eine Massenvögelei hinein und legten eine beneidenswerte Potenz an den Tag. Einer der Herren wollte wissen, wie die Pillen wirken. Zum physiologischen Prozess der Erektion gehört unter anderem die Freisetzung von Stickstoffmonoxid im Corpus cavernosum, erklärte Franz. Dadurch werde das Enzym Guanylatzyklase aktiviert, das die Ausschüttung von cyclischem Guanosinmonophosphat erhöhe. Eine leichte Muskelentspannung werde im Corpus Cavernosum ausgelöst, welche das Einströmen von Blut und damit die Erektion ermögliche. Meine Pillen hemmen die Phosphodiesterase, erklärte Franz, was bei sexueller Stimulation zu erhöhten Blutspiegeln von cyclischem Guanosinmonophosphat im Corpus cavernosum führe und damit zu einer verstärkten Erektion. Ich verstehe nur Bahnhof, sagte der eine Herr. Um es einfacher auszudrücken, entgegnete Franz, in den Geschlechtsorganen werden durch Hemmung des Enzyms Phosphodiesterase-5 die Gefäße weitgestellt. Das ermöglicht eine verbesserte Durchblutung. Der Herr entgegnete, er verstehe zwar immer noch nicht besonders viel, aber es klinge sehr interessant. Sie werden sich wundern, lachte Franz, das ist die beste Droge, die je erfunden wurde. Von wie vielen Mitteln und Substanzen werde doch behauptet, sie seien Aphrodisiaka und vermöchten Lust und Potenz zu steigern. Die Spanische Fliege, Bibergeil, das Horn des Nashorns, Safrankrokus, die Hawaiianische Holzrose oder Yohimbin, Alraune, Muskatnuss, Austern, Spargel, Alkohol, Haschisch und so weiter und so fort. Das meiste ist vollkommen wirkungslos. Oder es hat eine Wirkung, die nicht zielführend ist. Die Spanische Fliege zum Beispiel ist eigentlich ein Abführmittel. Oder Kokain. Damit kann man sich zwar alles Mögliche einbilden, auf die Manneskraft allerdings kann die Wirkung verheerend sein. Hingegen meine Pillen! Darauf hat die Männerwelt 600.000 Jahre lang gewartet. Ganz abgesehen von den Orgasmen, meine Herren! Kein Vergleich. Die beiden Herren schluckten, ohne zu zögern. Damit, sagte Franz, leisten Sie ganz nebenbei auch noch einen wesentlichen Beitrag zur Verbesserung des internationalen Artenschutzes. Dank dieser Pillen verliert die Jagd auf bedrohte Tierarten zum Zweck der Potenzmittel-Gewinnung an Bedeutung. Die Herren meinten, für einen guten Zweck seien sie immer zu haben. Dann stürzten sie sich in die Orgie. Als sie sich später in einem lüsternen Knäuel begegneten, strahlten sie. Das ist eine Erleuchtung, sagte einer. Und der andere meinte, alle Lust wolle tiefe, tiefe Ewigkeit.

ALS SICH DIE BREMER STADTMUSIKANTEN IM GEMEINDEBAU TRAFEN.

Auf Maria Luisas Geschichte folgten sofort neugierige Fragen, aber noch bevor sie eine Antwort geben konnte, begann Emma mit dem Erzählen: Man nannte ihn den gescheiten Fredl, weil er alles wusste und jedes Thema klug kommentieren konnte. Darüber hinaus war der gescheite Fredl auch ein Frauenaufreißer und Frauenbetörer, der, obwohl er nicht besonders gut aussah, mit seinem schnellen Kopf fast jeder das Höschen vom Leib zu reden verstand. Sein Verschleiß war enorm, und sein Jagdrevier erstreckte sich fast über die ganze Stadt. Es gab allerdings ein paar Orte, die er besonders mochte, weil er dort überdurchschnittlich erfolgreich war. Dazu gehörte die Diskothek U4 an der Schönbrunner Schlossstraße. In besagtes U4 war er an dem Abend, an dem diese Geschichte spielt, nach Mitternacht – man möchte fast sagen: eingeritten. Zuversichtlich, strotzend vor Energie und erst leicht angetrunken. Im U4 waren schon Weltstars zu Gast gewesen, es hatte den Ruf, Wiens einziger internationaler Tanztempel mit einer langen Geschichte zu sein. An diesem Abend war die Musik wieder einmal besonders gut und die Stimmung blendend. Der gescheite Fredl wurde als Stammgast vom Türsteher, den Barkeepern und diversen Stammgästen herzlich begrüßt. Man wünschte ihm Weidmannsheil und schaute zu, wie er sich, nachdem er eine Weile die Lage sondiert hatte, an eine junge Dame heranmachte, die ihm ins Auge gestochen war. Wir wollen sie Jenny nennen. Sie hatte langes, blondes Haar, einen schmalen Oberkörper und enorme Brüste, die das kurze, schwarze Stretchkleid kaum zu bändigen vermochte. Sie entsprach dem, was dem gescheiten Fredl am besten gefiel. Er sprach sie an. Sie akzeptierte seine Einladung zu einem Drink. Aus dem einen Drink wurden mehrere und schließlich viele. Die Nacht verflog, bis Jenny um fünf Uhr früh meinte, es sei an der Zeit, nach Hause zu gehen. Der gescheite Fredl hatte ein Auto, er fahre sie gern. So fuhren die beiden bis ans Ende von Simmering und zu einem ziemlich heruntergekommenen Wohnhaus. Jenny führte den gescheiten Fredl zur Wohnungstür, schloss auf und bat ihn herein. Ein unglaublicher Gestank schlug ihm entgegen, ein Gestank nach Hundescheiße und Katzenpisse. Jenny erklärte, sie habe ein großes Herz und nehme gerne heimatlose Tiere auf. Die seien manchmal nicht stubenrein, aber man gewöhne sich an den Geruch. Der gescheite Fredl war betrunken und geil genug. Er folgte Jenny in die winzige Wohnung, die aus einer Küche mit einem kleinen Esstisch und dem Schlafzimmer bestand, das ein Schrank beherrschte. Der Schrank enthielt ein Klappbett. Als Jenny den

Schrank öffnete und das Bett herabließ und mit zwei Sprungfedern am Boden verankerte, erinnerte sich der gescheite Fredl daran, dass in der Vorwoche alle Zeitungen berichtet hatten, wie ein Pensionist in eben so einem Bett zu Tode gekommen war, weil er es schlecht verankert hatte und dieses mit ihm hochgeklappt war und ihn kopfunter senkrecht bestattet hatte. Der gescheite Fredl achtete deshalb peinlich genau darauf, dass Jenny das Bett sorgfältig verankerte. Danach legten sie sich nackt aufs Bett, sie unten und er auf ihr drauf. Als er losrammeln wollte, stürzten mit Gekläff und Geschrei ein Hund und eine Katze ins Zimmer und aufs Bett und auf ihn drauf. Der Hund stand auf seinem Rücken, die Katze mit tief in die Haut geschlagenen Krallen auf seinem Kopf. Alle vier schrieen auf, und der gescheite Fredl konnte nur noch „Bremer Stadtmusikanten“ denken.

WIE SICH EIN ANLAGEBERATER TÜCHTIG VERSCHÄTZTE.

Emmas Geschichte hatte etliche Heiterkeit ausgelöst, aber jetzt war die Reihe an Rudi. Horst war Anlageberater in einer Filiale eines österreichischen Bankinstituts, sagte er. Er war Mitte dreißig, liebte seine Arbeit und war dabei, Karriere zu machen, weil er mit Geld und mit den Kunden umgehen konnte und es verstand, deren Vermögen zu vermehren. Zu seinen Klienten gehörte ein altes Ehepaar. Er war achtzig, sie fünf Jahre jünger. Die beiden hatten Horst bedeutende Beträge anvertraut, die er in ein Portfolio zusammengefasst nun schon über einige Jahre hinweg am Kapitalmarkt und in Immobilien, Aktien und Fonds klug investiert und damit schöne Gewinne erwirtschaftet hatte. Eines Tages rief ihn der alte Herr an und bat um eine Unterredung. Es gebe da ein Problem. Weil es sich um eine heikle Angelegenheit handle, wolle er das Gespräch nicht in Horsts Büro, sondern auf neutralem Boden führen. Horst überlegte, was los sein könne. Er ging noch einmal die Veranlagungen der letzten Zeit durch, um zu schauen, ob er irgendwo einen Fehler gemacht habe, entdeckte aber nichts. Als er mit dem alten Herrn im

Café Eiles saß, druckste dieser eine Zeitlang herum, bis Horst ihn direkt fragte, worum es denn nun eigentlich gehe. Wie würden Sie sich fühlen, fragte der alte Herr, wenn Sie entdecken müssten, dass Ihre Frau mit einem Bankangestellten ein Verhältnis hat. Nun, meinte Horst, wahrscheinlich würde ihn das überhaupt nicht freuen. Genau, entgegnete der alte Herr, und deshalb ersuche ich Sie dringend, Ihre Beziehung zu meiner Frau ein für allemal einzustellen. Horst fiel aus allen Wolken. Was der alte Herr damit meine. Er wisse alles, sagte dieser, seine Frau habe gestanden. Horst versuchte, ihn zu beruhigen. Er fragte, was denn passiert sei und wessen ihn der alte Herr beschuldige. Er solle sich nicht naiv stellen und dumm fragen. „Sie haben seit Jahren ein Verhältnis mit meiner Frau. Um es genau zu sagen, Sie hatten bis vor zehn Jahren regelmäßig Verkehr mit meiner Frau. Dann haben Sie sie in Ruhe gelassen, aber vor fünf Wochen hat es wieder angefangen. Meine Frau ist Ihnen hörig. Sie hat für die Stelldicheins bezahlt. Ich weiß, dass sie sexsüchtig ist, sie ist deswegen in Therapie. Das letzte Mal haben Sie sie sogar zu Onalverkehr gezwungen." Horst war sprachlos. Dann versicherte er dem alten Herrn, dass das in keiner Weise der Wahrheit entspreche. Er habe seine Gattin noch nie berührt, geschweige denn irgendetwas Ungehöriges mit ihr angestellt. Der alte Herr befahl: „Schauen Sie mir in die Augen, damit ich sehen kann, ob Sie lügen oder nicht." Horst schaute dem alten Herrn direkt in die Augen. Worauf dieser meinte: „Sie lügen!" Horst brach das Gespräch ab. Der alte Herr rief ihm noch nach, Horst werde das jetzt wohl überall herumerzählen. Genau das tat Horst. Er ging geradewegs zu seiner Vorgesetzten und erzählte ihr die ganze Geschichte. Die Vorgesetzte meinte, sie werde sich der Sache annehmen. Sie traf die alten Herrschaften zu einem ausführlichen Gespräch. Vorher allerdings versuchten sie und Horst herauszufinden, was der alte Herr mit „Onalverkehr" gemeint haben könnte. Sie kamen nicht wirklich zu einem schlüssigen Ergebnis. Nach ihrem Gespräch mit den alten Herrschaften sagte die Vorgesetzte zu Horst, wenn sie ihn nicht gut kennen würde, dann müsste sie der alten Dame glauben, so aufgelöst, so elend sei sie ihr erschienen. Sie habe gezittert. Sie habe geweint. Onalverkehr bedeute übrigens, dass er und ein anderer Mann sie gleichzeitig besessen hätten, der eine im Mund, der andere im Hintern. Sie habe übrigens zugegeben, es nicht nur mit ihm, sondern mit dem Bäcker, dem Milchmann, dem Gärtner, dem Postboten und fünfzehn weiteren Herren regelmäßig getrieben zu haben. Aber nur Horst sei sie mit Haut und Haar verfallen, sie werde nass, wenn sie an ihn denke. Er habe sie nämlich abhängig, hörig und süchtig gemacht. Ihre Verzweiflung sei echt gewesen und keineswegs gespielt. Horst war am Boden zerstört. Er schwor Stein und Bein, dass er sich der alten Dame niemals unsittlich genähert habe. Zu seinem Glück hatte er für den bestimmten Tag vor fünf Wochen ein hieb-

und stichfestes Alibi. Er hatte sich nachweislich im Ausland und auf einem Kongress befunden. Seine Vorgesetzte glaubte ihm. Sie sei überzeugt, dass sich die Dame so sehr in ihre Behauptungen hineingesteigert habe, dass sie inzwischen selber daran glaube. Die Vorgesetzte sagte auch, dass in diesem Fall der Wahrheitsbeweis nichts nütze. Die Summen, die das Ehepaar über die Bank veranlage, seien viel zu groß, als dass man die beiden als Kunden verlieren wolle. Er müsse sich, um seine Karriere zu retten, in ein anderes Bundesland oder sogar ins Ausland versetzen lassen. Es tue ihr sehr leid, weil sie ihn von allen Mitarbeitern am meisten schätze. Aber zuerst, sagte sie, kommt nun einmal das Geld und erst dann die Moral.

ALS DES BAUMEISTERS KINDER SICH KENNENLERNTEN.

Nach Rudis Geschichte war die Reihe an Olga. Ein Wiener Baumeister, den alle kannten und der mit allen und vor allem mit allen Wiener Politikern so gut befreundet war, dass ihm die öffentlichen Aufträge nur so zuflogen, war mit einer netten, gutmütigen und ein wenig einfach gestrickten Frau verheiratet, die ihren Mann sehr liebte und für etwas wirklich Besonderes hielt, vor allem auch, weil er es verstand, sie über alle Maßen zu verwöhnen. Dieser Baumeister war aber ein wilder Hund, der, wie es früher bei den Matrosen geheißen hatte, in jedem Hafen über mindestens eine Braut verfügte, mit anderen Worten: Er betrog seine Gattin, wann immer er konnte und wo immer es ging. Alle wussten es, nur die Gattin hielt ihn für die Treue in Person. Aber sein wildes Treiben musste Folgen zeitigen, und so kam es, dass an dem Tag, da seine Frau ihm einen Sohn gebar, eine andere Dame mit einer Tochter niederkam, deren Vater ebenfalls der Baumeister war. Allerdings durfte davon niemand etwas erfahren, und mit „niemand" war natürlich in erster Linie die Baumeistergattin gemeint, und so blieb die Existenz dieser

Halbschwester bis zum Tod des Baumeisters ein wohlgehütetes Geheimnis, das vielleicht für immer gewahrt worden wäre, wenn der Sohn nicht eines Tages geheiratet hätte. Die Frau, die er sich nahm, war nicht nur klug und aus reichem Haus, sondern hatte auch Wirtschaft studiert und kannte sich mit Zahlen und Buchhaltung aus. Es war also nur vernünftig, dass der Sohn, der sich nie um Geld kümmern musste und sich nie damit beschäftigt hatte, die Verwaltung seiner Finanzen ihr übergab, die schnell auf seltsame Zahlungen stieß, welche über die Jahre hinweg automatisch von einem seiner Konten auf ein Fremdkonto überwiesen worden waren. Weil sie eine gründliche Person war, ging sie der Sache nach, und so entdeckte sich dem Sohn im reifen Alter von dreißig Jahren die Tatsache, dass er eine Halbschwester hatte, die auf den Tag genau so alt war wie er. Die beiden trafen sich, sie fanden sich sympathisch und kamen überein, seiner Mutter nichts zu erzählen, weil sie wussten, dass ihre Märchenwelt aus Schmuck und Pelzmänteln unter dem Gewicht der Wahrheit zusammengebrochen wäre; sie hatte die teuren Geschenke ihres Gatten immer nur als Unterpfand seiner Liebe und Treue genommen und nicht als Zeichen eines schlechten Gewissens oder als Mittel, ihr die Sinne zu vernebeln.

WIE EIFERSUCHT IM ALTERSHEIM ENDEN KANN.

Olgas Geschichte schloss überraschend schnell, und man hätte eigentlich gerne gewusst, wie sich die Beziehung der Halbgeschwister weiterentwickelt hatte. Doch jetzt sollte Nora zum Zug kommen. Der alte Professor, begann sie, war schon eine Weile in Pension, als seine Gattin starb. Er hatte sein Leben als Gymnasiallehrer bei den Schotten verbracht. Er war allgemein wenn nicht geliebt, so doch geschätzt und geachtet worden. Seine Gattin war ihm als Hausfrau und Mutter treu zur Seite gestanden. Nach ihrem Tod blieb er in der ehelichen Wohnung. Er versuchte mehr schlecht als recht, sein Leben selber zu organisieren. Ungefähr ein Jahr nach dem Tod seiner Frau stellte er, inzwischen schon über siebzig, seinen Bekannten plötzlich seine neue Freundin vor. Eine Witwe aus Döbling. Sie war ein paar Jahre jünger als er. Sie lebte allein in ihrer Villa beim Pfarrplatz. Zum Erstaunen der Bekannten zogen die beiden nicht zusammen. Der alte Professor blieb in seiner Wohnung im dritten Bezirk. Trotzdem unternahmen sie viel gemeinsam. Vor allem reisten sie. Das hatte sich der alte Professor immer gewünscht. Seiner verstorbenen Gattin hatte das Reisen nicht behagt. Deshalb war er fast nie dazu gekommen. Die Witwe und der alte Professor bereisten gemeinsam die halbe Welt. Meistens in Gruppen. Zusammen mit anderen Akademikern. Diese Kulturreisen brachten sie nach Israel und Ägypten, Griechenland, Deutschland und Russland und sogar bis nach China und Japan. Man war überzeugt, dass diese glückliche Verbindung bis zum Lebensende eines der beiden halten würde. Allerdings fühlte sich der alte Professor, der nun schon über achtzig Jahre zählte, irgendwann zu alt und zu müde zum Reisen. Seine Freundin wollte darauf nicht verzichten. Sie sahen sich seltener. Der alte Professor verließ kaum noch seine Wohnung. Er verwahrloste. Schließlich musste man ihn in ein Altersheim stecken. Zuerst sperrte er sich mit Händen und Füßen dagegen. Er musste nachgeben, als er wegen Herzproblemen eine Weile im Krankenhaus lag. Kaum im Altersheim, wurde er zu leichten Beute einer drallen Greisin. Diese Frau hatte rein gar nichts Damenhaftes an sich. Sie wickelte ihn gekonnt um den Finger. Wenn man die beiden traf, turtelten sie wie die Täubchen. Politik im Altersheim war, dass sich die Damen und Herren Insassen nachts nicht gegenseitig in ihren Zimmern besuchen durften. Man hatte etwas gegen unsittliche Beziehungen. Man sah es gar nicht gern. Der alte Professor und die Greisin lebten ihre Liebe tagsüber und in größter Heimlichkeit aus. Trotzdem wurden sie in flagranti erwischt. Und zwar von der Witwe. Diese war eben von einer Südafrikareise zurückgekehrt und wollte ihren Liebsten besuchen. Es kam zu einer hässlichen Szene. Vasen und Beistelltische flogen durchs Zimmer. Teller zerschepperten. Ein Bücherregal wurde umgeworfen. Der Lärm und das Gekreisch ließen das Haus zusammenlaufen. Am Ende zog die Witwe wutschnaubend ab. Die Greisin triumphierte. Immerhin habe sie den alten Herrn von seiner Impotenz geheilt. Immerhin habe sie ihn wieder zum Mann gemacht. Man brauche sich also nicht wundern. Diese feinen Döblinger Damen hätten keine Ahnung. Sie hätten keinen Schimmer, was man mit einem alten Mann alles anstellen könne. Ein halbes Jahr nach dem Drama starb der Professor. Die Beerdigung war eine würdige Angelegenheit. Die Dame aus Döbling nahm an der Beerdigung als seine Witwe teil. Der drallen Greisin hatte man ein Erscheinen verboten. Man befürchtete einen Skandal.

WIE PAARE MANCHMAL ZU IHREN KINDERN KOMMEN.

Olgas Geschichte amüsierte die Bewohner der Pension, und es wäre wohl ein allgemeines Geschnatter losgegangen, wenn nicht Elsa beherzt das Wort ergriffen hätte: Hinter dem Amerlingbeisel im siebenten Wiener Gemeindebezirk gibt es ein Haus, in dem vor langer Zeit ein ungewöhnliches Fest stattgefunden hat. An einem 13. März versammelten sich in der schönsten Wohnung der Beletage zehn Leute zu einem Ritual, das zwar so alt wie die Menschheit ist, aber als kulturell und zivilisatorisch überwunden gilt. Die Szenerie in knappen Worten: Kerzenlicht und Blumen, ein kleines, feines Buffet und Getränke. Acht Herren im Smoking und zwei Damen in Abendrobe. Die Damen waren Freundinnen. Zwei der Herren waren mit den Damen verheiratet. Die anderen sechs kannten einander nicht. Die Herren trugen schwarze Halbmasken, die blonde Dame eine rote und die kastanienbraune eine silberne. Es wurde geplaudert. Aus dem Hintergrund erklang Musik. Nach einer Weile griff die Blonde zu einem Glöckchen und ließ es läuten. „Meine Herren“, sagte sie dann, „Sie wissen, weshalb Sie hier sind. In einem alten Lied heißt es: Kinderzeugen dahingegen / Macht Vergnügen und bringt Segen, / Wenns geschieht im Ehebett / Standesamtlich und honett. – Nun, mein Gatte und ich und meine Freundin und ihr Mann, wir sind kinderlos. Die Ärzte haben uns versichert, dass es nicht an uns Frauen liegt. Was macht man in dieser Situation? Man könnte es sein lassen. Man könnte Kinder adoptieren. Man könnte sich künstlich befruchten lassen, aber die Vorstellung, dass Ärzte mit kalten Instrumenten in uns herumstochern, behagt uns beiden nicht. Man könnte stattdessen den Gatten betrügen und es mit einem heimlichen Liebhaber versuchen, nicht wahr? Aber das behagt uns noch weniger. Deshalb haben wir uns entschieden, dieses Fest zu organisieren. Ein Zeugungsfest, meine Herren, und Sie können sicher sein, dass wir das alles mit unseren Gatten sehr lange und sehr ausführlich besprochen haben. Was hier geschieht, geschieht mit unser aller Einverständnis. Meine Freundin und ich, wir haben unsere fruchtbaren Tage. Wir sind bereit, zu empfangen. Regel Nummer Eins: Es soll uns allen Spaß machen. Regel Nummer Zwei: Wir wollen schwanger werden. Lasst uns also beginnen, die Besten mögen gewinnen. So Gott will haben wir in neun Monaten unsere Kinder. Unsere Kinder, meine Herren. Sie alle haben einen Vertrag unterschrieben, der jegliche Form von Ansprüchen unterbindet." Noch während die Herren applaudierten, ließen die Damen ihre Roben von den Körpern gleiten. Die Gatten stießen die Flügeltüren zum Schlafzimmer auf, das ebenfalls in Kerzenlicht getaucht war. Bald war die Beletage von der unverwechselbaren Musik der Wollust durchflutet. Die drei Kinder, die neun Monate später zur Welt kamen – Zwillinge und ein Mädchen – erfuhren nie, wer ihre biologischen Väter waren. Die Eltern wussten es selber nicht. Sie hatten die Männer von einer Agentur suchen lassen, die absolute Diskretion verlangte.

Kaum hatte Elsa ihr letztes Wort gesprochen, als ein Blitz über den Himmel fuhr, dem kurz danach ein gewaltiges Donnerkrachen folgte. Die schwarzen Wolken standen jetzt direkt über dem Garten, und schon begann es zu regnen. So schnell es die Beine erlaubten, hasteten alle ins Haus. Wir haben, sagte Dorothee dort, die zehn Tage absolviert, und zwar in allen Ehren. Wenn ich recht beobachtet habe, ist trotz all der lustigen, frivolen, ungewöhnlichen und zügellosen Geschichten und trotz aller Erzählungen, in denen es um Begehrlichkeiten und oft genug um die Verletzung des Anstandes ging, bei allem Lästern und obwohl wir manch guten Tropfen getrunken haben, weder im Wort noch in der Tat etwas passiert, das zu tadeln wäre. Leider droht alles, was zur Gewohnheit wird, langweilig zu werden. Ich denke also, dass wir eine Pause einlegen und darüber nachdenken sollten, ob es andere Wege gibt, uns in einen vergleichbaren Zustand der Munterkeit zu versetzen. Vielleicht müssen wir den

Kreis erweitern. Vielleicht dürfen wir uns in die Welt hinaus wagen, die all ihren Katastrophen zum Trotz doch auch eine Welt geblieben ist, in der wir nicht nur existieren, sondern leben wollen. Die anderen stimmten ihr zu. Als dann auch noch Nora darauf hinwies, dass der folgende Tag nicht irgendein Freitag sei, sondern Karfreitag, ein Tag also, an dem man gut und gerne innehalten dürfe, nahmen das die anderen mit Verwunderung zur Kenntnis. Offenbar sei ihnen im Verlauf der letzten zehn Tage der Wirklichkeitssinn total abhanden gekommen, meinte Maria Luisa, sie jedenfalls habe vergessen oder verdrängt, dass man in der Fastenzeit stecke. Edeltraud bat Andreas, zum Abschluss ein schönes Wienerlied auszusuchen. Wenn wir heute auseinandergehen, sagte sie, dann wissen wir, dass wir etwas haben, auf das wir zurückgreifen können, wenn sich Verzweiflung breitzumachen droht. Alle waren einverstanden, aber bevor Andreas anstimmen konnte, hob Elsa die Hand. Sie habe der Versammlung etwas mitzuteilen, sagte sie, zögerte, schluckte und lief rot an. Aber dann nahm sie allen Mut zusammen und sagte, sie werde die Pension verlassen. Ich habe im Lauf der letzten zehn Tage gemerkt, dass ich mein eigenes Leben leben muss, erklärte sie. Der Herr Professor wird mir verzeihen. Er braucht mich nicht mehr, weil er Freunde gefunden hat. Natürlich brandete sofort heftiger Widerspruch auf, aber Elsa ließ sich nicht beirren. Als man merkte, dass ihr Entschluss feststand, wünschte man ihr alles Gute. Sie versprach, regelmäßig zu Besuch zu kommen. Wer weiß, sagte sie und errötete dabei bis ins Dekolleté hinein, vielleicht habe ich dann neue, schöne Geschichten, die ich euch erzählen kann. Und mit einem ganz neuen, noch etwas spröden Charme bat sie Andreas, ein letztes Lied anzustimmen. Er zögerte nicht lange. Man kannte das Lied, und alle sangen mit: Wann i amal stirb, stirb, stirb, / Müss'n mi d'Fiaker trag'n / Und dabei Zithern schlag'n, / Weil i das liab, liab, liab, / Spielt's an Tanz laut und hell, / Allweil fidel!

SCHLUSSPLÄDOYER DES AUTORS IN EIGENER SACHE

Ja, und hier ist meine Geschichte zu Ende. Es gibt viele Leute, bei denen ich mich bedanken müsste. Sie haben ihre Erlebnisse erzählt, haben sich mir ohne Hemmungen offenbart und von Geheimnissen berichtet, die bisher unentdeckt im Dunkel verharrten. Ohne ihre Geständnisse und Berichte hätte ich dieses Buch nicht schreiben können. Ich wünsche mir, dass sie sich darin wiederfinden, ohne sich verraten zu fühlen, und dass ihnen die Erzählungen gefallen. Wenn ich mich jetzt an meine Nörgler wende, die behaupten, dass ich Ihnen, holde Damen, mit meinen Geschichten zu gefallen suche, indem ich mich den Moden der Gegenwart nicht unterwerfe, die drastische Darstellung von Gewalt verlangen und jegliche Art von Pornografie als üblich empfinden, so kann ich nur sagen, dass der Stiel einer Zwiebel noch grün sein kann, auch wenn ihr Kopf schon weiß ist. Bis an mein Ende soll es mir nicht zur Schande gereichen, wenn ich den Damen zu gefallen suche, und ich denke, dass ich sie eher mit Feinheiten gewinnen kann als mit allzu groben Worten. Man mag sticheln, tadeln, auf mich loshauen – es sind die Damen, die mir gefallen, und ich habe mein Leben lang nichts begehrt als sie, deren Augen und süße Stimmen mich schon in meiner Jugend entflammten und denen ich meine ganze Liebe gab. Aber was ist mit jenen, die meinen, ich solle mein Brot auf anständige Art erwerben und nicht mit Fabeleien? Nun, Dichter haben damit mehr erworben als die Reichen mit ihren Schätzen. Aber jetzt ist genug. Mit Ihrer Hilfe, verehrte Damen, werde ich, um es mit den Worten eines hochgeschätzten Kollegen zu sagen, dem Sturm den Rücken drehen und ihn blasen lassen. Was kann er mehr aufwirbeln als Staub. Den treibt der Wind in die Höhe und trägt ihn über die Köpfe der Menschen hinweg. Er fällt und liegt keinen Finger breit höher als an dem Ort, von wo er gekommen ist.

Mit freundlicher Unterstützung der Kulturabteilung
der Stadt Wien, Literaturreferat

Verlagsbüro W. GmbH
info@metroverlag.at

Lektorat: Margret Mellert, Sarah Legler
Covergestaltung unter Verwendung eines Gemäldes von Egon Schiele
Gesamtherstellung: Druckerei Theiss GmbH, St. Stefan i. Lavanttal
Printed in the EU
ISBN 978-3-99300-061-5